DOMINIQUE DEMERS

P9-APN-538

Maïna

ÉDITIONS QUÉBEC AMÉRIQUE

329, rue de la Commune O., 3e étage, Montréal (Québec) H2Y 2E1 (514) 499-3000

Données de catalogage avant publication (Canada)

Demers, Dominique
  Maïna
  ISBN 2-89037-898-5
I. Titre.
PS8557.E4683M34 1997b   C843'.54   C97-940187-9
PS9557.E4683M34 1997b
PQ3919.2.D45M34 1997b

Les Éditions Québec/Amérique bénificient du programme de subventions
globale du Conseil des Arts du Canada

CONSEIL
DES ARTS ET DES LETTRES
DU QUÉBEC

Réimpressions : mars 1997, septembre 1999 et janvier 2002
www.quebec-amerique.com

Dépôt légal : 1er trimestre 1997
Bibliothèque nationale du Québec
Bibliothèque nationale du Canada

Imprimé au Canada

Mise en page : Julie Dubuc

À mon fils Simon

ANESS
(ERNEST DOMINIQUE)
Artiste peintre

Ernest Dominique est né de parents montagnais à Schefferville, au sein de la communauté de Matimekosh. Comme tous les jeunes montagnais de sa communauté, il a fait ses études secondaires à Schefferville. Dès 1978, il a senti le besoin d'exprimer ses valeurs et de mieux faire connaître la culture de sa nation. Depuis, ses œuvres ont toujours provoqué une réflexion chez les amateurs. L'environnement, les modes de vie traditionnels, l'adaptation à la modernité et les problèmes sociaux inhérents à sa culture sont omniprésents dans les œuvres de cet artiste.

REMERCIEMENTS

J'aimerais exprimer toute ma reconnaissance :

à mon père, Harold Demers, qui a contribué de façon importante à mes recherches et m'a aussi accompagnée à l'étape d'écriture ;

à Daniel Chevrier, président de Archéotec inc., pour ses précieux conseils scientifiques et sa grande générosité ;

à André Croteau, Nathalie Mongeau, Gaston Boisvert, Johanne Guibert, Jean Stéphan Groulx, Jacques Pasquet, Jill Brook et Gordon Cockbaine, qui ont accepté de partager avec moi leurs connaissances du Grand Nord.

Merci aux amis qui ont eu la tâche ingrate de lire les premiers jets de ce roman : Micheline Demers, Diane Desruisseaux, Karine Desruisseaux, Johanne Beaulieu, François Gravel, Yolande Lavigueur, Myriam Tremblay, Julie Poulin, Diane Gravel, Evelyn Mailhot, Michèle Boudrias, Pauline Morel et les élèves de l'école Saint-Edmond.

D'autres m'ont lue et encouragée par la suite, je les en remercie.

Mes remerciements vont aussi :

aux miens, Michel, Simon, Alexis et Marie, qui m'ont laissée voyager jusqu'au pays de Maïna,

à l'équipe de Québec/Amérique, qui a toujours cru en ce roman,
et au Conseil des arts et des lettres du Québec, dont la bourse de création m'a permis de me consacrer uniquement à ce projet pendant plusieurs mois.

Sans tous ces appuis, Maïna n'aurait sans doute jamais vu le jour.

AVANT-PROPOS

Avant de découvrir Maïna, je ne connaissais rien à la préhistoire, je n'avais jamais visité la Basse-Côte-Nord et encore moins la baie d'Ungava. Je ne m'intéressais pas aux Amérindiens, sans doute parce qu'à l'époque où j'étais enfant, j'ai subi trop de leçons ennuyeuses sur les Indiens et les Blancs du temps de Jacques Cartier. Quant aux Inuits, bien franchement, leur culture ne m'avait jamais passionnée.

J'ai rencontré Maïna il y a quelques années, au hasard d'une rêverie dans un musée. Je ne savais rien d'elle, même pas son nom. J'ai simplement imaginé une fillette, vêtue d'une tunique de peau, courant sur un cap très élevé. Une émotion très intense l'animait, mais qu'est-ce qui la faisait courir ?

J'ai mis presque deux ans à tout découvrir. Au cours de cette passionnante enquête, j'ai consulté près d'une centaine de documents sur l'archéologie, l'anthropologie, la préhistoire, les mœurs, les coutumes et les croyances des sociétés primitives amérindiennes et inuits, la faune et la flore de la Basse-Côte-Nord et du Grand Nord et les périples des grands explorateurs de ces régions.

La tribu amérindienne décrite dans ce roman a vécu il y a 3 500 ans, non loin de la région actuelle de Sept-Îles, au bord du fleuve Saint-Laurent. Elle est issue d'un peuple préhistorique de chasseurs-cueilleurs qui parcourait la forêt boréale dans des conditions extrêmement difficiles, du moins à nos yeux. Ces chasseurs ne possédaient pour survivre que des peaux, des os, du bois, de l'écorce et des pierres. Leur existence était aussi régie par un ensemble complexe de rites et de croyances exprimant leur crainte et leur respect devant les grandes forces de la nature.

La tribu inuit de ce roman était établie sur la rive ouest de la baie d'Ungava. Ces paléoesquimaux n'avaient pas encore développé les techniques de construction de l'igloo ni inventé la lampe de pierre qui permit à leurs descendants de moins souffrir du froid et de faire cuire leurs aliments beaucoup plus facilement. La « baie des pierres de lune » que les gens du pays de Natak ont déjà fréquentée est désignée sur nos cartes sous le nom de « baie de Ramah », tout près des limites septentrionales de la côte du Labrador. C'est là la seule source connue d'une pierre qui fut très recherchée à cette époque.

C'est aussi il y a 3 500 ans environ qu'eurent lieu les premiers contacts entre Amérindiens et Inuits. Les ancêtres de ces Amérindiens avaient pénétré en Amérique du Nord par le détroit de Béring il y a quelque 15 000 ans. Ceux des Inuits avaient emprunté une route semblable mais lors d'une migration plus récente, il y a seulement 4 000 ans. Les outils, les mœurs et les coutumes de ces deux peuples étaient donc différents. Leur rencontre fut le théâtre d'un grand choc culturel qui engendra de nombreux et fructueux échanges technologiques mais mena aussi parfois au racisme et à la violence. De tout temps, semble-t-il, les êtres humains ont craint la différence et se sont méfiés de l'Autre.

J'ai été totalement séduite par le courage, l'ardeur et la volonté de ces deux peuples qui, d'une certaine façon, me semblent être mes propres ancêtres. Malgré les nombreux écrits et les extraordinaires découvertes de nos archéologues, nous savons encore bien peu de choses sur ces Amérindiens et Inuits de notre préhistoire. Ce roman a exigé un travail de reconstitution qui se veut surtout fidèle dans l'âme, puisque les premiers humains de notre territoire ont quitté ce monde avec leur histoire. Maïna a déjà existé, j'en suis certaine. Mais sa vérité demeure, malgré tout, celle d'un être de papier.

Lac Supérieur, juillet 1996

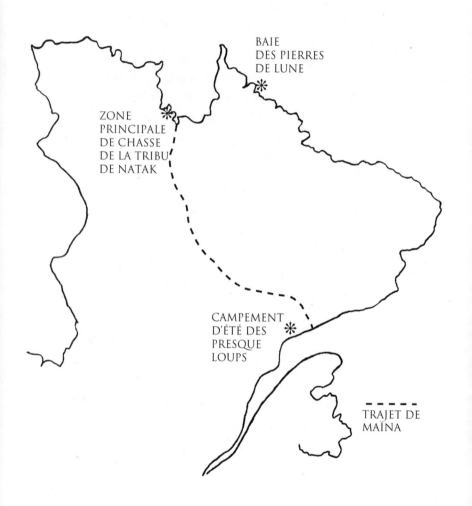

BAIE
DES PIERRES
DE LUNE

ZONE
PRINCIPALE
DE CHASSE
DE LA TRIBU
DE NATAK

CAMPEMENT
D'ÉTÉ DES
PRESQUE
LOUPS

TRAJET DE
MAÏNA

Première partie

L'APPEL DES LOUPS

« Les peuples de chasseurs nordiques vivaient au seuil de la famine. Ils faisaient partie intégrante de l'équilibre naturel, avec tous les autres êtres vivants, de la mousse à caribou jusqu'à la baleine. »

Keith Crowe,
Histoire des autochtones
du Nord canadien

Maïna voulait tuer. Planter sa lance et voir mourir avant qu'il fasse brun. Tuer, puis éventrer, éviscérer, écorcher et porter la bête encore chaude jusqu'au camp. Elle avançait à grands pas souples, mue par ce désir immense qui l'habitait tout entière. La veille, des hommes avaient ramené un caribou que l'hiver n'avait pas trop amaigri. Malgré sa grande faim, Maïna avait détourné son regard des entrailles fumantes. Le chef, Mishtenapeu, avait compris que sa fille renonçait à la nourriture afin d'amadouer les esprits avant d'accomplir un geste sacré. Maïna espérait qu'en échange le Manitou lui livrerait une bête.

Elle n'avait pas attendu que le soleil se lève en cherchant sa route dans le brouillard. Elle avait amorcé sa longue marche sous une lune blafarde. Les corbeaux volaient bas et les geais gris n'avaient pas crié. C'était bon signe.

Elle aurait pu chasser avec les hommes. Un passage de caribous avait été découvert dans la neige, des chasseurs épieraient la harde pour tendre une embuscade. Elle aurait aussi pu poser des collets de racines ou attirer des porcs-épics en sifflant, mais Maïna avait laissé les esprits guider ses pas et ils l'avaient conduite ailleurs. La fille de Mishtenapeu avait atteint l'âge des grandes bêtes ; toute la tribu savait qu'elle pouvait ramener des lièvres et des lagopèdes, il était temps de revenir avec une prise d'homme. Mais ce ne serait pas un castor, ni un caribou. Maïna suivait un loup. Les premières empreintes étaient apparues de l'autre côté de la montagne chauve. Maïna avait caressé de ses doigts nus les traces fraîches, bien profondes, dans la neige. Elles traversaient une rivière puis un sous-bois. C'est en atteignant une petite clairière ensoleillée que Maïna aperçut enfin les sept loups. Ses entrailles se nouèrent et un désir impérieux naquit en elle. Une force irrésistible l'attirait vers ces bêtes.

Elle choisit le plus haut, le plus large, le plus noir, celui qui ne baissait jamais la queue : le chef. Toute la journée, elle marcha sous le vent, assez loin pour ne pas être sentie ni entendue. La neige lui racontait le passage des loups. Leurs arrêts, leurs hésitations. Maïna se sentait forte et, pourtant, elle tremblait.

Ils s'arrêtèrent dans une tourbière gelée. Le chef était aux aguets. Trois des petits se roulaient en grognant de bonheur sous les aulnes givrés. Maïna avait honte de son cœur qui battait trop fort. Elle avançait à genoux maintenant, calculant chaque pas, mesurant chaque geste, attentive à tous les bruits, inquiète des branches qui pouvaient craquer et des oiseaux cachés menaçant de s'envoler et d'alerter les loups. Maïna progressa lentement, la mâchoire serrée, tous ses membres tendus, sans même sentir l'eau glacée sous ses jambières de peau. Elle n'avait plus peur. Elle parlait doucement à l'esprit des loups, lui rappelant son offrande de la veille, lui promettant de respecter tous les interdits et de libérer l'âme de sa victime. Rien d'autre n'existait. La bête fabuleuse était devenue son seul univers. Maïna n'aurait jamais cru qu'on pouvait tant désirer une proie.

Les loups s'agitèrent. Ils semblaient prêts à poursuivre leur route, mais le chef lança un ordre et ils s'allongèrent dans la neige. Seul le grand loup noir resta debout, décrivant un large cercle à pas lents autour des siens. Maïna brandit la lance. Ses gestes étaient sûrs, elle n'hésita pas. Le projectile siffla, fendant le vent d'hiver. À cet instant même, le loup tourna lentement la tête vers elle et leurs regards se croisèrent. La bête aperçut les yeux noirs, brillants de désir. Maïna vit les prunelles dorées, deux petits soleils résignés, et une grande paix l'envahit. Le loup savait et il acceptait. Maïna en était persuadée. Ces deux pierres jaunes, lumineuses, ne disaient pas la rage, ni même la peur ou la colère. Le loup se livrait. Les esprits avaient accepté d'aider Maïna.

Mais au dernier moment, alors même que la lance s'enfonçait dans son flanc, on eût dit que le loup changeait d'idée, qu'il refusait de mourir. La bête bondit. Un éclair noir creva le champ de neige. Le loup ne dansa pas, comme les caribous, avant de mourir. Il courut, porté par un dernier élan de courage, avant de s'écrouler, sans râle, sans cri, sans bruit.

Les autres loups hésitèrent un peu avant de fuir. Maïna se mit au travail. Elle ramassa du bois sec et des excréments puis creusa la neige pour trouver de la mousse. Elle prit son arc-à-feu dans le sac de peau qu'elle portait en bandoulière, le déposa cérémonieusement sur le sol et s'agenouilla devant ces deux précieux morceaux de bois qui permettaient de faire apparaître le feu. Elle retira alors ses mitaines de fourrure et glissa ses mains sous plusieurs épaisseurs de peaux pour les réchauffer en les aplatissant sur ses petits seins.

— À peine plus gros que des crottes de lièvre, se moquait sa cousine Mastii.

Maïna frotta sans répit, toujours au même rythme, comme sur une musique secrète, la mince baguette contre le morceau de bois dur. Elle retenait son souffle, tous ses sens en alerte, guettant l'apparition magique. Elle avait, tant de fois déjà, répété ces gestes précis et pourtant elle ne se départait jamais de la terrible crainte que le feu ne renaisse pas.

Un filet de fumée, si mince qu'on l'aurait cru imaginé, finit par s'élever. Maïna redoubla d'ardeur, chauffant le bois en le frottant énergiquement pour que la fumée épaississe. Des miettes de mousse et d'excréments puis des brindilles alimentèrent bientôt une flamme fragile. Après, les gestes de Maïna s'enchaînèrent plus rapidement. Elle retourna à la bête, retira la lance, pressa ses lèvres contre la plaie et but avidement le sang chaud.

Maïna ouvrit sa proie en lui tranchant le ventre avec son couteau à pointe de pierre. Puis, plongeant les mains dans le creux sombre et odorant, elle dégagea les entrailles. Elle écorcha ensuite son loup, caressa longuement la magnifique fourrure, puis fit brûler la chair et les os, car les Presque Loups ne mangent jamais leur semblable. Lorsque la faim les terrasse et que les caribous, les castors et les poissons se refusent, les Presque Loups se gavent de plantes comme la tripe de roche, ils dévorent jusqu'à la panse pulpeuse du castor, grugent la chair blanche sous l'écorce des arbres ou creusent le sol de leurs doigts meurtris en quête de racines, mais ils ne goûtent jamais à la chair du loup.

Le soleil éclairait encore faiblement les arbres lorsque Maïna amorça sa marche vers le campement, étourdie de faim, de bonheur et de froid, une peau noire encore sanguinolente jetée triomphalement sur ses épaules. Les Presque Loups la virent traverser le campement avec son trophée, mais nul ne dit mot. Les plus vieux étaient choqués, les plus jeunes épatés, mais à quoi bon le dire. Les Presque Loups étaient un peuple d'action mais de peu de paroles.

Mishtenapeu avait attendu sa fille devant leur abri de peau érigé au centre du campement. Il avait deviné qu'elle courrait derrière une grosse bête et savait que plus d'une aube pouvait se lever avant qu'elle ne revienne. Son cœur frémit lorsqu'il l'aperçut soudain, brisée de fatigue et grisée par une joie nouvelle.

Chef et chaman, Mishtenapeu connaissait mieux que quiconque les exigences du Manitou, le plus grand de tous les esprits, et comprenait la réprimande silencieuse des Presque Loups. Sa fille était partie seule et elle avait tué une grande bête. Un loup ! Elle n'avait pas respecté la volonté du Manitou. Le chef se répéta silencieusement la parole des vieux. *Le Manitou a créé l'homme en premier et il lui a ordonné de chasser. Au bout de quelques lunes, il lui a donné une femme pour préparer la viande, coudre les peaux et enfanter. Pas pour chasser.*

Mais Maïna était différente. Mishtenapeu fouilla le ciel de ses yeux perçants. À quel étrange destin sa fille était-elle promise ? Elle avait déjà prouvé qu'elle possédait la ruse, la force, la patience et le courage des vrais chasseurs. Peut-être avait-il eu tort de la laisser traverser la frontière entre la femme et l'homme pour lui servir de fille et de fils à la fois. Maïna chassait pourtant depuis plusieurs saisons et les esprits ne s'étaient pas révoltés. Elle avait traqué les bêtes tout l'hiver à ses côtés et aucun grand malheur ne s'était abattu sur eux. Le chef y avait vu l'approbation des puissances.

La nuit était tombée, des myriades d'étoiles avaient envahi le ciel. Mishtenapeu ferma les yeux pour mieux se recueillir. Il revit sa fille, telle qu'il l'avait aperçue, radieuse et fourbue sous sa peau de loup. Mishtenapeu sourit et laissa sa joie l'envahir.

CHAPITRE 1

Les canots glissaient doucement entre les rives encaissées. Maïna avironnait ferme en compagnie de sa cousine Mastii. Le petit Napani, le fils de Mastii, dormait au fond de l'embarcation. Devant eux, le canot de Mishtenapeu tanguait parfois dangereusement, car de grosses pièces de viande d'ours l'alourdissaient. Les Presque Loups poursuivaient leur longue descente annuelle vers la grande eau. Les branches des aulnes débordaient de chatons qui se tortillaient comme des chenilles sous les caresses du vent. Les sous-bois dégageaient un parfum capiteux de terre humide, gorgée de promesses. L'hiver fuyait sans avoir fait trop de ravages. Un homme était mort gelé, deux autres avaient disparu, happés par une tempête ou épuisés par des proies fuyantes.

Maïna devinait déjà l'odeur d'algues, de sel et de sable mouillé, le ciel immense et les nués d'oiseaux lançant de grands cris indignés. Elle avait hâte de revoir les siens que la chasse d'hiver avait dispersés, mais la forêt d'épinettes traversée de rivières était son véritable pays. Heureusement, à chaque printemps, les vagues de la grande eau lui ramenaient Tekahera. En songeant à sa mère adoptive, Maïna sentit son cœur bondir comme un faon. Tekahera valait toutes les forêts réunies. Bientôt, elle viendrait et caresserait doucement sa joue de ses longs doigts noueux. Ce serait doux et bon comme l'eau, la viande, le feu quand on a soif, faim et froid depuis longtemps.

Un remous agita le canot. Une autre embarcation approchait. Le regard de Maïna s'assombrit en découvrant Saito, son promis. Il avait été recueilli par Mishtenapeu à la mort de son père, Nosipatan, l'ancien chef et chaman. Bientôt, il deviendrait son époux. Leur union avait été décidée avant même que Maïna apprenne à marcher. Saito était né quelques hivers seulement avant elle, mais sa forte stature et l'absence de douceur dans son visage anguleux donnaient l'impression d'un homme mûr, d'un homme dur surtout. Saito avait chassé près d'une autre rivière pendant la dernière saison et ils s'étaient retrouvés quelques jours plus tôt, là où la rivière aux mélèzes se jette dans la rivière aux loutres. Maïna avait alors renoué avec la peur sourde et le dégoût qui l'envahissaient en présence de cet homme. Elle se sentait traquée par ses yeux de corbeau, et l'idée de lui appartenir la révoltait. À cause de lui, elle regrettait déjà amèrement de ne plus être une enfant.

Mastii secoua un collier de coquillages sous les yeux de Napani, qui gazouilla de bonheur. Maïna sourit. Elle enviait son amie. Mastii avait été fécondée très tôt par un homme qui ne l'avait pas réclamée à ses côtés. Sa cousine avait des yeux doux et un corps magnifique, mais elle n'était pas une épouse recherchée, car elle manquait souvent de force et de santé. Heureusement, le père de Mastii était bon chasseur et ses fils ayant péri dans une atroce tempête, il était heureux de nourrir le petit Napani.

Le canot de Saito frôla celui de sa promise puis le dépassa. Maïna frémit comme si, en s'approchant, il avait pu voir en elle et deviner son secret. Deux fois déjà, elle avait caché son sang. Elle était devenue femme pendant l'hiver, alors qu'elle ne s'y attendait pas. N'eût été de Saito, elle aurait sans doute été fière. Elle avait des provisions de mousse et une queue de renard offerte par Mastii pour recueillir le sang entre ses cuisses. Maïna aurait dû annoncer le grand événement à son père et, surtout, elle aurait dû respecter les lois. Aux premiers sangs, les jeunes filles sont jugées impures. Elles doivent se retirer dans une tente, loin des hommes, manger seules et se recueillir jusqu'à ce que leur sang ne coule plus. Nul homme ne doit entrer en contact avec elles, ni même toucher à ce qu'elles touchent, car les femmes souillées éloignent les bêtes, et les chasseurs contaminés reviennent bredouilles.

Afin de ne pas nuire aux hommes en offensant les esprits, Maïna s'était tenue à l'écart jusqu'à ce que la mousse entre ses jambes ne se mouille plus, mais elle n'avait pas eu le courage d'avouer qu'elle n'était plus une enfant. Les rites d'initiation ne l'effrayaient pourtant pas. Au contraire, elle avait hâte de s'allonger dans une fosse et de subir les premiers supplices dans l'attente d'une vision. Elle ne redoutait ni la faim, ni la soif, ni le froid, ni les fourmis et elle ne craignait pas l'assaut des corbeaux qui attaquent parfois les jeunes filles immobiles. Elle savait aussi qu'il arrive que les grandes bêtes se méprennent et, croyant voir un cadavre, se jettent sur les suppliciées avant même que celles-ci n'aient découvert si leur esprit tutélaire était un lièvre, une pierre, une oie, un rocher, un bouleau ou une rivière. Maïna ne souhaitait pas échapper à l'initiation. Elle avait caché ses saignements parce que Saito n'attendait que ce signe pour la réclamer comme femme.

Des hirondelles vinrent danser dans le ciel. Bientôt, la rivière s'élargirait une dernière fois avant de s'engouffrer dans un étroit passage pour mieux exploser à la dernière chute. Après, c'était la grande eau salée. Maïna serra sa peau de loup sur ses épaules et rajusta sa coiffe de cuir ornée d'aiguilles de porc-épic. Napani gémit. Mastii déposa son aviron et releva sa chemise de peau pour lui offrir son petit sein d'adolescente gonflé de lait. Maïna porta une main à la pochette sacrée pendue à son cou. Parmi les trésors que ses doigts reconnurent à travers la mince peau, elle distingua le bout de cordon ombilical qui lui servait de porte-bonheur. Elle recommença à avironner en songeant à un autre bébé nourri par une mère de fortune.

Ce printemps de la naissance de Maïna, Mishtenapeu avironnait sans voir ni ciel ni eau. Une douleur atroce engourdissait tous ses membres ; il ne savait plus reconnaître le printemps de l'hiver et le vacarme des outardes n'atteignait pas ses oreilles. Tous étaient honteux et inquiets de voir ce grand homme abruti par l'émotion. Tant de faiblesse n'était pas digne du chef des Presque Loups.

Il y avait déjà plusieurs nuits que Sapi, la compagne de Mishtenapeu, avait hurlé ce cri incompréhensible – MAAA-Ï-NAAAA – avant de quitter le pays des épinettes noires pour basculer dans l'autre monde, ce paradis, par-delà la grande eau, où les Presque Loups n'ont plus jamais faim ou froid. En s'éteignant, Sapi avait laissé glisser entre ses longues cuisses musclées une petite fille qu'il aurait fallu abandonner aux corbeaux. Mais Mishtenapeu l'avait défendue, prétextant, dans un dernier moment de lucidité, que la chasse avait été bonne et qu'une fille de plus ne nuirait pas trop. Maïna avait donc survécu, nourrie par des femmes qui tenaient surtout à ne plus entendre ses cris.

Ce printemps-là, Mishtenapeu avait semblé perdre la raison. Il avait refusé d'abandonner le cadavre de sa compagne au sommet d'une montagne. Il l'avait transportée dans son canot pendant de longs jours, depuis la rivière aux loutres jusqu'à la grande eau, la chargeant sur ses épaules durant de pénibles portages et dormant encore à ses côtés la nuit malgré la puanteur. Lorsqu'ils avaient enfin quitté le couvert d'épinettes pour camper sur les rives de la grande eau, les Presque Loups étaient prêts à renier leur chef.

C'est alors que Tekahera la mystérieuse était revenue d'exil. Un soir de fin d'été, trois ans avant la naissance de Maïna, Tekahera, la cousine de Mishtenapeu, avait quitté le rivage de la grande eau à l'heure où il fait brun pour fuir seule, en canot, vers les îles. Quelques nuits plus tard, les Presque Loups avaient repéré une guirlande de fumée au-dessus de la troisième île et ils n'avaient pas revu Tekahera jusqu'à ce matin, au printemps de la naissance de Maïna, où se dessina au loin un point noir, comme un moustique sur la mer. Un canot apparut bientôt et ils reconnurent celle qui avait fui.

Tekahera s'était alors glissée sous la tente de Mishtenapeu et elle y était restée tout un jour et toute une nuit. En ressortant, à l'aube, elle avait réclamé Maïna et à partir de cet instant elle avait veillé à ce que ce petit paquet remuant qu'elle surnommait affectueusement sa grenouille soit toujours bien nourrie et ait de la mousse propre sous les fesses. Quant à Mishtenapeu, il était resté quelques heures encore sous la tente avant de réapparaître enfin, la dépouille de Sapi sur son dos. Nul ne savait jusqu'où il avait erré avec ce funèbre chargement, mais à son retour il était seul et semblait avoir repris pied au royaume des vivants.

Plus personne n'avait parlé de Sapi, de crainte qu'un mauvais esprit ne s'empare de nouveau du chef. Ce dernier apprit à langer la petite grenouille et la promena bientôt partout, en se pavanant comme si c'était un fils. Mishtenapeu prouva qu'il savait encore apprivoiser l'esprit du caribou et éloigner le Windigo, le géant cannibale. Il réussit à deviner les rivières où le castor accepterait de se livrer et à arracher au tambour des plaintes magiques. Il méritait encore d'être celui qui décide et parle aux esprits.

Mais les vieux disaient que l'âme de Mishtenapeu était encore hantée par des forces invisibles. Les bracelets de deuil, ces fines lanières de peau de caribou nouées aux poignets du chef, avaient pourri depuis longtemps, ce qui signifiait que l'âme de Sapi courait désormais dans un territoire fantastique où les ours, les castors et les caribous abondaient. Pourtant, Mishtenapeu souffrait encore et parfois, la nuit, le chef des Presque Loups se glissait hors de sa tente et marchait silencieusement jusqu'à la grande eau. Là, sous les étoiles, il poussait un hurlement douloureux et effrayant qui glaçait le sang des femmes et arrachait les hommes à leur sommeil.

CHAPITRE 2

Saito attendit que Maïna soit tout près. Il l'avait vue longer la tourbière et s'était dissimulé dans les hautes herbes. Elle poussa un cri, surprise et effrayée, lorsqu'il plaqua son corps contre le sien, pressant son sexe dur dans son dos.

— Je n'ai pas saigné, rappela Maïna d'une voix mal assurée en se forçant à rester immobile malgré une forte envie de se débattre.

Saito hésita. Il n'avait pas à attendre qu'ils soient officiellement unis pour goûter à son corps. Il pouvait la prendre de force, tout de suite, par-derrière, comme font les grandes bêtes. Mais d'autres Presque Loups risquaient d'entendre les cris de Maïna, car elle se défendrait. Tous sauraient alors qu'elle ne voulait pas de lui. Saito repoussa Maïna.

— Tu saigneras bientôt, cracha-t-il d'un ton menaçant.

Alors, songea-t-il, elle lui appartiendrait. Il pourrait la battre afin qu'elle lui obéisse. Saito avait hâte de dompter cette promise qu'il désirait et détestait tant. Il s'était laissé troubler en l'apercevant au bord de la rivière aux loutres et, si Mishtenapeu ne lui avait juré que sa fille n'était pas encore femme, il ne l'aurait pas cru tant Maïna semblait mûre pour l'accouplement.

Saito avait un plan. Une voie secrète, bien tracée. Il devait se maîtriser. Attendre que le temps soit venu.

Bientôt, Mishtenapeu se repentirait d'avoir toujours préféré sa fille. Il regretterait aussi de l'avoir éloigné, lui, son fils adoptif. Saito n'avait pas oublié l'affront qu'il avait subi au cours du dernier été.

Cette nuit-là, il avait voulu Maïna tout de suite. Il dormait dans la tente de Mishtenapeu depuis sa tendre enfance et s'accouplait souvent à d'autres filles, mais cette fois il tenait à prendre sa promise. Nulle autre. Maïna s'était réveillée affolée en découvrant le corps nu de Saito écrasé contre le sien et ses larges mains froides sur ses seins. Elle avait réussi à crier avant qu'une de ces mains ne s'abatte sur son visage.

Alerté, fou de rage, Mishtenapeu s'était rué sur son fils adoptif. Celui-ci avait dû encaisser l'insulte. Pourquoi Mishtenapeu défendait-il si férocement sa fille, comme si Saito ne la méritait pas ? N'était-il pas fort, habile et endurant ? Bien des hommes boudent leur promise, lui préférant toujours d'autres filles. Il avait désiré la sienne tout de suite, mais cette grande biche dédaigneuse qui chassait comme les hommes et frayait avec Tekahera-la-sorcière osait le repousser, lui, le fils de Nosipatan, ancien chef et chaman, un des meilleurs chasseurs de la tribu. Saito avait senti la haine monter en lui comme une sève amère et depuis il préparait secrètement sa vengeance.

À partir de cette nuit, Maïna et Saito furent séparés comme le sont souvent, à cet âge, les jeunes promis. Non seulement Saito partageait-il la tente d'une autre famille mais à la fin de l'été, lorsque Mishtenapeu avait organisé les équipes de chasse, il n'avait pas gardé Saito avec lui. Maïna avait savouré cet hiver de grâce en sachant que ses jours de liberté étaient comptés. Bientôt, elle dormirait sous la peau d'ours de Saito et subirait ses assauts. C'était un homme enragé, il serait dur avec elle. Il la battrait souvent, l'empêcherait de chasser et la condamnerait à racler et coudre des peaux, à nourrir le feu et à tirer de lourds fardeaux.

Le feu crépitait au milieu du campement en répandant une bonne chaleur lorsque Maïna revint de sa marche, angoissée et tremblante après sa détestable rencontre avec Saito, sans ramener le bois sec qu'elle était partie chercher. La tête de l'ours trônait déjà au bout d'un pieu, les pattes gisaient sur des branches d'épinette ; le cœur, le foie et la langue cuisaient lentement dans un récipient d'écorce. Les femmes retiraient du feu de grosses pierres brûlantes qu'elles jetaient dans les marmites d'écorce pour chauffer l'eau de cuisson. La chair de l'ours était éparpillée autour du feu afin que chacun ait sa part à griller.

C'était un ours de bonne taille avec beaucoup de graisse entre la fourrure et la chair. Maïna enduisit ses cheveux de gras et s'en frotta aussi le visage. Elle noua à ses chevilles des bracelets de coquillages qui tintaient joyeusement et accrocha au bas de sa tunique des queues de lièvres qui effleuraient doucement ses jambes. Dans cette tenue d'apparat, elle attendrait le retour de Tekahera.

Des nuées d'enfants couraient autour du feu en repoussant à coups de branches les chiens attirés par la viande. Si l'un d'eux grignotait un os, l'esprit de l'ours serait offusqué et il alerterait tous les ours de la forêt, qui se déroberaient à jamais. L'odeur de chair, de gras, d'entrailles et de sang mêlée à celle des corps réunis fouettait les sens et réveillait les appétits. Pendant les longues semaines de descente vers la mer, chacun s'était contenté de poisson et de petit gibier. Ce soir, il y aurait de la chair d'ours, de la peau de porc-épic, des boyaux bouillis, de la belle viande noire de castor et plusieurs queues.

Tous attendaient, le cœur en fête, que Mishtenapeu s'empare du tambour et danse en l'honneur de l'ours. Lorsque les larges mains du chef s'abattirent enfin sur la peau tendue, un grand frisson parcourut la tribu. Mishtenapeu dansa longtemps et dit le plus grand bien de cette bête qu'il avait chassée. Puis, il fit circuler la tête plantée dans un pieu afin que plusieurs la fassent griller, partageant ainsi la responsabilité de cette grave chasse. Lorsque la tête revint à Mishtenapeu, le chef déposa le tambour et tous s'immobilisèrent. Mishtenapeu planta ses dents dans une des joues et en arracha un grand lambeau de chair grillée. Dans un même mouvement, tous les Presque Loups se jetèrent sur les morceaux de viande disposés autour du feu et Mishtenapeu distribua le cœur de l'ours, les testicules et les pattes de derrière aux hommes qui avaient participé à la chasse.

Les Presque Loups dévorèrent férocement, étourdis par tant d'abondance. Au bout de quelques heures, une douce léthargie gagna la tribu. Des enfants basculèrent malgré eux dans le sommeil, hypnotisés par les flammes. Les plus grands grignotaient la moelle crue des os ou se léchaient les doigts, repus et contents. Maïna rêvait de chasse, de torrents, de forêts et de lacs lorsqu'un murmure s'éleva de la foule. Elle s'éveilla avec l'impression de renaître au monde. En ouvrant les yeux, elle sut que son univers s'était transformé. Tekahera était revenue. Maïna n'avait même pas à la chercher du

regard. Elle en était sûre. Tekahera avait quitté son île,
ses paysages secrets, des milliers d'oiseaux, des centaines
de renards, de loups, d'ours et de lièvres pour se mêler
de nouveau aux Presque Loups et caresser encore, une
seule fois, comme à chaque printemps, la joue de Maïna
de ses longs doigts noueux.

De hautes flammes jaunes et bleues projetaient de
larges ombres mouvantes derrière Tekahera. Maïna ne
pouvait plus détacher son regard de la revenante, de
cette longue chevelure plus sombre que les épinettes du
nord, de cette mince silhouette aux gestes dansants, de
ce visage à la fois grave et épanoui. Elle était là, belle et
inquiétante, le regard noyé dans des ciels trop grands.
D'étranges lumières palpitaient dans ses yeux que rien
ne semblait pouvoir obscurcir. Tekahera était parée de
magie, habitée par d'extraordinaires secrets.

Maïna attendit, le cœur suspendu, que Tekahera
vienne vers elle. L'arrivante se fraya un passage en enjambant plusieurs corps endormis et elle s'arrêta à quelques
pas de Maïna. On eut dit qu'elle hésitait ; elle était
simplement émue. En apercevant sa presque fille, Tekahera
avait deviné qu'elle était femme désormais. Sa petite grenouille s'était métamorphosée durant l'hiver. La vieille
amie de Mishtenapeu plongea son regard dans celui de
Maïna et les tempêtes qu'elle y découvrit la chavirèrent.
Quel singulier destin réservait le Manitou à cette enfant
à peine devenue femme et déjà assaillie par d'aussi violents orages ?

Maïna respirait à peine et ses jambes tremblaient.
Elle n'en pouvait plus d'attendre. Son corps, son âme,
tout son être était affamé de tendresse. Tekahera s'approcha enfin. Maïna resta immobile, prête à recevoir la

caresse sur sa joue, mais Tekahera eut un geste étrange, imprévisible, qui fit valser le cœur de Maïna. Elle entoura la jeune fille de ses grands bras d'oiseau et l'étreignit tendrement. Maïna n'avait jamais rien connu d'aussi bon. Ce soir-là, les Presque Loups dansèrent jusqu'à ce que la lune commence à disparaître. Alors, Tekahera s'approcha du feu et l'excitation devint rapidement palpable. Les femmes firent taire les bébés en leur donnant le sein ; on alimenta le feu et Mishtenapeu reprit le tambour, scandant très lentement un rythme qui ressemblait à un appel. Tekahera allait parler et tous savaient que sa parole était sacrée, car dans sa bouche naissaient des animaux et des paysages, des forêts et des ouragans, des créatures effroyables qui glaçaient le sang des Presque Loups, mais aussi de grands oiseaux lumineux et des aurores boréales ensorcelantes. Ce pouvoir de parole que tous les Presque Loups lui enviaient, Tekahera l'avait ramené de son long ermitage avant la naissance de Maïna. À son retour, Tekahera était un peu sorcière, grande guérisseuse et formidable conteuse. En parcourant son île aux quatre vents, elle avait appris les secrets des plantes et des bêtes pour apaiser la douleur et cicatriser les plaies, mais sa magie des mots semblait provenir d'ailleurs. On aurait dit qu'elle l'avait arrachée aux esprits.

La foule était silencieuse. On n'entendait plus que le son du tambour, on ne sentait que l'haleine du vent. Tekahera ferma les yeux et accorda son corps aux battements de l'instrument. Maïna admira le visage doux de Tekahera, ses beaux seins pleins qui remuaient sous sa tunique souple et ses gestes si gracieux qu'on l'eut crue plus parente des oiseaux que du loup. Tekahera raconta l'origine des Premiers Hommes.

« C'était il y a des lunes et des lunes. Et plus encore. Les esprits avaient attiré les Premiers Hommes hors de leur territoire de chasse pour les guider vers un vaste pays de glace, sans arbres pour nourrir un feu. Les Premiers Hommes avaient avancé sur ce sol cruel, chassant des proies gigantesques, luttant contre des froids mordants et des vents fous. Ils avaient faim, si faim qu'ils dormaient peu, de crainte qu'un des leurs ne les dévore pendant leur sommeil.

« Ils étaient courageux. Nombre d'entre eux moururent, mais d'autres réussirent à se nourrir un peu et ils poursuivirent leur route. Comment les Premiers Hommes arrivaient-ils à arracher des lambeaux de chair aux monstres d'il y a si longtemps ? »

Tekahera s'arrêtait toujours là, et de la foule réunie jaillissait un même mot :

— MANITOU !

Alors, elle reprenait.

« Oui, le Manitou, le Plus Grand Esprit, les protégeait parce qu'il les avait choisis. Sinon, comment auraient-ils pu lutter contre le tigre-aux-dents-qui-tuent, celui qui enserrait ses victimes avant de les transpercer de ses canines énormes ? Contre les paresseux géants, ces mastodontes qui, au moment d'attaquer, se dressaient sur leurs pattes de derrière et déchiraient le ciel de leurs griffes crochues ? Comment les Premiers Hommes auraient-ils pu affronter les bisons à longues cornes et les mammouths armés de défenses colossales ? Ils couraient en troupeaux si denses qu'on aurait dit des nuées d'insectes au loin. Et comment ces pauvres hommes auraient-ils pu lutter contre les panthères redoutables et ces castors géants plus pesants qu'un ours et des chiens-loups de la taille d'un faon qui, d'un seul coup de mâchoires, broyaient les membres de leurs victimes?

« Le Manitou n'avait pas abandonné les Premiers Hommes, mais il leur infligeait d'horribles supplices. Il les poussait au bout de leurs forces afin de s'assurer qu'ils méritaient d'être choisis. Longtemps, le soleil disparut. Les Premiers Hommes se mirent à douter des esprits, mais ils poursuivirent quand même leur route dans l'interminable nuit. Lorsque la lumière revint, ils n'avaient plus assez de forces pour projeter leurs lances à bout de bras. La faim leur brouillait la vue et alourdissait leurs membres. Ils creusèrent la neige à en déchirer leurs doigts bleus pour s'offrir une maigre protection contre le vent. Ils se sentaient aussi seuls et perdus qu'une étoile dans un ciel immense.

« Alors, le Manitou eut pitié. Il souffla sur les forêts plus bas, réveillant le maître des caribous. Des hardes, des foules, des nuées de caribous se levèrent, secouèrent leur pelage et s'élancèrent d'un même souffle vers le nord, dans un fracas de sabots plus grand que le tonnerre. Derrière eux couraient des loups affamés.

« C'est ainsi que les Premiers Hommes sont devenus les Presque Loups. Ils suivent les hardes, attendent, guettent et frappent. Ils mangent aussi des oiseaux et des lièvres, des castors et des ours, mais leur vie dépend toujours des troupeaux de caribous qui courent sur les lacs et se faufilent entre les montagnes dans de spectaculaires et sournoises migrations. »

Tekahera fit une pause. Elle but de l'eau à petites gorgées puis inspira profondément, comme pour puiser au fond d'elle-même quelque force secrète. Après la légende des Premiers Hommes, elle racontait toujours l'arrivée du peuple des glaces, ces étrangers dont les Presque Loups se méfiaient comme du carcajou.

«Ce sont de petits êtres cruels habités par un esprit mauvais. Leur âme est glacée. Ils vivent sans feu dans un désert de glace, chassant les énormes bêtes qui nagent sous les eaux gelées. Ils se gavent de graisse et mangent cru, comme les bêtes, leurs crocs terribles mordent dans la chair gelée. Ils sont sans pitié. Pour éliminer un des leurs, ils lui transpercent le cœur d'un coup de lance. Lorsque ragent les tempêtes et que la faim torture leur esprit, ils s'entredévorent sans remords. Les Presque Loups qui ont marché longtemps vers le froid, jusqu'au pays sans arbres, ont entendu, les soirs de tempête, les plaintes lamentables des hommes des glaces dévorés par leurs frères.»

Un long silence suivit les paroles de Tekahera. Les Presque Loups étaient profondément remués. Puis, peu à peu, on oublia les visions nées du grand récit et la fête continua jusqu'à ce que la fatigue triomphe. Maïna s'était assoupie, mais après un bref sommeil sans rêve elle s'éveilla, le cœur trop agité pour dormir de nouveau. Elle se leva et marcha vers la grande eau. Une peau de brume recouvrait l'eau endormie. Le ciel était encore sombre, mais au loin l'horizon s'effilochait en lambeaux roses et mauves à l'approche de l'aube. Maïna avança lentement, escaladant les grosses pierres, ces îles noires et rondes sur la mer de sable. Dans la lumière timide, Maïna admira les raies d'ocre, d'or et de gris sur le dos des pierres.

Les Presque Loups avaient percé le mystère de quelques couleurs en broyant des pierres, de la terre, des pétales ou des œufs de poisson. Mais arriveraient-ils jamais à reproduire toutes les couleurs du ciel ou même

celles des pierres striées de la grève? Maïna soupira. Tout
était trop grand ici. Tant d'eau, tant de ciel. Elle préférait
la forêt d'épinettes, le couvert sombre des arbres qui protège des vents et limite l'espace.

Un froissement d'ailes monta de la grève. Des outardes
mal endormies avaient fui à l'approche de Maïna, laissant
derrière elles des effluves de printemps. Maïna marchait
sans but. Au sommet d'une avancée de pierres, elle s'arrêta
brusquement. Un homme venait d'émerger du sous-bois.
Il ramenait un carcajou empalé sur sa lance. L'animal
remuait encore, le chasseur ne s'était pas donné la peine
de mettre fin à son agonie. Maïna s'accroupit derrière
les pierres, le cœur battant à tout rompre. C'était Saito.

Il s'arrêta près de la grande eau, à quelques pas de
Maïna, et brusquement creva les yeux de l'animal. Le
carcajou tressaillit, ses membres s'agitèrent, puis il
s'immobilisa. Saito attendit qu'il remue de nouveau
avant de lui briser les pattes puis de le mutiler d'une
pluie de coups de couteaux. Quand le carcajou ne
réussit plus à ouvrir la gueule, Saito l'empoigna par la
queue et l'abattit tant de fois sur les pierres que sa cervelle
éclata et se répandit.

Le carcajou est une bête infâme, il vole les proies
des Presque Loups, chipe leur viande. Les Presque Loups
le tourmentaient parfois un peu avant de le tuer mais
jamais comme Saito venait de le faire. Ses gestes témoignaient de l'emprise d'un esprit malveillant, de ceux
qui font oublier aux Presque Loups leur véritable nature.
Maïna frissonna de dégoût.

Saito repartit en longeant la grève. Maïna se fit toute
petite et retint son souffle lorsqu'il passa devant elle, si
près qu'elle entendit ses grognements satisfaits. Elle

attendit qu'il ait complètement disparu avant de bouger, puis elle s'assit pour contempler l'horizon brouillé. La cruauté du jeune homme faisait de lui un bien mauvais Presque Loup. Elle-même ne portait pas cette violence. Mais était-elle une vraie Presque Loup? Les Presque Loups sont des créatures d'action, songea-t-elle. Leur vie est simple et grave. Ils consacrent toute leur énergie à survivre. La nature et les esprits les éprouvent suffisamment, ils ne se préoccupent pas d'autres choses. Ils tuent pour manger et se couvrir et apprivoisent les esprits, car sans ces derniers, ils sont perdus. C'est tout.

Maïna était différente. Les humeurs du vent la troublaient, la danse des arbres sous l'orage l'enivrait de bonheur et il lui arrivait de trembler devant la beauté des lumières boréales. D'autres spectacles de la terre et du ciel lui procuraient des moments d'allégresse qui frôlaient l'enchantement, mais parfois aussi sa détresse était immense alors même qu'elle n'avait ni froid ni faim. Maïna s'était déjà confiée à sa cousine. Mastii s'était gentiment moquée d'elle. Elle n'avait rien compris. Alors Maïna s'était sentie loin des siens.

Elle se demandait parfois quel étrange esprit l'habitait. À croire qu'elle était la fille de Tekahera la mystérieuse. Des Presque Loups racontaient que Tekahera ne passait pas l'hiver sur son île. Elle traversait la grande eau et enjambait l'horizon pour basculer dans l'autre monde. Au printemps, elle revenait. C'est ainsi qu'elle réussissait à affronter seule le froid et la faim tout l'hiver. C'est de l'autre monde qu'elle ramenait les secrets des plantes et toutes ces paroles envoûtantes.

Maïna savait qu'elle n'était pas née du ventre de Tekahera. Elle était l'enfant de Mishtenapeu, le plus vrai des Presque Loups, et de Sapi, une femme sans histoire. Elle souhaita soudain être elle aussi une Presque Loup sans histoire et faire taire tous les orages qui grondaient en elle.

Elle était promise à Saito, un des meilleurs chasseurs de la tribu. À ses côtés, elle aurait moins faim et moins froid que bien d'autres femmes, car Saito lui apporterait des peaux à tanner et de la viande à cuire sur un grand feu. Mais l'idée d'appartenir à cet homme lui répugnait. Elle n'avait d'ailleurs pas envie d'être possédée par un homme, d'attendre dans une tente en cousant des peaux pendant que lui courrait derrière les caribous. Elle voulait chasser. Participer, jour après jour, à cette formidable aventure en se faufilant entre les épinettes pour conquérir elle-même les bêtes qui la nourriraient.

Le soleil s'était enfin levé, la mer brillait doucement. Maïna soupira. Elle ne pourrait s'empêcher d'être différente. La preuve ? Cette inexplicable joie qui l'envahissait depuis que le soleil répandait de l'or sur la mer. N'avait-elle pas aussi imaginé que les taches de lumière sautillant sur la grande eau étaient animées ? Qu'elles représentaient des êtres minuscules capables de voler et qui la nuit ensorcelaient les poissons ? Des créatures fabuleuses qui...

Maïna s'arrêta, surprise et malgré tout amusée de s'être de nouveau mise à rêver. Elle était bel et bien la presque fille de Tekahera, car elle possédait elle aussi, du moins en était-elle presque sûre, le don des récits. Maïna devinait qu'elle aurait pu raconter la légende des Premiers Hommes avec des paroles qui font vibrer le cœur trop sage des Presque Loups et qu'elle saurait trouver des mots pour faire tomber la pluie et souffler la neige, pour allumer des étoiles dans un grand ciel noir et faire courir sur un lac gelé des hardes et des hardes de caribous.

CHAPITRE 3

Le printemps était déjà avancé. Maïna avait cueilli de pleins paniers d'œufs de grives, d'outardes et de lagopèdes et elle s'était régalée de longs poissons aux écailles argentées. Mishtenapeu lui avait offert une peau de caribou aux poils bien fournis afin qu'elle puisse confectionner une tunique à sa taille. Maïna avait réuni les pièces avec des lanières de tendon, perçant patiemment la peau de son alène d'os. Bientôt pousseraient la sarracénie, l'andromède, l'azalée et l'herbe à rosée. Elle irait cueillir des plantes sous la lune avec Tekahera, qui en ferait des potions et des pommades, des infusions et des parfums.

Tekahera permettait désormais à sa presque fille de parcourir la forêt avec elle, d'arracher au sous-bois plantes et racines, de mélanger les herbes, d'extraire les jus, de broyer les écorces. Maïna avait appris à nettoyer une plaie avec des plumes de perdrix et à mêler l'écorce de peuplier aux vesses-de-loup pour cicatriser les blessures. Elle avait aidé Tekahera à envelopper l'avant-bras d'un homme griffé par un ours dans une peau de poisson bleu et attendu patiemment que les asticots s'y mettent et que la gaine tombe en pourriture en dévoilant une belle peau guérie, presque neuve. Maïna avait mâché des feuilles de lédon pour les appliquer sur les orteils noirs d'un aîné qui avait pataugé trop longtemps dans une rivière glacée. Elle avait appris à réduire une fracture avec un grand carré d'écorce de bouleau fraîchement arraché à l'arbre et qui en séchant durcissait, immobilisant le membre blessé.

Elle avait colmaté des coupures avec de la gomme fondue, appliqué des pommades d'achillée sur les mauvaises blessures, chauffé la sphaigne pour soulager les os fatigués, fait macérer du trèfle d'eau pour apaiser des fièvres. Elle connaissait désormais les secrets du fiel d'ours, des rognons de castor et des œufs de carpe et le pouvoir fulgurant du kalmia et de quelques autres poisons.

Un matin, peu après la fête des retrouvailles, Maïna s'était présentée, comme chaque année, au refuge de Tekahera, là où la grève disparaît dans le sous-bois. L'installation paraissait réduite, mais elle trompait l'œil, car l'abri donnait sur une vieille tanière, un grand creux dans la terre où Tekahera entassait de minuscules pochettes, des outres, des panses et des ballots mystérieux.

À chaque printemps, Maïna montrait à Tekahera les travaux qu'elle avait accomplis durant l'hiver. Elle avait apporté, au fil des ans, des peaux décharnées, des guêtres, des mocassins, une tunique d'hiver, un gobelet d'écorce, des raquettes et plusieurs colliers de plumes, de vertèbres de poissons ou de coquillages. Tekahera avait un œil redoutable. Rien ne lui échappait. Il suffisait que ses doigts s'attardent sur un tendon un peu lâchement noué pour que Maïna sente monter la honte et se promette de faire mieux au printemps suivant.

Tekahera veillait à ce que sa presque fille apprenne le travail des femmes. Maïna savait gratter et dépiler les peaux. Elle maîtrisait l'art de tanner avec un mélange d'urine et de cervelle rance. Elle savait fendre les tendons pour en faire du fil et coudre les peaux. Elle avait appris à sécher le poisson et la viande, à préparer le pemmican et à monter un abri. Comme une mère, Tekahera lui avait enseigné tous les gestes importants, sauf ceux de l'amour que les petites filles devinent puis découvrent sous les peaux de caribou où dorment ensemble deux ou trois familles. Peu à peu, Tekahera avait aussi initié Maïna aux plantes, guettant son regard, ses réactions et ses gestes avant de décider qu'elle pourrait hériter de son art. À la fin de l'été, lorsque les caribous amorcent leur descente vers le sud, que les sols se couvrent de fruits sauvages et que les Presque Loups se divisent pour les chasses d'automne, Maïna repartait avec de nouvelles tâches à accomplir.

Ce printemps, Tekahera n'avait pas trouvé de défauts. Elle savait pourtant que Maïna avait eu peu de temps pour les travaux de femme, car elle avait beaucoup chassé. Tekahera sourit. Elle-même accomplissait les gestes de l'homme et de la femme. Lorsqu'elle émergeait de son canot au premier soir des retrouvailles de la grande eau, les jambes fortes et le pied léger, son corps protégé par de bonnes peaux, c'est qu'elle avait abattu sa part de caribous, de castors, de lièvres et de porcs-épics.

Mishtenapeu n'avait jamais clairement permis à sa fille de défier le Manitou en tuant elle-même de grosses bêtes. Il avait simplement refusé de s'éloigner trop longtemps de sa petite grenouille. Maïna l'avait suivi et elle en avait profité pour épier les hommes, retenant les attitudes, les gestes, attentive à tous les secrets de la forêt. Au fil des saisons, non seulement avait-elle acquis le savoir des chasseurs, mais elle était devenue rusée comme l'ours, leste et vive comme le lièvre, et surtout elle avait l'endurance des loups. Maïna pouvait marcher nuit après jour, sans broncher, sans faiblir, puisant tout au fond de son être du courage et des ressources que d'autres n'avaient jamais découverts. Tekahera se réjouissait secrètement du cheminement de Maïna et lorsque celle-ci lui présentait ses trophées de chasse, becs d'oiseaux, pattes de lièvres et queues de renards, elle ne pouvait dissimuler sa joie.

Maïna avait attendu que Tekahera ait inspecté ce qui était de sa gouverne – peaux, vêtements et accessoires – avant de présenter ses deux plus beaux trophées. Tekahera admira d'abord l'oreille d'un caribou que Maïna avait suivi pendant de longues heures derrière Mishtenapeu. Puis, Maïna déroula le précieux ballot qu'elle tenait sous son bras. Un rayon de soleil vint lécher la sombre toison révélant une fourrure dense d'un beau noir brillant.

— Un loup!

Tekahera n'avait pu retenir son cri. La fille de Mishtenapeu était donc bien, comme sa mère adoptive l'avait toujours cru, une Presque Loup choisie.

Maïna avait guetté la réaction de Tekahera. Elle avait senti confusément, au moment de la chasse, que cette fourrure magnifique représentait plus qu'un simple trophée. Elle en avait maintenant la certitude. Elle se souvenait du regard doré du loup et bien qu'elle ne comprît pas encore ce qu'il signifiait, elle décida de ne plus se séparer de cette fourrure.

Depuis le début du jour, Maïna marchait seule, à la recherche d'un buisson de bois-sent-bon des marais, assez haut et bien fourni avec de jeunes rameaux d'un beau brun rougeâtre. Elle le trouva finalement au bord d'une vaste tourbière. Avant d'arracher les lourdes branches, elle étendit sa peau de loup sur le sol humide et offrit son corps au soleil. De puissantes odeurs de racines, de feuilles et de terre l'enveloppèrent. Maïna ferma les yeux et elle s'abandonna aux bruits de la tourbière où nichaient des myriades d'oiseaux et d'insectes.

Elle allait s'endormir lorsqu'un brusque mouvement l'alerta. Maïna promena un regard autour d'elle. La terre n'avait pourtant pas tremblé comme il arrive parfois lorsque le grand maître des caribous trépigne de colère. Des herbes ou quelque petite bête avaient peut-être remué, mais tout était redevenu immobile. Soudain, elle tressaillit de nouveau. Maïna découvrit alors que cela s'était produit en elle. Elle avait ressenti, au creux de son être, une agitation soudaine, mystérieuse, un grand coup de vent, des feuilles affolées, mille remuements annonciateurs d'un bouleversement magnifique.

C'était un signe.

Maïna s'efforça de maîtriser son excitation. Elle arracha soigneusement les branches que réclamait Tekahera, en tirant vers le sol, jamais vers le ciel, comme elle l'avait appris. Elle refusa de courir, soucieuse d'imiter les siens, ces Presque Loups si raisonnables qui savent rester calmes au plus fort des tempêtes.

Elle regagna le campement en longeant la grève. Trois canots, décorés de couleurs qu'elle n'avait jamais vues, étaient hissés sur le sable. C'était chose si rare qu'elle se permit alors de courir. Un événement important se préparait. Les siens avaient d'ailleurs allumé un très haut feu en plein jour, preuve de grand dérangement.

Des hommes inconnus, d'un nombre égal aux doigts d'une main, se tenaient debout devant les flammes. Ils semblaient fourbus mais gardaient le dos droit et le regard fier, subissant sans broncher l'inspection attentive puis l'interrogatoire curieux des Presque Loups. Ils venaient d'îles très vastes où leurs ancêtres avaient toujours vécu. Leur langue ressemblait beaucoup à celle des Presque Loups et ce que les mots ne réussissaient pas à exprimer, les bras, les mains et le corps s'en chargeaient. Quelques printemps plus tôt, ils avaient quitté leurs terres désertées par les caribous. Eux aussi dépendaient des grands troupeaux. Ils avaient traversé la grande eau et atteint une rivière beaucoup plus loin sur la côte, du côté du soleil levant. C'était un large bras d'eau tortueux aux courants violents. Pour en remonter le cours, il fallait des jambes dures et des bras puissants, car les portages étaient longs et le sous-bois si dense que les hommes fonçaient, leur canot sur le dos, avec l'impression de devoir repousser les arbres.

Ils étaient cinq, mais Maïna n'en voyait qu'un. Le plus grand, le plus jeune aussi. Sa veste de peau déchirée révélait un ventre dur. Il portait ses cheveux longs. Son visage était terriblement calme, presque froid. Il eut fait un bon Presque Loup. Ses lèvres, par contre, étaient lourdes et pleines, sa bouche grande et invitante. Mais tout cela perdait son importance lorsqu'on s'accrochait à ses yeux. Ils étaient sombres comme ceux de tous les Presque Loups, mais une foule de reflets changeants naviguaient dans ces eaux profondes. Il y avait, dans

ces yeux, des crépuscules et des fourrures de loup, de
l'écorce et de la terre, des montagnes noires et des ciels
d'orage. Il y avait aussi des histoires à n'en plus finir.
On aurait dit que toute son énergie, toute sa joie, sa puissance et sa souffrance étaient concentrées dans son
regard. Maïna y lisait les marches interminables, la faim
collée au ventre, les terribles nuits de vent et de glace
où le hurlement des loups ravage l'âme, les petits matins
de soleil et d'espoir et la plainte incessante des esprits
qui force aux plus grands dépassements.

Il y avait tant d'images encore... Mais Maïna avait
subitement détourné son regard, car il l'avait aperçue,
elle, ce corps frêle sous la peau de loup, cette petite femme
d'apparence fragile qui pourtant irradiait une force
magnifique. Sans doute avait-il aussi vu ses joues
brûlantes et son regard tremblant, mais comment deviner
l'immense brasier qu'il venait d'allumer?

Il s'appelait Manutabi. Lui et les siens avaient quitté
la tribu des îles pour échapper à la famine. Après quelques
bonnes saisons, les caribous avaient de nouveau disparu
et les carcajous avaient pillé leurs caches et leurs pièges.
Plusieurs des leurs s'étaient éteints sans bruit, l'esprit
chaviré à force de ne rien manger. D'autres avaient tenté
de lutter, mordant dans de vieilles peaux pour tromper
leur faim. Pendant tout l'hiver, les corbeaux et les loups
s'étaient régalés des cadavres des leurs. Alors ils avaient
fui pour échapper à cette malédiction inconnue, sachant
qu'aucun d'eux n'avait offensé les esprits.

Mishtenapeu avait compris : ils souhaitaient se
joindre aux Presque Loups. C'était une affaire rare et
importante. Mishtenapeu ordonna qu'on nourrisse les
hommes des îles pendant qu'il se retirerait avec les aînés

pour discuter. Maïna épia Manutabi et les siens. Ils mangeaient en freinant leur appétit pour ne pas révéler l'immensité de leur faim. Ils ne semblaient pas inquiets. Si Mishtenapeu refusait, sans doute repartiraient-ils seuls vers d'autres rivières avec l'espoir de trouver femmes ailleurs.

Brusquement, sans réfléchir, Maïna avança vers eux. Elle ne pouvait tolérer que le jeune inconnu disparaisse. Elle marcha, la tête haute, le cœur palpitant, jusqu'au petit groupe qui s'était isolé pour manger. Manutabi dévorait un gros morceau de castor. Maïna s'assit devant lui sans dire un mot. Les autres hommes s'arrêtèrent, curieux, puis mordirent de plus belle dans la chair grillée.

Manutabi laissa tomber sa viande sur le sol. Il reconnaissait l'étrange fille à la peau de loup aperçue dans la foule. Elle était là, devant lui, comme une offrande. Après tant de jours à vivre dans le brouillard, la tête pleine de cadavres, il n'osait croire à cette petite femme vive et grave qui le guettait de ses grands yeux de feu. Des appétits d'homme surgirent en lui, une débâcle secrète survint et une source chaude, délicieuse, l'envahit. Là, tout de suite, il décida qu'il irait n'importe où, jusqu'au bout de la grande eau, pour cette femme-loup.

En se relevant, beaucoup plus tard, Maïna ressentit une crampe dans son ventre. Du sang allait couler sur ses cuisses, et cette fois elle ne le cacherait pas. Elle irait seule dans la tente des saignantes, annonçant ainsi à tous qu'elle méritait d'être initiée. Comme elle quittait les étrangers, Maïna aperçut Saito tout près. Depuis quand était-il là? Qu'avait-il vu? Maïna chassa la peur et plongea ses yeux noirs dans ceux de Saito. Cette fois, elle ne tremblait pas. Son corps de femme lui appartenait. Il était à elle, Maïna. Elle le dirait à Mishtenapeu, elle le crierait à toute la tribu s'il le fallait. Et si cela ne suffisait pas, elle fuirait vers des îles inconnues, comme Tekahera. Mais elle ne serait pas seule. L'étranger la suivrait. Il le fallait. Elle utiliserait sa parole pour le persuader, ferait tout pour le convaincre, car elle ne pouvait déjà plus imaginer vivre loin de lui.

Les femmes n'avaient creusé qu'une fosse. Maïna serait la seule initiée. Le trou était haut comme un homme et très étroit. Les aînés avaient décidé que Maïna y descendrait à l'heure où le soleil est haut, mais Maïna s'était quand même levée avant l'aube. Elle avait vu les dernières étoiles s'évanouir dans le gris du ciel et les premières lueurs trembler à l'horizon. En songeant à son initiation, Maïna avait l'impression qu'un aigle immense, surgi de nulle part, lui tordait le cœur entre ses serres géantes. Elle ne craignait pas la douleur physique. Elle avait hâte de s'enfoncer dans la terre et de prouver à tous qu'elle était robuste, qu'elle savait dompter son corps et faire preuve de courage. Maïna avait confiance en sa volonté, mais elle appréhendait l'épreuve ultime, la rencontre avec les esprits. Elle redoutait qu'aucune puissance digne de la fille d'un chef ne s'intéresse à elle, qu'elle soit condamnée à poursuivre l'aventure de sa vie avec pour seul parrain l'esprit d'un insecte ridicule ou celui d'une plante sans vertu.

Un concert d'oiseaux salua l'apparition du soleil dans un ciel sans nuages. C'était bon signe. Maïna marcha d'un pas alerte jusqu'à la grande eau. Elle sentit bientôt le sable humide sous ses pieds et un brusque coup de vent la fit frissonner. Une volée de fléchettes pénétra sa peau lorsqu'elle avança dans l'eau glacée. Les premières vagues roulèrent sur ses chevilles puis la grande eau s'empara de ses jambes, remonta sur ses cuisses, enveloppa ses hanches. Lorsqu'elle fut immergée jusqu'au cou, Maïna inspira longuement et plongea dans la noirceur de l'eau.

Elle ouvrit les yeux et battit doucement les jambes en tâtant de ses mains le fond mou où s'accrochaient des algues et quelques coquillages. Au bout d'un temps, ses oreilles bourdonnèrent. Puis elle sentit peu à peu un étau se resserrer sur sa poitrine, le besoin de respirer devenait plus pressant. Maïna resta sous l'eau. Elle avait décidé depuis longtemps qu'avant d'être initiée elle irait puiser de l'énergie jusque dans les profondeurs mystérieuses, là où l'eau et la terre se rejoignent dans l'obscurité et le silence.

Maïna ferma les yeux et continua à raser, toujours très lentement, le fond de l'eau. Ses doigts effleurèrent une plante visqueuse, quelques roches, des morceaux d'écailles. Elle s'arrêta bientôt, incapable d'avancer davantage. Elle avait besoin de toutes ses forces pour lutter contre le désir impérieux de remonter à la surface et de respirer enfin. Maïna attendit encore, un peu étourdie, remuant juste assez pour se maintenir au fond.

Ses membres s'engourdirent ; la sensation était plutôt agréable, elle avait l'impression de flotter dans un monde hors du temps, où rien ne pouvait l'atteindre. Puis, peu à peu, elle se sentit attirée vers le fond comme si ce sol froid et meuble voulait l'aspirer. Maïna attendit encore, enfonçant ses doigts dans le sable, mobilisant toute sa volonté pour ne pas remonter à la surface. Elle n'avait jamais connu un tel vertige. Au bout d'un long moment, elle oublia enfin la douleur étouffante, l'envie terrible de respirer. On eut dit qu'elle allait dormir. Maïna sentit ses mains lâcher prise, ses doigts courir sur le fond puis flotter doucement. Il était temps de remonter. Elle devait respirer. Tout de suite. Absolument.

Elle émergea brusquement, propulsée par un puissant battement. De loin, on aurait dit un long poisson doré crevant la surface de l'eau. Elle nagea jusqu'à la grève, s'ébroua comme un jeune chien et entreprit de faire naître le feu. Lorsque des flammes s'élevèrent enfin, Maïna offrit son corps transi à la douce chaleur. Elle tordit plusieurs fois ses longs cheveux puis laissa le feu les sécher.

Le soleil poursuivait son ascension dans un ciel d'un bleu extraordinaire. La grande eau scintillait comme si toutes les étoiles de la nuit y avaient sombré. Il était temps de rentrer au campement. Maïna se sentait forte, ses pensées étaient claires, son corps prêt à tout affronter. Avant de repartir, elle étouffa les flammes en lançant de grandes poignées de sable puis, grisée d'eau froide, de soleil et de feu, elle accomplit un geste que peu d'hommes réussissaient. Maïna poussa un long cri strident, appelant le Manitou afin qu'il reçoive son sacrifice en offrande, puis elle sauta sur le brasier fumant et piétina les cendres brûlantes de ses pieds nus.

Maïna revint au campement en mordant sa lèvre inférieure pour ne pas hurler de douleur. À chaque pas, elle devait lutter contre l'envie de se rouler en boule sur le sol en gémissant comme une bête souffrante. Elle réussit à marcher jusqu'à la tente de Mishtenapeu, où des femmes l'attendaient. Elle remit sa pochette magique à Chan, la plus vieille des Presque Loups, celle dont les doigts ressemblaient à de vieilles racines et les yeux à un ciel de pluie, enleva sa tunique puis s'agenouilla afin que les femmes parent son corps pour l'initiation. Quelques-unes remarquèrent la peau rougie et gonflée sous les pieds de Maïna, mais nulle ne dit mot. Avec de petits bouts de charbon de bois, elles dessinèrent d'abord une lune dans le dos de Maïna, puis une rivière à la chute de ses reins et quelques arbres un peu plus loin. Le ciel était vaste. Elles y firent voler beaucoup d'oiseaux.

Les femmes étaient silencieuses. Maïna tenta de deviner le paysage dans son dos. Elle se sentait importante, émue par ces caresses sur sa peau. Les femmes la firent s'allonger sur le sol. Elles tracèrent des étoiles sur ses joues et un minuscule caribou sur son front. Maïna crut qu'elles avaient terminé. Chan s'approcha et elle s'agenouilla péniblement. Du bout des doigts, elle abaissa les paupières de Maïna et se mit à pétrir son ventre et sa poitrine avec une vigueur surprenante. Puis elle souffla doucement sur sa peau pour chasser les mauvais esprits. Des femmes lui remirent un petit bol. Chan murmura une incantation avant d'y tremper un doigt noueux. Elle dessina une grande bête dorée sur le ventre de Maïna. C'est en reconnaissant l'odeur âcre des œufs de carpe pourris que Maïna devina la couleur sur sa peau, mais elle n'aurait pas su nommer la créature dessinée.

C'est en sa qualité de chaman que Mishtenapeu offrit à sa fille un gobelet d'eau chaude où flottaient des feuilles de kalmia, le plus puissant poison. Mishtenapeu tendit le gobelet d'écorce à Maïna en posant sur elle un regard qu'il voulait impassible, mais des lueurs tendres le trahissaient. Maïna frémit. Et si son corps se révoltait? La dose était faible, mais il arrivait que des jeunes filles fortes et bien constituées pâlissent, suffoquent et tournent de l'œil. En reprenant conscience, elles semblaient prêtes à vomir leurs entrailles. Les Presque Loups comprenaient alors qu'un esprit malin s'était emparé de la jeune fille et l'empêchait de lutter contre le poison. Elle n'était jamais initiée, aucun homme ne goûtait son corps, personne ne chassait pour elle. Elle finissait par mourir de froid et de faim.

Maïna avala le poison sans trembler et l'attente débuta. Pour chasser l'angoisse, elle fouilla ses pays intérieurs. Elle y débusqua d'abord quelques lagopèdes, immobiles et tremblants sous les saules. Un lièvre gris, tapi dans les broussailles, bondit soudain, l'œil inquiet. Une ourse courut, ses petits à ses trousses. Puis les loups déboulèrent de nulle part. C'était une meute impossible, immense. Maïna galopa derrière eux, le cœur battant, sans savoir où ils la mèneraient.

Les regards des Presque Loups se tournèrent enfin vers le ciel. Le soleil était haut et chaud, l'aspirante initiée respirait normalement. Ses joues étaient roses, son regard serein. Mishtenapeu donna le signal.

Les femmes formèrent une longue procession pour accompagner Maïna à la fosse. Les hommes devaient rester au campement. Maïna avança lentement mais sans hésiter. Au premier pas, la douleur cuisante à ses pieds s'intensifia, lui arrachant un cri aigu, vite étouffé. Tous les regards étaient tournés vers elle. Le moindre frémissement serait interprété comme une marque de faiblesse. Maïna ressentit soudain la gravité du moment, une vague angoisse monta en elle.

Malgré tout, elle marcha d'un pas ferme devant Mishtenapeu. Les autres étaient réunis en petits groupes. Elle dépassa les aînés puis les hommes de l'âge du chef. Arrivée aux hommes récemment initiés, Maïna concentra son regard sur la montagne derrière. Elle sut qu'elle avait dépassé Saito lorsqu'elle l'entendit imiter la sittelle. C'était un signe clair. Saito rappelait aux autres qu'il avait des droits sur la future initiée. Maïna continua d'avancer, le regard fermé, impénétrable, mais un brusque abattement l'avait envahie. Le rappel de Saito ne l'avait pas troublée, elle s'y attendait. Mais Manutabi ne s'était pas manifesté et Maïna ressentait cruellement son silence.

Un couple de sizerins quitta son bosquet d'aulnes et au même moment un objet roula aux pieds de Maïna. Elle se pencha pour le ramasser. C'était une pierre translucide, de la taille d'un œuf de grive et d'une rare beauté. Maïna n'en avait jamais vue de cette sorte. On eût dit qu'elle avait été taillée par le Manitou tant sa forme était parfaite, ses cassures superbement irisées. Maïna osa tourner la tête. Manutabi était là, tout près. Son regard était d'orage, un ciel lourd de désirs, parcouru d'éclairs magnifiques. Maïna emprisonna dans sa main cette pierre merveilleuse que l'homme des îles lui avait offerte et qui l'accompagnerait durant sa dure épreuve.

La fosse avait été creusée dans un vallon où la végétation était rare. Maïna y descendit en serrant la pierre très fort dans son poing. Lorsqu'elle fut étendue sur la terre humide, le ciel disparut à ses yeux. La fosse étant étroite, elle ne voyait que les murs de terre. Elle remua un peu, tendit le cou, et découvrit enfin un petit carré bleu. Maïna décida que ce morceau de ciel serait Manutabi et elle se laissa envahir par lui.

Lorsqu'elle l'avait aperçu pour la première fois, son

univers s'était subitement transformé et, depuis, l'étranger dominait cette géographie nouvelle. Tous les matins, à son réveil, Maïna retrouvait cette présence fabuleuse en elle. Et parfois, lorsqu'elle le voyait, lui, pour vrai, au bord de la grande eau ou émergeant du sous-bois, son cœur frémissait. Elle gardait ses émotions secrètes, devinant que même Mastii aurait ri de la découvrir trop sensible, mais parfois Maïna étouffait dans son silence. Elle était prise d'une formidable envie de crier son nom – MAAANUTAAABI – très très fort, afin que tous les lacs, tous les arbres, toutes les rivières et les montagnes, de la forêt à la grande eau, l'entendent.

Les femmes restèrent jusqu'à la nuit. Avant leur départ, l'une d'elles descendit dans le trou, massa les bras et les jambes de Maïna puis disparut avec les autres. Tant que les femmes avaient été là, tant qu'un morceau de ciel avait flotté au-dessus de ses yeux, Maïna ne s'était pas sentie prisonnière. La nuit avait tout changé. Les bêtes s'appelaient, des cris aigus trouaient le silence. Maïna sursauta lorsque des corbeaux tournoyèrent au-dessus de la fosse en croassant sournoisement. Elle avait à peine bougé, mais un peu de terre était tombée dans ses yeux ouverts. Maïna ne songea même pas à se frotter les yeux. La loi des Presque Loups était claire. Pendant l'initiation, les jeunes filles ne devaient pas simplement s'étendre dans une fosse : elles étaient tenues de rester immobiles. Maïna n'avait plus remué, mais elle s'était sentie affreusement nue, vulnérable, et surtout elle avait compris que l'interdiction de bouger se transformerait bientôt en supplice véritable.

Puis vinrent les insectes et le froid. Maïna se répéta les paroles des aînés. Depuis toujours les Presque Loups subissent leur initiation afin de se découvrir un esprit tutélaire. Et c'est au fond d'une fosse, dans le silence et l'immobilité, que les initiés supplient, attendent et supplient encore, offrant leur peur, leur douleur, leur faim, leur soif au Manitou afin qu'il leur lègue en échange un esprit parrain, un allié pour la vie. Les moins courageux récoltaient des esprits peu puissants appartenant aux roches, aux insectes, aux petits fruits. Les plus forts gagnaient des appuis extraordinaires, l'esprit du lièvre, du castor ou de la loutre. Ou, mieux encore, celui du caribou, de l'ours, de la pluie, des étoiles ou des arbres.

Maïna n'aurait jamais cru que tant de bêtes minuscules habitaient la terre. Des insectes escaladaient ses cuisses, couraient dans son cou, grimpaient sur son nez, buvaient au coin de ses yeux. Elle savait que le Manitou guettait chaque soubresaut de son corps, le moindre tressaillement d'un membre, l'ombre d'un geste. Tout mouvement, aussi faible fût-il, entraînait une perte de pouvoir de l'initié. Et pourtant, à chaque seconde, Maïna devait réprimer le désir de bouger. De chasser ces insectes, de gratter sa peau, de secouer ses jambes engourdies, d'envelopper doucement ses doigts autour de ses pieds meurtris et de se rouler en boule pour mieux lutter contre le froid humide qui la transperçait.

Elle se mit à craindre de succomber très tôt, de quitter la fosse bien avant qu'un esprit vénérable ne s'intéresse à elle. La plupart des jeunes filles tenaient bon pendant deux jours, parfois trois. Saurait-elle en faire autant? Sinon Mishtenapeu aurait honte de sa fille. Tous les Presque Loups sauraient que Maïna avait été faible et Manutabi ne voudrait jamais d'elle. Malgré ses tourments, Maïna finit par s'abandonner à un sommeil lourd, sans rêves. À son réveil, le petit carré de ciel était redevenu bleu et la pierre était chaude dans son poing. Elle avait soif et faim, mais la peur s'était dissipée.

Les femmes revinrent. L'une d'elles nettoya le corps de Maïna puis laissa couler de minces filets d'eau entre ses lèvres. Maïna absorba ces quelques gouttes qui étaient loin de contenter sa soif. Les femmes reprirent leurs chants. Maïna se promit de ne pas avoir peur lorsqu'elles repartiraient et, tout au long du jour, elle réussit à ne pas bouger. Elle dormit peu et rêva beaucoup à son amoureux.

Depuis l'arrivée des hommes de la tribu des îles, Maïna avait à peine échangé quelques paroles avec Manutabi. Il lui avait indiqué où déposer le bois lors d'une corvée, elle lui avait offert du lièvre cuit sur la braise à l'occasion d'un festin. Ils avaient pêché en silence, une nuit, dans des canots voisins, à la lumière des flambeaux d'écorce, sous un ciel parcouru d'étoiles filantes et ils avaient fouillé le sous-bois ensemble à la recherche de bouleaux pour construire de nouveaux canots. Ce jour-là, un violent orage avait surpris leur petit groupe loin du campement. Des arbres étaient tombés, arrachant des cris de frayeur aux enfants. L'un d'eux s'était blessé en courant. Manutabi l'avait porté sur son dos jusqu'au campement, Maïna fermant la marche. Elle avait vécu une randonnée merveilleuse sous un ciel déchaîné, trop heureuse de sentir sa présence si près, pendant si longtemps, pour se plaindre de la pluie démente et des branches qui griffaient ses joues. Elle avançait sans hâte, étirant le temps, et Manutabi s'arrêtait devant d'invisibles obstacles. Il se retournait et la regardait longuement, comme pour capturer son image.

Un matin, Maïna l'avait observé à son insu. Elle s'était éveillée avant le jour et elle avait marché jusqu'à la grande eau pour voir mourir la lune et naître un soleil nouveau. Avant d'atteindre la grève, elle l'avait aperçu, son corps émergeant lentement de l'eau. Maïna avait souvent épié des hommes nus, mais ces corps étaient connus, elle les avait vus vieillir ou grandir, s'épanouir, s'alourdir ou se déformer. Le corps de Manutabi était différent. C'était un vaste territoire, magnifique et nouveau, à explorer, à parcourir, à apprivoiser. Maïna avait senti le désir jaillir dans son ventre et souvent, depuis, elle avait imaginé ce corps nu contre le sien.

Lorsque les femmes repartirent, Maïna se sentait fière et forte, grisée par son propre courage. Son corps lui semblait si lourd qu'elle avait l'impression de s'enfoncer dans la terre moite, de violents élancements parcouraient tous ses membres et des douleurs aiguës lui trouaient le crâne, mais elle tenait bon. Elle se promit alors d'être très brave. Mieux, d'être la plus brave. La fille du chef allait montrer aux esprits qu'elle était différente et qu'elle méritait d'extraordinaires alliés pour accomplir sa destinée. Elle décida de ne plus boire. Le Manitou serait touché et, au campement, les femmes raconteraient que Maïna avait refusé l'eau. Tekahera saurait, Mishtenapeu aussi, et, en découvrant son courage, Manutabi saurait qu'elle pourrait le suivre n'importe où.

Maïna résista magnifiquement à la nuit. Raide comme une morte, elle écouta les bruits du vallon en souhaitant presque que rôde une grande bête. Elle avait envie de prouver sa bravoure, de résister à tout. Les femmes ne manifestèrent pas leur surprise lorsqu'elle refusa l'eau le troisième jour. Cette fois, par contre, elles ne restèrent pas et Maïna dut affronter seule la longue journée. Le ciel gris s'obscurcit et au milieu du jour la pluie se mit à tomber. Maïna y vit d'abord un divertissement. Des odeurs neuves envahirent la fosse et les insectes disparurent. Puis le sol devint boueux et son corps s'enfonça un peu plus dans la vase. Il plut longtemps et Maïna craignit d'être submergée, mais l'averse cessa enfin en laissant une couche d'eau au fond du trou. Maïna gisait dans sa mare, grelottante, le corps maculé de boue. Elle lutta bravement contre l'angoisse et le découragement. Elle qui avait toujours vécu entourée des siens, la nuit comme le jour, découvrait la solitude, l'abandon. Elle se sentait terriblement vulnérable mais tenait bon, fouettée par son désir de se démarquer, d'amadouer les esprits et d'impressionner les siens. Une étrange ivresse l'accompagna malgré tout jusqu'à la tombée de la nuit.

Les femmes revinrent. Tekahera les accompagnait pour la première fois. Peut-être avait-elle été alertée par le refus de Maïna de boire l'eau. Maïna reconnut son chant, sa voix grave et profonde qui se détachait du groupe. C'est elle qui lui offrit à boire. Maïna refusa encore en songeant combien cela était facile et simple. Fermer les lèvres et les maintenir serrées pour que l'eau ne puisse passer. Serrer les lèvres alors même qu'elle avait envie de boire des lacs et des rivières, alors même que l'odeur de l'eau l'étourdissait de désir.

Maïna découvrit soudain combien sa faim était atroce, sa soif terrible et son corps affreusement torturé. Un faible gémissement s'échappa de ses lèvres. Tekahera l'entendit. Elle appuya doucement une main sur le ventre de Maïna et attendit que sa presque fille bouge ou parle. Mais Maïna se sentit subitement si faible, si chavirée, qu'elle ne remua pas. Ce désir sauvage d'épater les Presque Loups, de séduire Manutabi et de conquérir tous les esprits l'avait brusquement quittée. Elle n'était plus qu'une petite fille, seule et perdue dans un vide effroyable.

La nuit se transforma en cauchemar. Maïna luttait contre des puissances inconnues. Elle eut souvent envie d'abandonner la bataille mais, alors même qu'elle souhaitait se lever et quitter cette prison de terre, ses forces fuyaient, ses membres refusaient de bouger. Elle se souvenait alors du but de son initiation. Trouver une force alliée, un esprit tutélaire. Pendant trois jours les esprits étaient restés muets. Maïna se vit marcher vers le campement, incapable de cacher sa défaite. Tous devineraient qu'aucun esprit n'avait voulu d'elle.

Elle épia tous les bruits à la recherche d'un signe et glissa plusieurs fois dans des songes brumeux, espérant qu'en ouvrant les yeux elle aurait une vision, mais les esprits restèrent muets. Le jour finit par apparaître. Deux femmes descendirent dans la fosse. Elles massèrent Maïna, versèrent un peu d'eau sur son front, ses bras, ses jambes. Maïna crut deviner un mélange de pitié et de tendresse dans leurs gestes. Lorsque Tekahera lui offrit de l'eau, Maïna ne put empêcher les larmes de glisser sur ses joues, mais ses lèvres ne s'ouvrirent pas. Tekahera se pencha et elle essuya lentement les petites rivières en caressant doucement les joues de sa presque fille.

Au départ des femmes, le ciel était d'un bleu étourdissant. Maïna devinait qu'elle ne tiendrait plus longtemps, mais elle ne savait pas comment rejoindre les esprits. Que pouvait-elle faire de plus que rester immobile dans ce trou noir? Elle ferma les yeux. Quelque chose d'important lui échappait. Le silence des esprits n'était pas sans raison. Soudain, brusquement, comme dans un éclair, elle comprit. Les esprits réclamaient tout. Rien d'autre que sa quête d'une puissance protectrice ne devait compter. Ce que penseraient d'elle les Presque Loups était sans intérêt, la fierté de Mishtenapeu n'avait rien à voir et le désir d'épater Manutabi lui parut tout à coup ridicule. Maïna attendait un signe, une vision, qui marquerait toute son existence. La gloire était sans importance. Seule comptait cette rencontre avec les esprits.

Elle eut honte d'avoir présumé qu'elle méritait un esprit puissant et ne désira plus qu'un simple allié. Comme tous les Presque Loups, elle se contenterait de survivre, d'accomplir sa route le mieux possible, saison après saison, de la forêt à la grande eau, en respectant la loi des siens. Tout le reste était vain.

Une douce paix l'envahit. Armée d'un courage nouveau, elle endura encore longtemps la faim, la douleur, la soif. Puis le vent se leva, une simple brise au début mais qui grossit et enfla jusqu'à ce que Maïna ne puisse plus nier qu'il soufflait pour elle. Il rugissait maintenant, lançant de vibrants appels à la forêt, à la mer et au ciel. Maïna sut alors qu'un esprit viendrait. Quelques feuilles et des bouts de branches tombèrent dans la fosse. Le vent s'était déchaîné et rien ne semblait pouvoir l'apaiser. Maïna écoutait, émue et terrifiée, car le vent est la plus grande puissance après le Manitou. Elle savait que le vent est libre. Comme le soleil, il appartenait à tous et ne pourrait être son allié. Mais on eût dit qu'il ordonnait à un esprit tapi dans l'ombre de se révéler. Maïna tremblait dans l'attente de cette révélation.

Soudain, un long hurlement déchira la nuit et fit tomber le vent. Il semblait jaillir d'une forêt lointaine, dense et secrète. Il y eut un silence, lourd de promesses. Le hurlement reprit, foudroyant. C'était un loup, une bête puissante qui appelait Maïna. Elle sentit son corps s'embraser.

Maïna demeura encore longtemps immobile, interdite, trop ébranlée pour bouger. Puis, lentement, elle s'accroupit dans la fosse, heureuse et tremblante, comblée par cet appel. Elle avait souvent espéré ce cri. Tous les Presque Loups rêvaient de l'entendre pendant l'initiation. Ce hurlement signifiait que Maïna était une Presque Loup choisie. L'esprit du loup, le maître de leur clan, la guiderait désormais. Les loups ne la quitteraient plus et sans doute lui confieraient-ils une mission. C'était un grand honneur, mais Maïna devrait prouver, sous chaque soleil, sous chaque lune, qu'elle le méritait.

Ses membres obéirent difficilement lorsqu'elle décida de quitter la fosse. Une fois hors du trou, elle avança timidement, comme un enfant à ses premiers pas, puis, peu à peu, ses muscles se dénouèrent, ses forces revinrent et elle réussit à courir jusqu'à la rivière aux loutres pour enfin étancher sa soif. Tekahera et Mishtenapeu l'attendaient devant la tente du chef. En l'apercevant, lumineuse et magnifique dans la nuit, ils échangèrent un long regard et se séparèrent.

Maïna chancela. Mishtenapeu la rattrapa juste à temps. Il la prit dans ses bras, surpris de la découvrir si légère. Mishtenapeu pénétra dans la tente avec l'impression de tenir un trésor. Il étendit sa fille unique sous une peau d'ours, la plus chaude de la tente. Une pierre roula de sa main. Elle dormait déjà.

CHAPITRE 5

Peu après l'initiation de Maïna, Mishtenapeu fit construire une tente aux esprits, une simple structure de bois recouverte de peaux, juste assez grande pour qu'il s'y agenouille. La tribu était assemblée pour assister à la cérémonie de la tente tremblante. Mishtenapeu allait négocier avec les esprits. La dernière fois, le chaman avait exhorté les puissances de leur céder des bêtes après plusieurs mauvaises chasses. Il avait réussi à amadouer les esprits.

Cette fois, le chaman voulait sûrement parler au maître des caribous avant la grande chasse d'automne. Durant l'été, les femelles avaient mis bas dans de lointains territoires désolés, mais les hardes allaient bientôt revenir, formant d'extraordinaires cortèges au cœur de la toundra. Les Presque Loups avaient besoin d'aide pour deviner la route des caribous s'ils ne voulaient pas mourir de faim pendant l'hiver.

Mishtenapeu était un bon chaman. Il savait où poster les guetteurs. Cachés derrière les cairns ou grimpés au sommet d'une montagne chauve, ces hommes attendaient l'apparition des bêtes et couraient avertir les chasseurs. Mishtenapeu savait aussi lire dans le tibia d'un castor, la rotule d'un ours ou la mâchoire d'une truite. Il pouvait interpréter les craquelures des os chauffés sur les braises afin de déterminer la route des caribous. Avant de faire construire la tente tremblante, il avait lancé l'omoplate d'un caribou dans le feu. Puis il avait longuement étudié les fêlures et les taches que la chaleur avait révélées, mais il n'avait rien dit. Des aînés avaient récupéré l'os et ils étaient restés perplexes devant la multitude de craquelures courant en tous sens sur l'omoplate.

Mishtenapeu pénétra dans la tente aux esprits. Le silence régna longtemps. Puis, les Presque Loups entendirent un murmure qui se transforma en plainte indéfinissable, si triste, si grave, si déchirante, que tous sentirent leur ventre se tordre. On eût dit que Mishtenapeu se donnait en pâture aux esprits tant sa supplication était ardente.

À genoux dans la tente, les bras appuyés aux pieux, Mishtenapeu pleurait en silence. Ce n'était pas pour préparer la prochaine chasse qu'il avait fait construire cette tente. Mishtenapeu avait une mission plus grave à accomplir. Il était venu supplier les esprits de chasser les puissances malignes de Saito. Depuis des semaines, Mishtenapeu sentait ses forces le trahir. Quelque chose se tramait dans son corps. Aux premiers symptômes, il n'y avait pas cru. Mishtenapeu était fort. À quel mal secret pouvait-il succomber? Mais de nouveaux vertiges, des douleurs fracassantes et d'inexplicables pertes de vision l'avaient amené à réfléchir à sa mort possible.

Saito devait lui succéder comme lui-même avait succédé à son ami Nosipatan, l'ancien chaman. Mishtenapeu appela l'esprit de Nosipatan, le priant de l'assister dans cette terrible décision. Mais Nosipatan resta muet. Alors Mishtenapeu supplia le Manitou et tous les esprits de la terre d'accorder à Saito les qualités d'un chef et de le débarrasser des puissances maléfiques. Mishtenapeu avait compris depuis longtemps que Saito ne ressemblait pas à son père, le brave Nosipatan, grand chasseur, chaman et chef. Saito n'était pas un Presque Loup choisi. Il était habité de rages sournoises et de détestables envies de puissance. Il ne savait pas rendre hommage aux esprits et oubliait souvent que le bien de la tribu dépasse celui des individus.

Finalement, la tente s'agita, les esprits parlèrent. Mais ce qu'ils révélèrent sema la panique dans le cœur du chaman. Les esprits refusaient d'intercéder en faveur de Saito. Mishtenapeu se souvenait de sa promesse à Nosipatan à la veille de sa mort : enseigner à son fils ce que tout homme doit savoir, lui donner sa fille s'il en avait une, et le préparer à devenir chef et chaman à son tour. Mais comment Nosipatan aurait-il pu deviner que son fils n'avait ni le cœur ni l'écorce d'un chef? Mishtenapeu savait que Maïna, par contre, possédait toutes les qualités pour lui succéder. Maïna qui depuis des lunes lui adressait ses prières muettes. Sa fille refusait d'appartenir à Saito. Elle savait qu'il ne la laisserait pas chasser, qu'il la féconderait brutalement, la battrait souvent et lui ferait porter de trop lourdes charges. De plus, Maïna désirait le jeune étranger venu des îles, comme lui-même, Mishtenapeu, avait tant désiré Tekahera.

Les Presque Loups n'avaient jamais assisté à une aussi longue et mystérieuse séance. Mishtenapeu avait oublié ses devoirs, sa tribu, les caribous. Tekahera l'obsédait de nouveau. Il la revit, mince et musclée comme Maïna, vive comme le lièvre, forte comme le loup. Ils s'aimaient depuis toujours, s'accouplaient depuis qu'ils avaient appris à imiter les gestes des plus grands en les épiant sous les fourrures. Mais ils étaient cousins et la loi des Presque Loups interdisait les unions de même sang. Au début, cela n'avait pas eu d'importance. Mishtenapeu était promis à Sapi et plusieurs hommes rêvaient de posséder Tekahera. Mais, en grandissant, Mishtenapeu et Tekahera avaient découvert qu'ils n'avaient pas seulement envie de s'accoupler : ils s'appartenaient corps et âme.

Tekahera était prête à braver tous les interdits. Elle ne pouvait s'imaginer vivre sans Mishtenapeu et elle se sentait plus forte que les esprits. Mishtenapeu eut peur de cette femme qui osait défier les puissances. Il se vit soudain, un grand chasseur anéanti par le désir, subjugué par des forces secrètes qui le faisaient courir vers cette femme. Alors Mishtenapeu s'était répété, comme en une incantation, que les Presque Loups naissent pour survivre, qu'ils ont pour mission de chasser en vénérant les esprits, en négociant tous les jours le droit de manger, d'avancer. Comment pouvait-il se laisser gruger par des rêves, des désirs, des élans qui n'avaient rien à voir avec la neige, le soleil, les bêtes, la pluie et le vent ? Les caribous ne connaissaient pas ces tourments. Les outardes et les renards non plus. Les loups respectaient de bien pires interdits, car seul le chef de la meute s'accouple. Les autres rongent leur désir. Mishtenapeu décida d'imiter les loups, de dompter ses rages intérieures.

La tente se remit à trembler. Les Presque Loups crièrent, persuadés que leur chef négociait de grandes choses avec les puissances. Mishtenapeu tremblait, tout simplement. De rage, de peur, de désirs. Il s'était revu, annonçant à Tekahera qu'il renonçait à elle, qu'il s'unirait à Sapi. Les siens l'acceptaient comme chef, il était grand temps qu'il prenne femme et il ne pouvait se résoudre à offenser les esprits. Tekahera se doutait qu'il parlerait ainsi, mais elle avait quand même espéré un peu, jusqu'à la toute fin, qu'il choisisse d'aller vers elle. Le regard de Tekahera s'était assombri pendant que Mishtenapeu parlait. Et dès qu'il s'était tu, elle lui avait annoncé qu'elle partait.

Le soir même, Tekahera disparut. Son canot glissa sur la grande eau jusqu'à ce que le brouillard l'engloutisse. Pendant des jours, Mishtenapeu se sentit dériver, vidé de toute force. Il était plus que jamais affamé d'elle, incapable d'exister loin d'elle. Puis, peu à peu, sa nature de Presque Loup l'emporta. Il se remit à chasser, à pêcher et à travailler la pierre. Il calma les bêtes fabuleuses qui grondaient dans ses entrailles et s'unit à Sapi.

Ils dormirent sous les mêmes fourrures mais sans jamais parcourir les mêmes territoires. Sapi avait beau redoubler d'ardeur et de douceur, Mishtenapeu semblait toujours loin, même lorsqu'il reposait sa tête sur ses seins. Deux fois, Sapi accoucha d'un petit homme sans vie. Mishtenapeu y vit un signe. Les esprits le punissaient parce qu'il vivait tel un fantôme à côté de sa femme, incapable de renoncer véritablement à Tekahera.

À la troisième naissance, la petite chose entre les cuisses de Sapi bougea, mais sa mère gisait raide et inerte sur la couche de branches d'épinette. Mishtenapeu comprit que les esprits le punissaient. Ravagé par la douleur et dégoûté de lui-même, il découvrit, trop tard, qu'en l'absence de passion il avait beaucoup de tendresse pour Sapi. Mishtenapeu souhaita mourir.

Il fallut que Tekahera revienne pour qu'il reprenne courage. Tekahera la forte, la grande, la sage, ne quitta pas son île pour venir remplacer Sapi, car elle avait renoncé pour toujours à Mishtenapeu. Elle se glissa dans la tente de son ancien amoureux pour le convaincre de s'accrocher à la vie. En découvrant la petite grenouille qui battait furieusement l'air de ses longues pattes en criant son indignation, Tekahera comprit que Mishtenapeu abandonnait sa fille. Elle le supplia de ne pas laisser mourir Maïna et offrit de partager avec lui l'aventure de la petite grenouille. Cette promesse réveilla Mishtenapeu. Maïna devint leur trait d'union, leur bien commun.

Mishtenapeu émergea finalement de la tente tremblante. Les Presque Loups reculèrent devant lui. Il semblait encore en transe, habité par les esprits. Il ne dit rien des chasses à venir et quitta le campement à pas vifs. Une multitude de questions l'assaillaient. Avait-il eu raison de renoncer à Tekahera pour respecter la loi des siens? N'existait-il pas d'autres lois aussi importantes, des vérités profondes, viscérales? N'aurait-il pas dû écouter plutôt les bêtes qui glapissaient dans son ventre? Aujourd'hui encore elles tentaient de se faire entendre. Elles lui disaient que Saito ne devait pas diriger la tribu, que rien n'aurait dû le séparer de Tekahera, que Maïna devait obéir à ses élans et courir vers l'homme qu'elle aimait.

Les esprits le puniraient-ils de rompre sa promesse à Nosipatan? Mishtenapeu songea qu'au contraire ils auraient raison de s'abandonner à la pire colère, de soulever de monstrueuses tempêtes, s'il livrait sa fille à Saito. S'il étouffait encore une fois ce désir fulgurant qui l'avait poussé vers Tekahera et qu'il reconnaissait désormais dans sa fille.

Mishtenapeu quitta la rive de la grande eau sans comprendre où ses pas le menaient. Autour de lui, les cormorans s'envolèrent dans un brusque frémissement d'ailes. Il marcha jusqu'au repaire de Tekahera. Elle émiettait des herbes séchées de ses longs doigts minces. En apercevant Mishtenapeu, son regard s'affola. Il y avait tant d'années qu'ils ne s'étaient pas retrouvés seuls! Des poussières d'herbe glissèrent entre ses doigts. Mishtenapeu s'approcha. Tout ce qu'il avait cru éteint renaissait avec une force inouïe. Il n'y avait pas de gestes assez grands, assez doux, assez puissants pour traduire ce qui l'animait. Alors il enlaça tendrement Tekahera et ils s'étreignirent jusqu'à ce que leurs tumultes s'apaisent.

Mishtenapeu confia à Tekahera ce qu'il venait de décider. Au prochain feu, il annoncerait que Maïna n'était pas encore prête à prendre compagnon. Il rappellerait aux siens les qualités d'un Presque Loup et les caractéristiques d'un chef en les invitant à chercher parmi eux celui qui, un jour, le remplacerait. Tous comprendraient que Saito était contesté, que le chef doutait de son successeur désigné. La colère de Saito serait terrible, mais Mishtenapeu devait surtout songer au bien de tous les Presque Loups.

Il quitta Tekahera sans savoir s'il sentirait encore, un jour, son cœur battre contre le sien. Absorbé par la tâche qui l'attendait, il ne remarqua pas les asters piétinés et les bosquets de lédon aux branches brisées. Il ne vit pas Saito s'aplatir contre le sol à quelques mètres de l'abri de Tekahera. Il y avait là un creux entre les arbustes où Saito épiait Tekahera des heures durant.

Il l'avait entendue livrer ses secrets d'herbes et de racines, expliquer les potions et les poisons à Maïna ; il l'avait vue invoquer les puissances en brandissant des queues de lièvres et des griffes d'ours et voilà que ses longues séances de guet étaient enfin récompensées.

Saito savait depuis toujours que les puissances s'acharneraient contre lui. Des loups avaient dévoré sa mère, morte gelée dans une tempête. Les hommes avaient ramené son corps déchiqueté au campement. À la saison suivante, la glace de la rivière aux loutres avait cédé sans raison en avalant son père. Saito avait compris que les esprits seraient toujours ses ennemis. Mishtenapeu l'avait pris dans sa tente et il lui avait enseigné ce qu'un père transmet à son fils, mais Saito n'était pas dupe. Mishtenapeu n'avait d'yeux que pour Maïna. Saito avait toléré cette injustice jusqu'à cette nuit où Mishtenapeu s'était jeté sauvagement sur lui alors qu'il désirait seulement goûter au corps de sa promise. Cette fois, l'orage avait éclaté en lui, libérant la colère, le dépit et la rage qui couvaient depuis tant d'années.

Depuis, à deux reprises déjà, il avait ajouté des poudres toxiques à la tisane de Mishtenapeu. Il voulait simplement tourmenter ce faux père afin d'apaiser un peu sa propre douleur. Ce qu'il venait d'entendre le poussait à aller plus loin. Il souhaitait que Mishtenapeu souffre beaucoup, mieux, qu'il crève lentement, horriblement. Ivre de vengeance, Saito aurait voulu tuer une bête tout de suite, pour rien, sans même avoir faim, mais il n'avait pas de lance. Sa fureur l'étouffait.

Il prit par le sous-bois pour regagner le campement. C'est là qu'il aperçut Mastii. Elle avait déposé son fils sur un tapis de mousse pendant qu'elle ramassait du bois pour le feu. Saito s'approcha sans bruit. Il la plaqua au sol, ventre contre terre, et la pénétra si brutalement, si sauvagement, que Mastii eut peine à comprendre ce qui lui arrivait. Elle avait connu plusieurs hommes déjà, mais elle n'avait jamais subi un tel assaut enragé.

Saito se détacha enfin, il la retourna sur le dos et lui assena un cruel coup de pied. Il allait frapper encore, mais Napani se mit à hurler et il eut peur. Sa colère tomba. S'ils l'apprenaient, tous les Presque Loups condamneraient son geste. Les hommes pouvaient battre leur conjointe, mais nul ne devait tourmenter une autre femme. Ceux qui contrevenaient à cette loi s'exposaient à d'atroces châtiments. Ils étaient ligotés à un arbre des nuits durant ou, encore, on leur arrachait des ongles pour qu'ils n'oublient pas. Saito acheta le silence de Mastii en menaçant de tuer son fils si jamais elle se plaignait de lui.

Ce soir-là, il y eut un grand feu, mais Mishtenapeu ne prit pas la parole. Il se lamentait dans sa tente, terrassé par une forte fièvre. Les Presque Loups dansèrent peu, bien qu'il y eut suffisamment de gibier d'eau et de poisson pour que tous soient heureux. L'air était lourd, les mines sombres. Que s'était-il passé dans la tente tremblante ? Qu'avaient donc raconté les esprits pour que le chef se taise, disparaisse, puis revienne se cacher dans sa tente ? Ils l'entendaient gémir et divaguer, dire de bien étranges choses aux ours et aux caribous.

Maïna réclama l'aide de Tekahera. Sa presque mère pâlit en découvrant Mishtenapeu brisé par la douleur, les yeux égarés et le visage plus pâle qu'une lune pendant la tempête. Elle comprit que ce n'était pas l'œuvre d'un esprit. Mishtenapeu n'avait pas à craindre les puissances secrètes, il devait se méfier d'un Presque Loup. Tekahera prépara un vomitif et le lui fit ingurgiter, sans succès ; le poison agissait déjà. Alors elle broya des herbes, pressa des tiges, émietta des pétales et macéra des racines. Elle pouvait seulement calmer la douleur de Mishtenapeu et espérer que son corps ne cède pas. S'il survivait, elle lui dirait de ne plus jamais boire de liquide qui ne fût préparé de sa propre main, de ne plus jamais manger de viande qu'il n'eût cuite lui-même. Elle lui dirait aussi combien elle l'aimait, pour qu'il n'oublie jamais.

Les caribous tardaient à venir. Maïna attendait, roulée en boule derrière un monticule de pierres. C'était la première fois qu'elle guettait la grande migration d'automne sans son père. D'autres rabatteurs attendaient dans la vallée et sur les sommets, mais Mishtenapeu était encore trop faible pour l'accompagner. Il ne pourrait, comme aux autres chasses, lui décrire d'avance l'arrivée des bêtes, le sifflement des lances ou encore le regard du caribou lorsqu'il sent son intérieur se remplir de sang. Mishtenapeu s'était sans doute intoxiqué en mangeant du poisson mauvais. Tekahera avait juré qu'il s'en remettrait.

Elle avait regagné son île avant que les Presque Loups retournent à la forêt. La veille de son départ, elle avait parlé des mangeurs de viande crue qui ne connaissent rien du commencement du monde et vénèrent les esprits de la grande eau plutôt que ceux de la terre et du ciel. Les Presque Loups avaient ri, comme toujours, de cette extraordinaire bêtise. Puis Tekahera s'était tue et son regard s'était posé sur Maïna.

Maïna savait pourquoi. Elle avait même longtemps espéré ce moment. Mais voilà que tous ces yeux braqués sur elle la rendaient muette. Elle laissa son regard errer parmi l'assemblée. Les Presque Loups attendaient, suspendus à ses lèvres. Elle aperçut Manutabi de l'autre côté du feu, les yeux brillants, avide de paroles lui aussi. Des personnages surgirent soudain et Maïna eut immédiatement envie de peindre avec des mots les tableaux qui se construisaient en elle.

Elle raconta l'histoire d'une enfant des hommes que les loups avaient arrachée au ventre de sa mère. La fillette avait grandi parmi les loups, parcourant d'immenses territoires en chassant le caribou. Lorsqu'elle devint femme, les loups évitèrent les hommes de crainte qu'ils ne la leur ravissent. Un matin d'ennui, alors que la fille-loup fouilllait le ciel de la grande eau, un cormoran vint se poser à ses pieds.

C'était un oiseau immense au plumage d'un noir bleuté. Il avait traversé des cieux inconnus et il était épuisé. La jeune fille pêcha de longs poissons pour lui. Le cormoran dévora tout et, une fois son repas terminé, il caressa doucement, du bout de l'aile, le dos de sa protectrice qui se mit à rapetisser et rapetisser et rapetisser encore jusqu'à devenir une minuscule créature, plus petite qu'un merle, écrasée par sa tunique de peau qui était restée grande.

Le cormoran offrit à la fille-loup un vêtement à sa taille fabriqué avec des plumes d'oiseaux infiniment douces et lustrées. La jeune fille grimpa sur le dos du grand oiseau et se blottit dans son duvet soyeux. Le cormoran s'envola. Furieux de se faire ravir sa captive, le chef de la meute ordonna aux siens de chasser tous les cormorans et même les geais gris et les corbeaux, mais les oiseaux leur échappaient toujours. Alors les loups abandonnèrent.

Le chef devint très vieux et il tomba malade. Ce printemps-là, un magnifique cormoran vint se poser à ses côtés. Dans ses plumes dormait une toute petite femme que le loup reconnut. Elle se leva, glissa du dos de l'oiseau, avança vers le loup et caressa longuement, de ses mains minuscules, son pauvre museau qui ne savait plus distinguer l'odeur du lièvre de celle du caribou. Le vieux chef mourut peu après ; aucun des siens ne sut qu'il avait revu sa presque fille avant de basculer dans l'autre monde.

À la fin du récit de Maïna, un murmure de surprise avait traversé la tribu. La fille de Mishtenapeu n'avait pas raconté une légende connue. Elle avait inventé un monde de toutes pièces, juste avec des mots. Pendant qu'elle racontait, le temps s'était arrêté. Les Presque Loups avaient oublié leur fatigue, les chasses à venir, l'hiver déjà si près, les campements à défaire et à reconstruire. Ils s'étaient laissé transporter dans un monde de rêve et souhaitaient tous y retourner.

C'est alors que Saito avait pris la parole à son tour. On aurait dit qu'il prenait ombrage du succès de sa promise. Il raconta une légende de géant cannibale, qu'il modifia pour la rendre encore plus choquante.

Un homme avait épousé sans le savoir une des sœurs du Windigo. Elle réussit à lui cacher sa véritable nature jusqu'à ce que survienne une grande famine. Alors, pendant que son mari courait les bois à la recherche de nourriture, elle commença à dévorer leurs enfants. L'homme la surprit au moment où elle plantait ses dents dans la chair du plus petit après avoir mangé les aînés. Il savait qu'elle le dévorerait lui aussi, alors il se cacha. Elle acheva le dernier enfant sans que son appétit diminue. L'homme attendit encore. Il la vit fouiller la neige en quête de lichen, mais une épaisse croûte de glace recouvrait la végétation. La femme devint obnubilée par la faim; elle n'était plus qu'une bouche béante, écumante, insatiable. Elle croqua dans son propre cœur et mourut.

Maïna se souvenait du sentiment d'horreur qui avait secoué l'assemblée à la fin du récit de Saito. Pour chasser ces souvenirs, elle se leva et scruta les autres cairns. Derrière l'un d'eux, Manutabi attendait, seul lui aussi. Le reverrait-elle avant que la tribu se disperse pour les chasses d'hiver?

Un cri fusa. Le cœur de Maïna bondit. Les caribous arrivaient. Des hardes étaient tout près. Elle ne distingua rien d'abord. Puis, soudain, la montagne s'ébranla comme si elle était vivante. Les caribous dévalèrent la pente abrupte. Le bruit sourd du martèlement des sabots mêlé au souffle rauque des bêtes et au chuintement des fourrures emplit le ciel. Une rivière sombre se répandit dans la vallée. Les andouillers tissaient une gigantesque toile d'araignée percée par les naseaux fumants des bêtes. Des milliers et des milliers de bêtes étaient au rendez-vous, une migration comme les Presque Loups n'en avaient jamais vue.

Manutabi surgit de derrière un cairn et fonça vers les caribous. Maïna s'élança derrière lui. Il se retourna tout à coup et il la vit galoper, ses longs cheveux au vent. C'était trop de bonheur d'un coup. La promesse d'une chasse extraordinaire, cette nuée de bêtes à abattre, et elle, Maïna, si près, si magnifiquement vivante. Il la reçut dans ses bras et l'étreignit comme s'il n'avait que ce bref instant et non toute une vie pour tenir ce corps tant désiré contre le sien. Maïna poussa un cri grêle dans lequel perçait la joie. Le mouvement de foule s'intensifia autour d'eux. Manutabi voulut resserrer son étreinte, mais Maïna glissa comme une rivière entre ses bras. Il la rattrapa aussitôt et courut à ses côtés dans les herbes rousses incendiées par le soleil.

Il n'y eut pas de chasse miraculeuse. Pendant que le cliquetis des sabots résonnait dans les vallées et les montagnes, le vent du nord, ce traître, se retira soudainement comme sous les ordres du Manitou. Des vents contraires soufflèrent, portant l'odeur des hommes jusqu'aux caribous. Les bêtes se dispersèrent dans une confusion de halètements et de sifflements. La marée sombre s'était dissoute, laissant les Presque Loups pantois.

L'apparition avait été brusque, formidable; l'éparpillement des caribous se fit de la même manière. Le fabuleux troupeau disparut et les Presque Loups ne le revirent plus. Peu de bêtes avaient été touchées par les lances, ces provisions ne dureraient guère. Les femmes prirent grand soin des carcasses pour que rien ne se perde. Tous burent du sang chaud et dévorèrent la moelle des longs os grillée sur des pierres plates. Les langues furent bouillies et les foies rôtis. Les aînées apprêtèrent l'estomac des caribous en mêlant du sang chaud à la bouillie verdâtre formée de lichens semi-digérés et toute la viande fut conservée. Les femmes la séchèrent et la réduisirent en poudre, puis elles préparèrent le pemmican en ajoutant de la graisse fondue et des petits fruits. Dans plusieurs mois, les vessies emplies de cette mixture assureraient peut-être leur survie.

Maïna ne revit pas Manutabi. Il était parti avec quelques hommes dans l'espoir de retrouver une harde et, à son retour, le groupe de Maïna avait déjà entrepris de remonter la rivière. L'hiver fut désastreux. Le pire que Maïna eût jamais connu. Avant que les rivières ne gèlent, ils réussirent à capturer quelques castors et des loutres, puis à la montaison, lorsque les poissons quittèrent la grande eau pour rejoindre les lacs et les rivières, ils ramenèrent un bon nombre de ces animaux frétillants. Mais aux premières glaces, ils chassèrent la martre et l'hermine sans succès. L'hiver s'installa définitivement et les bêtes refusèrent encore de se livrer. Mishtenapeu parcourut la forêt tous les jours, installant des pièges, guettant des proies, mais il était las et revenait presque toujours bredouille. Les chasseurs étaient découragés. Depuis que les caribous avaient disparu, ils redoutaient une malédiction des esprits.

Maïna et Mastii assommèrent plusieurs lagopèdes et quelques porcs-épics et Maïna fabriqua un nombre incalculable de pièges avec des lanières de cuir. Elle enfila sur un pieu le crâne de tous les lièvres qu'elle prit et il fallut bientôt planter un deuxième pieu, mais ces chasses ne suffisaient pas. Sans la viande et la peau de caribou, les Presque Loups étaient condamnés à souffrir. Abattu, inquiet, le groupe se déplaça souvent en quête de meilleurs territoires, laissant derrière lui la structure des tentes et d'inefficaces offrandes aux esprits. À chaque nouveau campement, il fallait tout recommencer. Trouver du bois pour les pieux, dérouler les peaux, creuser le sol, étendre du sapinage, faire naître le feu. Les femmes tiraient péniblement les charges sur la neige durcie pendant que les hommes faisaient semblant de chasser, le cœur n'y étant plus.

Mishtenapeu s'enfonça dans un silence brumeux. On eût dit que son corps n'était pas réparé, qu'il y régnait encore quelque poison sournois. Alors que tous se tournaient vers lui, alors que tous, plus que jamais, comptaient sur lui, il n'était plus qu'un vieux fantôme fatigué. Au milieu de l'hiver, la faim engourdit les Presque Loups; leurs réserves de pemmican avaient disparu. Épuisés, les hommes cessèrent de chasser et les enfants abandonnèrent leurs jeux.

Le ventre de Mastii s'était mis à enfler avant l'arrivée des caribous. Par une nuit glaciale, elle fut prise de crampes si violentes qu'elle crut sa fin proche. À l'aube, elle accoucha d'une boule de sang puant la pourriture. Maïna vit une femme lancer l'amas de chair putride aux corbeaux. Elle eut mal comme si elle-même venait de perdre un enfant à naître et, secrètement, elle invectiva les esprits, injuria les puissances, leur crachant sa révolte. Quelques jours plus tard, une petite fille bien vivante sortit du ventre d'une autre femme. Sans dire un mot, la mère cueillit cette minuscule chose qui hurlait plus fort que le vent et s'enfonça dans la taïga pour abandonner l'enfant nue à la neige et aux loups.

Ils furent bientôt réduits à grignoter de la tripe de roche, cette plante grise insipide qui provoque des coliques. Les enfants se lamentaient jour et nuit. Puis, un matin de soleil et d'espoir, Maïna tua son premier caribou. On eût dit que la bête l'attendait sur le lac gelé. C'était un mâle énorme à la fourrure magnifique. Ses andouillers n'avaient pas encore repoussé, ses yeux d'un beau brun doux paraissaient démesurément grands. Il était étendu dans la neige, visiblement malade ou blessé. En apercevant Maïna, il tenta de se redresser, soulevant péniblement sa lourde masse, mais ses longues jambes s'écartèrent, incapables de le soutenir davantage, et il s'écrasa dans la neige. Maïna enfonça sa lance dans la région vitale. Elle attendit que le caribou frissonne et se raidisse puis elle lui creva les yeux pour qu'il repose en paix. Maïna organisa elle-même les rations afin que la bête les nourrisse longtemps.

Elle songeait à Manutabi tous les jours. Elle l'imaginait, traquant les bêtes à ses côtés dans cette forêt aux humeurs changeantes, ou encore elle réinventait la nuit auprès de lui. Parfois, pendant un bref moment, elle parvenait presque à sentir la chaleur de sa peau sur son corps transi. À mesure que l'hiver avançait, Maïna découvrait qu'elle ne pourrait plus compter sur Mishtenapeu pour la protéger et organiser sa vie. Si elle réussissait à tenir bon jusqu'à la fin de cette cruelle saison et que Saito la réclamait ensuite, il faudrait qu'elle fuie.

Le soleil reprit des forces alors que celles des Presque Loups déclinaient de nouveau. La neige devint brillante, comme hérissée de fléchettes de feu qui brûlaient les yeux. Un matin, de larges volées d'outardes obscurcirent le ciel. La glace fendit, craqua et creva, libérant l'eau. On eût dit une bête éventrée dont les entrailles noires surgissent. D'instinct, les Presque Loups repartirent vers la côte, un triste cortège d'hommes, de femmes et d'enfants, épuisés, amaigris, malades et affamés, glissa silencieusement sur la rivière aux loutres.

Maïna fouilla souvent le paysage dans l'espoir d'apercevoir la bande de Manutabi. Mais ils approchèrent de la dernière chute sans avoir rencontré d'autres Presque Loups. Maïna fut prise d'épouvante à l'idée que Manutabi ne reviendrait peut-être pas. Elle continua à pagayer, le cœur écrasé entre les serres d'un aigle géant. Ce printemps, exceptionnellement, elle ne portait pas de collier ni de coiffe, ses cheveux n'étaient pas lustrés de graisse, ni son visage dessiné. Si Manutabi était là, s'il l'attendait, il devrait la prendre telle qu'elle était, sauvage et meurtrie sous sa peau de loup.

La grande eau apparut enfin avec ses vagues tourmentées et son écume furieuse. Une lourde fumée s'élevait de la grève. Maïna sentit l'espoir monter en elle telle une marée fabuleuse. À peine arrivée, elle hissa le canot sur le sable et courut jusqu'au feu. Saito écorchait un castor. Il avait hâte de savoir si le dur hiver avait rendu sa promise moins rebelle et si Mishtenapeu se tenait encore debout. Maïna n'eut pas un regard pour lui. Elle aperçut des hommes de la tribu des îles. Manutabi n'était pas parmi eux.

Elle aurait pu interroger les compagnons de Manutabi, mais une peur sourde, tapie dans son ventre, l'en empêchait. Elle quitta le campement, incapable de rester en place, et, au lieu d'errer sur la plage, elle se dirigea vers le cap aux mouettes, gravit la pente raide en toute hâte, comme si une bête la poursuivait, et atteignit le sommet en nage, le souffle coupé, le cœur étourdi.

Vue d'en haut, la grande eau semblait infinie. Elle s'étirait si loin qu'on ne savait trop si là-bas, tout au bout, le ciel se noyait en elle ou si l'horizon l'avalait. Une multitude d'îles flottantes, de fragiles vaisseaux de glace aux contours bleutés, achevaient de mourir en dérivant au gré des vents. Maïna tenta de s'abandonner à cet extraordinaire spectacle mais, au bout d'un moment, l'angoisse et l'espoir l'étreignirent de nouveau, et pour les chasser elle reprit sa course.

Le ciel creva d'un coup, le vent charria de lourdes bourrasques de pluie. Elle continua d'avancer, le visage barbouillé d'eau, sa peau de loup flottant sur ses épaules, battue par le vent. Soudain, elle s'arrêta, alertée par une présence. En se retournant, elle l'aperçut, courant derrière elle. Sa haute silhouette dominait l'espace, son souffle court crevait le silence. Il s'arrêta à quelques pas de Maïna et son regard se posa enfin sur la femme-loup dont il avait rêvé tout l'hiver. Elle paraissait plus frêle, l'hiver l'avait torturée. Manutabi eut mal juste d'y penser. Son visage, plus délicat que pendant le dernier été, était troué par des yeux immenses que les douleurs passées rendaient plus magnifiques encore.

Il semblait si alarmé qu'elle décida de franchir elle-même les quelques pas qui la mèneraient à lui. Elle n'eut qu'à esquisser un geste pour se retrouver dans ses bras. Manutabi lissa ses longs cheveux mouillés et pétrit son dos de ses mains puissantes. Il lui mordilla les oreilles, lécha son cou, puis fit tomber la peau de loup et la tunique de caribou. Ils s'apprivoisèrent longuement, étrangers au vacarme du tonnerre, car en eux gron-daient des orages bien plus puissants. La pluie tombait toujours lorsqu'ils s'unirent enfin. Toutes les tempêtes du monde n'auraient pu les séparer.

Beaucoup plus tard, l'averse cessa. Manutabi se détacha doucement de Maïna et contempla sa peau dorée qui brillait sous les gouttes de pluie. Elle somnolait déjà, bercée par ses rêves. Il songea soudain qu'elle n'avait sans doute rien mangé depuis très longtemps. Alors il la cueillit et il la porta comme une enfant jusqu'à son abri.

CHAPITRE 8

Saito dansait à côté de Maïna. Ses pieds martelaient brutalement le sol mouillé comme pour écraser l'insulte. Maïna l'ignorait. Elle semblait danser dans un autre monde où seul existait le jeune étranger venu des îles. Ils étaient séparés par le feu, mais tous devinaient la formidable attirance qui les liait.

Saito lança un premier défi. Il promettait de courir jusqu'à la grande eau, plus vite que tous les hommes. Les Presque Loups furent surpris par cette provocation, car ils ne se sentaient guère vaillants après les rudes épreuves de la dernière saison. Malgré tout, quelques jeunes hommes s'assemblèrent. Manutabi était parmi eux. Mishtenapeu donna le signal de départ. Trois hommes se détachèrent rapidement de la mêlée, mais l'un d'eux se laissa bientôt distancer. Manutabi et Saito avaient devancé les autres et ils couraient maintenant côte à côte. Manutabi s'était promis de laisser gagner Saito, mais grisé par la course et surpris par l'agilité de son adversaire, il voulut s'assurer qu'il était bien le plus rapide. Il accéléra en imaginant que Maïna l'attendait parmi les vagues. Lorsqu'il atteignit l'eau, Saito était loin derrière, foudroyé par une crampe avant même d'avoir atteint la grève.

Saito ne put s'avouer vaincu. Il invita l'étranger à combattre à mains nues. Jugeant la technique honorable, Manutabi se mit à danser devant Saito comme faisaient les siens lors de combats amicaux. Saito fut dérouté par ces déplacements habiles et incessants. Les Presque Loups se battaient sans tant gigoter. Il tenta un coup à l'estomac, mais Manutabi l'esquiva facilement. Saito comprit que l'épreuve serait difficile.

Manutabi se contentait d'éviter les coups. Il devinait la violence sournoise de son opposant et craignait que le jeu ne se transforme en sinistre combat. Les attaques redoublèrent et il fut plusieurs fois durement atteint. La foule criait sans prendre parti, excitée par les déplacements subtils de Manutabi qui transformaient l'épreuve de force en un étrange et élégant rituel. Saito fulminait. Il se sentait diminué par la puissance sereine de ce rival, par sa grande maîtrise et son ardeur contenue. Profitant d'un bref moment d'inattention, il réussit à faire tomber Manutabi, s'abattit sur lui, tira subrepticement un couteau de son mocassin et enfonça la pointe tranchante sous l'oreille de son adversaire. La douleur fit sursauter le jeune homme. La foule retint son souffle, surprise, mais déjà le sang se répandait sur le sol. Saito recula, soudain inquiet de la tournure des événements.

Maïna allait courir vers Manutabi lorsque Tekahera apparut. Elle semblait émerger de nulle part, personne ne l'avait vue pagayer depuis son île. L'hiver l'avait vieillie, mais la force de son regard était intacte. Tous reculèrent pendant qu'elle s'approchait du blessé. Elle défit sa sacoche de cuir et extirpa une fourrure délicate qu'elle pressa sur l'entaille. Elle attendit que le sang arrête de couler avant d'appliquer une pâte grumeleuse sur la blessure. Tekahera agissait avec soin et efficacité, mais la tendresse perçait dans ses gestes, car elle savait que cet homme appartenait à sa fille adoptive.

Les danses reprirent, mais Mishtenapeu avait disparu. Maïna le découvrit sous la tente, plus blême que la lune en ce soir d'orage. Une sueur abondante perlait à son front et coulait sur ses tempes. Le sol était souillé de vomissures. Mishtenapeu délirait. Il réclama Tekahera d'une voix pressante. Elle accourut, inspecta longuement son corps, puis demeura silencieuse. Maïna apporta de l'eau réchauffée par une grosse pierre brûlante et elle remplaça le tapis de branches d'épinette. Tekahera la pressa de rejoindre les Presque Loups assemblés autour du feu. Elle avait deviné que Saito tramait quelque chose.

Il avait effectivement pris la parole. Maïna aperçut Manutabi à l'écart, au dernier rang, une main pressée sur sa blessure. Les Presque Loups écoutaient attentivement Saito. Les mots sortis de sa bouche s'insinuaient comme des couleuvres parmi les membres de la tribu. Chacun s'était méfié de lui au début, mais peu à peu les arguments de Saito avaient rejoint leur cœur. Il avait d'abord rappelé l'horrible hiver, parlé des morts, des corbeaux, d'un petit garçon dévoré par les chiens. Puis de la chasse d'automne qui n'avait jamais été si mauvaise. Les esprits réagissaient sûrement à un outrage.

Un murmure d'approbation parcourut le groupe. Pendant les longs mois de faim et de froid, les Presque Loups avaient tous craint la colère des puissances. Saito promena un regard dur et perçant parmi l'assistance. Un homme avait-il goûté au corps d'une femme la veille d'une chasse? Quelqu'un avait-il oublié des os que les chiens auraient rongés? Les Presque Loups restèrent silencieux. Ils avaient beau fouiller, nul ne se souvenait d'avoir été témoin de pareille offense.

— Qu'est-il donc arrivé? aboya Saito. Qu'y a-t-il de nouveau?

Il se tourna alors vers les hommes de la tribu des îles.

— Depuis qu'ils sont venus, le malheur colle à nous comme le loup au caribou, gronda Saito. Les étrangers se plaignent d'avoir souffert d'une grande faim. Qui nous dit qu'ils ne se sont pas entredévorés?

Saito laissa d'horribles images hanter les Presque Loups avant de poursuivre.

— La fureur des esprits est immense, les Presque Loups ont beaucoup souffert sans l'avoir mérité. Quelqu'un a commis une grave offense. Les étrangers ont-ils conclu un pacte avec le géant cannibale? Ou frayé avec les hommes du pays des glaces?

Un lourd silence pesa sur la tribu. Atetshi réclama la parole à son tour. Le père de Mastii rappela aux Presque Loups qu'ils étaient un peuple pacifique, que la migration des caribous était une chose étrange et que ce n'était pas leur première déconvenue. Les étrangers s'étaient joints à eux sur l'invitation du chef, avec l'accord des aînés. Ils avaient piégé, chassé et trappé plus que bien d'autres au cours de l'hiver et sans eux, des femmes et des enfants auraient eu faim et froid encore davantage.

Tous écoutaient, tiraillés par des influences contraires. Il aurait fallu que Mishtenapeu vienne, qu'il prenne la parole à son tour, mais le chef se lamentait dans sa tente comme si des corneilles le becquetaient vivant. Alors la foule se dispersa lentement, chacun espérant trouver un semblant de paix sous les fourrures. Ils remettaient à plus tard leur jugement, mais les paroles de Saito avaient déjà pris racine.

Le lendemain, à son réveil, Mishtenapeu tenta en vain de ramener une fourrure sur son torse nu. Ses mains refusaient d'obéir. Il bougeait ses jambes difficilement, son cou était raide et ses bras engourdis. Maïna observa avec effroi le triste spectacle de son père impuissant. Elle resta figée comme si elle-même était incapable d'ordonner à ses membres de bouger. Lorsque Tekahera se glissa sous la tente avec ses sacoches et ses petits ballots, Maïna remarqua les rides nouvelles qui creusaient ce si beau visage et l'inquiétude qui lui dévorait les yeux. Tekahera la grande, la forte, semblait soudain si vulnérable.

Au lieu de tâter immédiatement le grand corps du chef, elle caressa tendrement son front moite et ses joues trop creuses puis, dans un geste qui surprit infiniment Maïna, Tekahera se glissa sur la couche de Mishtenapeu, posa sa tête dans le creux de son épaule et enlaça ce large torse qu'elle avait si souvent caressé, il y avait tant et tant de lunes. Mishtenapeu gémit faiblement, ses jambes cherchèrent celles de Tekahera pour les emprisonner entre les siennes. Tekahera se souvint qu'il ne pouvait l'étreindre, alors elle prit une de ses mains sans vie et la déposa doucement sur son épaule à elle, puis elle pressa son corps contre celui de cet homme qu'elle n'avait jamais cessé de désirer.

Maïna découvrit qu'au plus profond d'elle-même elle avait toujours su qu'un lien secret unissait son père à Tekahera. Contre qui, contre quoi ces deux êtres avaient-ils lutté avant d'accepter de vivre éloignés alors même qu'ils semblaient s'appartenir si totalement? Elle les épia longtemps, confuse et troublée par la passion qu'elle devinait. Plusieurs fois, elle songea à Manutabi et elle eut peur, terriblement peur soudain, de devoir

97

elle aussi attendre d'être vieille et fatiguée avant de dormir enfin à ses côtés.

En sortant de la tente, Maïna fut plongée dans la lumière rose du matin. Le ciel était limpide, l'air tendre et doux. Le campement s'éveillait tranquillement. Des femmes nourrissaient le feu, les enfants couraient déjà, débordants d'énergie. Maïna trouva Manutabi assis sur un couvert de mousse dans le sous-bois derrière sa tente. Le soleil répandait une fine pluie dorée sur le sol. Elle s'approcha doucement. En apercevant Maïna, le regard de Manutabi s'illumina. Il n'avait pas fermé l'œil depuis la veille.

Tant de mots se pressaient sur les lèvres de Maïna. L'angoisse sapait toutes ses forces, ébranlant ses dernières convictions. Elle parla d'abord de son père. Mish-tenapeu n'avait sans doute pas été intoxiqué par une mauvaise viande l'été dernier. C'est parce que les puissances grondaient de colère qu'il se lamentait dans sa tente. Elle le revit sur sa couche, incapable de gouverner ses membres. Le chef des Presque Loups n'était plus protégé par les esprits. Tous les malheurs pouvaient désormais survenir.

Maïna éclata en sanglots.

— Pourquoi? POURQUOI? cria-t-elle en martelant désespérément la poitrine de Manutabi de ses poings.

Il attendit que passe la tempête. Réfléchit longue-ment. Chercha les mots. Alors seulement, il osa dire ce qui lui semblait juste.

— Nos souffrances ne sont pas toujours une puni-tion des puissances, déclara Manutabi d'une voix grave.

Pour la convaincre, il fit valoir que, de la même manière, les bêtises des hommes n'entraînaient pas chaque fois la colère des esprits. Maïna buvait ses paroles. Le mal de Mishtenapeu semblait si inquiétant, si mystérieux aussi, elle était prête à tous les sacrifices pour amadouer les esprits. Mais Manutabi avait peut-être raison. Les puissances n'étaient pas toujours en cause.

— Le corps aussi a ses saisons, dit-il encore.

Maïna soupira. Elle pouvait accepter que son père souffre et même qu'il soit gravement atteint, seule la colère des esprits lui était insupportable. Comment trouverait-elle la paix si son père mourait frappé par la malédiction des puissances ? Mishtenapeu devait à tout prix garder la protection du Manitou, car sans son aide nul ne peut accomplir le grand voyage jusqu'à l'au-delà.

Les esprits ne sont pas toujours responsables, se répéta Maïna, un peu rassurée sur le sort de son père. Elle osa alors confier à Manutabi son projet de fuite. Elle lui dit tout le dégoût que lui inspirait Saito. Pour lui échapper, elle se sentait prête à fuir les Presque Loups, ses frères, à renoncer à la présence enveloppante de Tekahera, à la douce amitié de Mastii.

— Mishtenapeu me pardonnera de le quitter, dit Maïna tout haut mais en tentant elle-même de se convaincre que cela était bien sa voie. Il ne m'a pas appris pour rien à épier les grandes bêtes, à viser net et à abattre proprement. Il aurait honte que je vive dans l'ombre de Saito. Il sait que son âme est plus noire que le fond d'une tanière.

Manutabi était prêt. Il rêvait depuis si longtemps de partir avec elle, de tout recommencer à neuf. Il avait même échafaudé un plan, espérant qu'un jour elle accepterait de le suivre. Il avait songé aux préparatifs, anticipé les difficultés, réfléchi à la meilleure route. Le mieux serait de remonter le cours de la rivière que lui et les siens avaient choisie en arrivant sur la côte.

— Les Presque Loups ne connaissent pas cette rivière, dit Manutabi. Je sais où sont les caches, l'eau vive, les portages. Là-bas, nous serons en sécurité.

Il faudrait préparer du pemmican, apporter des raquettes, des peaux, des outres, des lanières de tendon et de racines, deux couteaux, un arc-à-feu, quelques lances... Maïna l'écoutait comme s'il était déjà son compagnon pour toujours. Elle était arrivée près de lui le cœur tordu, l'âme égarée, et voilà que l'espoir affluait de nouveau. Manutabi proposa de construire un canot à l'abri des regards. Il ferait semblant de pêcher derrière la pointe de la petite rivière aux truites et reviendrait avec peu de prises, car il travaillerait à l'embarcation. En faisant vite, il aurait terminé avant le nouveau cycle de la lune. Saito ne réclamerait pas sa promise tout de suite, croyait-il. Il savait qu'elle résisterait. Pour ne pas subir cet affront devant tous, il attendrait que la tribu se redivise pour les chasses d'automne.

Maïna suggéra qu'ils prennent simplement un de leurs canots, mais Manutabi refusa. Il fallait que les Presque Loups les croient partis à pied.

— La colère de Saito sera terrible, avertit Manutabi. Il fouillera la forêt, mais nous serons déjà loin.

Manutabi voulait qu'ils naviguent de nuit sur la grande eau, afin que nul ne les aperçoive de la berge, jusqu'à ce qu'ils aient atteint la rivière qu'il cherchait. Après, ils croiseraient sûrement d'autres membres de la tribu des îles. Plusieurs avaient promis de se rejoindre près des caches une fois qu'ils auraient repris des forces. Ils ne seraient pas seuls.

— Tu ne mourras pas de faim, promit-il.

Maïna éclata d'un grand rire.

— J'ai toujours capturé ma part de lièvres, de porcs-épics et de lagopèdes. Seule, j'ai tué un loup et un caribou. Je partirai avec toi mais à condition de chasser moi aussi, dit-elle d'une voix forte et ferme.

Et, encouragée par le regard tendre de Manutabi, elle lui dit encore comme elle avait hâte d'abattre son premier ours, d'attendre longtemps, derrière un cairn, que la montagne se couvre de caribous, de suivre des meutes de loups sur la piste des grandes bêtes, de lever des pièges dans le silence délicieux du petit matin et, à la brunante, de pêcher des poissons aux écailles brillantes. Toutes ces chasses, toutes ces pêches, elle rêvait de les vivre à ses côtés.

Manutabi n'avait pas l'habitude de tant de paroles. Les siens étaient peu bavards, comme d'ailleurs les Presque Loups. Et lui, Manutabi, ne possédait pas ce don de Maïna pour les mots. Il aurait souhaité lui expliquer que, lorsqu'il l'avait aperçue la première fois sous sa peau de loup, il l'avait voulue tout de suite en devinant bien qu'elle était différente. Il ne l'avait pas désirée seulement pour ses jambes de faon, ses seins menus couleur sable et son regard de feu. Il la voulait à ses côtés parce qu'elle lui semblait aussi rare et précieuse que les pierres trouvées par-delà d'infranchissables montagnes. Maïna était unique, lumineuse... Manutabi cherchait les mots mais aucun ne semblait convenir, alors il se tut et laissa son corps exprimer tout ce qu'il n'avait pas su dire.

CHAPITRE 9

Même la douce Mastii s'était moquée de Manutabi.

— Tu es plus paresseux qu'une marmotte! lui avait-elle lancé alors qu'il rentrait à la brunante avec ses quelques carpes.

Chaque fois qu'on lui reprochait ses maigres prises, Manutabi prenait un air contrit, comme si, tout au long du jour, il avait rêvassé en contemplant le ciel. Sous cette apparente nonchalance, il dissimulait une grande fatigue, car il travaillait sans répit, mû par un sentiment d'urgence. Le canot avançait bien. Il n'avait pas eu de mal à trouver un bouleau au tronc large et à l'écorce lisse, sans trop de nœuds. L'embarcation qu'il partagerait avec Maïna serait comme il l'avait souhaité.

Les Presque Loups s'amusaient de la déveine de Manutabi. Malgré les paroles accusatrices de Saito, la plupart d'entre eux ne manifestaient pas de véritable hostilité envers les nouveaux venus et, en cette saison d'abondance où la nourriture était à portée de main, chacun avait le droit de paresser un peu. Ils s'étaient tous délectés d'œufs crus et de poisson et il y avait presque toujours du castor ou du porc-épic. Sinon ils tuaient des mouettes ou des lagopèdes. Rien ne semblait grave ou urgent. D'ailleurs, les nuages de moustiques voraces parvenaient à miner l'ardeur des plus vaillants.

Maïna ne s'était pas retrouvée seule avec Manutabi depuis qu'ils avaient arrêté leur plan de fuite. Chaque fois qu'elle le voyait quitter le campement ou y revenir, Maïna sentait la vie refluer en elle. Le reste du temps, elle luttait contre l'abattement, car l'état de Mishtenapeu ne s'améliorait guère. Son corps ne supportait plus aucune nourriture, la fièvre ne le quittait presque plus et il était rarement lucide. Maïna l'avait entendu confier de bien étranges choses au renard, au loup et au caribou. Il parlait trop au vent.

Un matin, Mishtenapeu l'appela. Maïna s'agenouilla à ses côtés, curieuse et empressée. Il voulait parler, mais les esprits semblaient lui refuser cette grâce. Sa bouche se tordait et les rares mots qu'il réussit à prononcer composèrent des messages décousus, incompréhensibles. Le visage du chef était creusé par la douleur et Maïna n'aurait su dire si c'était dans son grand corps ou dans son âme que son père souffrait davantage. Mishtenapeu s'acharna et, au prix d'efforts immenses, il réussit à expliquer à Maïna qu'il désirait lui remettre un objet. Sans plus de cérémonies, il lui légua son ballot sacré, cette pochette de peau de caribou qu'il avait reçue de l'ancien chaman et qu'il aurait dû remettre à Saito. Maïna comprit que Mishtenapeu reniait son fils adoptif, qu'il refusait de voir en lui le prochain chaman.

Pour le reste, Maïna se sentait perdue. Qu'est-ce qu'elle, Maïna, pouvait bien faire de ce petit paquet de trésors aux vertus secrètes qui permettait au chaman d'appeler les bons esprits et de chasser les mauvais, de négocier avec le grand Manitou et de deviner la route des caribous ? Mais son père la suppliait du regard, alors elle fit mine de comprendre et le remercia de sa confiance.

— Maïna... ma... fi... fille... loup, scanda péniblement Mishtenapeu.

Maïna fut émue par ces mots. Elle n'avait jamais révélé son esprit tutélaire, car cela était interdit. Mais Mishtenapeu avait deviné, sans doute parce qu'il frayait depuis si longtemps avec les esprits, et il avait tenu à le lui dire, perçant ainsi une brèche dans la solitude de sa fille. Il semblait soulagé, presque détendu. Son regard ne trahissait plus qu'une grande lassitude. Mishtenapeu inspira profondément puis il adressa à sa fille une terrible requête. En l'écoutant formuler difficilement son vœu, non pas parce qu'il hésitait mais parce que le Manitou continuait de l'éprouver, Maïna tressaillit. Pourtant, elle n'était guère surprise.

Elle aida son père à se relever et à tenir sur ses pauvres jambes affaiblies. Elle repoussa les peaux qui dissimulaient l'ouverture de la tente et franchit le seuil. Tekahera était là. Elle les attendait. Maïna songea alors que sa mère adoptive était peut-être bien un peu sorcière.

Mishtenapeu réussit à marcher droit, sans aide. Seuls les esprits surent ce qu'il lui en coûta de courage et de volonté. Maïna l'entendait souffler, siffler, haleter, mais les Presque Loups qui virent leur chef se diriger d'un pas ferme vers la vallée étroite où sa fille avait été initiée ne purent deviner que Mishtenapeu était terrassé par la douleur, que chacun de ses pas était un supplice, chaque battement de cœur une victoire. Comme tant de braves, il avait choisi de s'éteindre dans la dignité, loin des regards. Il serait content de nourrir les loups, mais il n'acceptait pas d'être diminué davantage. Il souhaitait mourir rapidement et de manière foudroyante. Comme un chef.

Maïna avançait dans un brouillard, les jambes molles, l'œil hagard, en se répétant la promesse qu'elle s'était faite avant de franchir le seuil de la tente. Elle accomplirait son devoir honorablement. La requête de Mishtenapeu était claire. Maïna lui épargnerait les paroles inutiles, son père n'aurait pas à supplier. En attendant l'horrible moment, elle avait l'impression de marcher en repoussant des montagnes.

Ils arrivèrent finalement à ce petit territoire désolé, au pied des collines, où les arbres refusaient de pousser. Maïna se tourna vers Tekahera, mais sa presque mère regardait droit devant elle, étrangère à tout. Un renard roux détala vers sa tanière, alerté par le bruit de leurs pas. Les geais gris piaillèrent et sifflèrent dans l'air doux du petit matin pour protester contre l'intrusion. Le cœur serré, Maïna reconnut la fosse où elle avait livré sa plus terrible lutte.

Mishtenapeu ne lui laissa pas le temps de tergiverser. Il se laissa tomber à genoux à quelques pas de la fosse, visiblement épuisé par la randonnée. Ses bras pendaient mollement de chaque côté de son corps et ses mains traînaient sur le sol moussu. Maïna admira le dos large de son père. Il avait porté tant de ballots de peaux, tant d'enfants, tant de vieillards, tant de canots. Maïna empoigna fermement la lance qui lui avait servi de bâton de route et elle recula de plusieurs pas, prête à bondir. Mais brusquement, au dernier moment, ses forces l'abandonnèrent et elle resta clouée sur place, pétrifiée. Son cœur cognait furieusement.

Le soleil disparut derrière un collier de nuages. Les oiseaux avaient fui. Maïna perçut une plainte lointaine que d'autres auraient sans doute attribuée au vent. Elle reconnaissait l'appel et savait que le vent n'y était pour rien. Elle se recueillit, elle avait encore besoin de temps.

— MAÏÏÏÏNAAA!

Mishtenapeu avait crié. Sans colère. Le père avait lancé un ordre, tout simplement. Maïna ferma les yeux et supplia les loups de l'assister.

— Avec ma seule force, avec mon seul courage, je suis incapable, murmura-t-elle d'une voix brisée.

Ses paroles se perdirent dans l'effroyable silence. Alors elle cria, à tous ces loups qui l'épiaient, l'entendaient, la jugeaient. Elle cria, les suppliant de l'aider, d'une voix si déchirante que les pierres, sûrement, frissonnèrent.

Les mots, cette fois, semblèrent atteindre leur cible. Maïna courut en brandissant sa lance. Elle n'était plus la fille du chef, l'enfant apeurée, ahurie, mais un simple chasseur affamé, brûlant du désir de tuer. Elle imagina un caribou endormi au milieu d'un lac gelé, une masse brune recroquevillée, projeta sa lance de toutes ses forces, visa juste et abattit la bête du premier coup.

La proie tressauta et s'allongea sur le sol, presque doucement, sans pousser un seul cri. Il y eut ensuite un dernier jaillissement de vie. L'animal frémit, comme une eau calme que le vent soudain excite, avant de s'immobiliser complètement. Un ruisseau rouge et tiède s'échappait déjà du cadavre.

Maïna s'avança et retira sa lance. Elle ne se sentait guère plus vivante que la triste masse à ses pieds. Elle retourna le corps, vit les yeux résignés, la bouche tordue dans un dernier instant de douleur, et songea, comme si elle venait tout juste de le découvrir, que sa lance ne s'était pas enfoncée dans le flanc d'un caribou.

Pour échapper au désarroi, à la folie, Maïna plongea dans sa forêt intérieure. Elle espérait mieux respirer sous le couvert de ces arbres, mais un ouragan déracinait les épinettes, les troncs volaient en éclats, les branches s'éparpillaient comme des braises soufflées par le vent. Il n'y avait pas de refuge.

CHAPITRE 10

Pendant que Mishtenapeu marchait vers la mort, Manutabi travaillait sans répit, avec une ardeur qui croissait à mesure que le soleil grimpait dans le ciel. Il avait déjà perforé l'écorce avec un poinçon de pierre et cueilli de longues racines d'épinette blanche qu'il avait épluchées, fendues et assouplies pour en faire de bonnes lanières, souples et résistantes. Depuis l'aube, il fixait l'écorce aux plats-bords de bois avec ces liens. Une angoisse sourde, que la tâche n'arrivait pas à dissiper, lui collait au ventre.

Manutabi songeait aux terribles événements qui avaient mené à l'éparpillement de sa tribu, à cette inexplicable rage qui s'était emparée des siens, à tous les secrets qu'il n'osait pas partager avec Maïna. Son passé lui pesait, les longues journées de travail acharné aussi. Le canot serait bientôt prêt, mais il n'en pouvait plus d'attendre. Il avait envie d'appuyer tout de suite sa tête lourde contre la frêle poitrine de Maïna et de se laisser griser par son odeur de femme. Il avait tant besoin de sentir son corps tendre et chaud contre le sien. Un bruit sec l'arracha à ses rêveries. Il venait de casser une précieuse longueur de racine en tirant beaucoup trop fort sur un nœud. Manutabi lança rageusement le bout de lanière et décida de rentrer au campement même si le soleil n'avait pas encore accompli la moitié de sa course.

Assemblés autour du feu, les Presque Loups écoutaient Saito. Un homme des îles raconta à Manutabi les événements du matin. Saito avait incité les chasseurs à rester au campement. Ils avaient mangé des restes de castor et longuement fumé des herbes séchées roulées dans de l'écorce. Puis, Saito avait parlé. Il avait dit son admiration pour Mishtenapeu, son père adoptif, qui était trop malade désormais pour leur servir de chaman et de chef. Cette tâche lui revenait désormais. N'avait-il pas tout appris de Mishtenapeu ? N'était-il pas le fils naturel de Nosipatan, qui avait été chef et chaman avant Mishtenapeu ?

Saito avait ensuite rappelé aux Presque Loups combien le mal de Mishtenapeu était mystérieux. Pourquoi donc les esprits s'acharnaient-ils contre leur chef ? Un murmure avait parcouru l'assemblée. Saito avait poursuivi, semant habilement les doutes. À l'arrivée de Manutabi, il s'apprêtait à cracher sa révélation.

— Tekahera est responsable du mal de Mishtenapeu, annonça Saito.

Il disait avoir fait cette découverte pendant la nuit au cours d'une longue séance de divination. Tekahera avait toujours convoité Mishtenapeu, rappela Saito, et les vieux se souvinrent de la passion entre Mishtenapeu et sa jeune cousine. Saito soutenait que Tekahera n'avait jamais renoncé à son ancien amoureux. C'est par dépit qu'elle avait fui vers son île. Là-bas, elle avait conspiré avec les mauvais esprits pour empoisonner l'existence du chef. N'avait-il pas perdu plusieurs fils mort-nés ? Sa femme n'avait-elle pas disparu sans raison vers le royaume des esprits ? Tekahera s'était aussi emparée de Maïna, affirma Saito. Elle lui avait insufflé des idées contraires à la loi des Presque Loups et depuis quelques saisons elle tentait de l'éloigner de la voie tracée par le Manitou. Les Presque Loups comprirent que Saito faisait allusion à leur union, à laquelle Maïna semblait vouloir échapper.

Le jeune homme avait bien préparé son discours. Ce qu'il racontait était crédible et convaincant. Chaque argument s'insérait parfaitement dans l'ensemble, comme les os d'un squelette qu'on s'amuse à reconstituer. Les Presque Loups commençaient à croire que Tekahera la mystérieuse avait bel et bien attiré la malédiction des esprits sur Mishtenapeu et sur eux.

— La puissance de cette sorcière est grande, prévint Saito.

Lui-même avait tenté de lutter contre ses pouvoirs maléfiques afin de guérir Mishtenapeu, mais les esprits ne l'avaient pas entendu. Aucun chaman ne pourrait agir tant que, dans l'ombre, une Presque Loup frayerait avec les puissances néfastes. Il fallait agir vite, sans quoi la malédiction atteindrait toute la tribu. Saito scruta longuement son auditoire avant d'oser révéler son plan. Pour rétablir la paix avec les esprits, il extirperait le mal du corps de Tekahera en pratiquant une saignée très sévère qu'il disait avoir apprise de Mishtenapeu.

Manutabi n'attendit pas la suite. Il avait été témoin de batailles sauvages et il avait connu des hommes aussi mauvais que Saito. La cruauté avait une odeur qu'il savait reconnaître. Atetshi n'était pas dans l'assemblée, Maïna et Tekahera non plus. Il n'y avait personne pour tenir tête à Saito. Ce faux chaman avait bien préparé son coup. Des Presque Loups avaient vu leur chef, accompagné de Maïna et de Tekahera, se diriger vers le vallon où Maïna avait été initiée. Manutabi prit par le sous-bois pour ne pas être aperçu. Il fallait alerter Tekahera, elle saurait comment agir. Manutabi avança à grandes enjambées. Il avait oublié sa faim de Maïna, sa fatigue, ses désirs. Plus rien ne comptait, sinon l'urgence d'arrêter Saito.

Pendant qu'il courait vers elles, Maïna et Tekahera s'étaient rapprochées du campement mais en longeant la côte. Avant même qu'elles puissent s'étonner de voir tant d'hommes et de femmes rassemblés au beau milieu du jour, des complices de Saito les surprirent par-derrière. L'un d'eux, muni d'un lourd bâton, assena un coup brutal derrière les jambes de Tekahera, qui tomba. Maïna voulut se ruer vers elle, mais un homme la retint. Elle se débattit furieusement, mais la prise de l'homme était solide. Lorsqu'il la libéra enfin, Tekahera avait disparu depuis un bon moment, emportée par ses agresseurs.

Maïna courut jusqu'au feu où les Presque Loups étaient encore rassemblés. À peine arrivée, elle entendit un hurlement atroce qui semblait surgir du ventre de la terre. Une vague d'horreur la submergea. Les cris se répétèrent, étouffés cette fois. Maïna se sentit glisser dans un trou noir. Pour s'empêcher de sombrer, elle chercha Manutabi dans la foule. Son regard rencontra celui des jeunes hommes qui gardaient la tente de Mishtenapeu. Maïna comprit que Tekahera était là. Les cris se transformèrent alors en une plainte insoutenable.

Maïna avançait vers l'abri de peaux lorsque Saito en sortit, pâle et hagard. Il aurait dû tenir dans ses mains le couteau à saignée, cette fine lame d'os fixée à un court manche. À son poing pendait plutôt un gros couteau de pierre qui servait à dépecer les bêtes. Saito semblait faire d'immenses efforts pour contrôler son agitation.

Maïna reconnut la flamme cruelle dans ses yeux de carcajou et elle y découvrit aussi une lueur de dégoût. Il avait ce même regard, enfant, lorsque, après une flambée de colère, il découvrait soudain la gravité des gestes qu'il avait commis. Saito ordonna à deux femmes de soigner immédiatement Tekahera.

— Le corps de Tekahera a été purifié, parvint-il ensuite à annoncer.

Il ajouta que les mauvais esprits s'étaient acharnés, que malgré ses incantations la saignée avait été difficile. Une femme sortit alors de la tente, visiblement chavirée. Elle réclamait une bonne brassée d'écorce d'aulne rugueux et beaucoup d'eau. Les Presque Loups comprirent qu'il fallait arrêter le sang. Maïna émergea de sa torpeur. Elle se rua dans la tente avant qu'on puisse l'arrêter. Tekahera gisait, inconsciente et nue, dans une mare de sang. Saito n'avait pas pratiqué une saignée. Il avait charcuté sauvagement le beau corps de Tekahera. Ses membres étaient profondément tailladés et le sang coulait abondamment.

Maïna dut lutter pour ne pas défaillir. Un sentiment d'urgence lui permit de tenir bon. Elle imagina Tekahera, grande et forte, devant cette femme massacrée. Tekahera ne se serait pas satisfaite d'une brassée d'aulne rugueux appliquée en cataplasmes. La pauvre femme avait déjà perdu beaucoup de sang, son visage était livide, ses yeux révulsés. Maïna s'approcha doucement. D'une main inquiète, elle chercha les battements d'aile dans le cou et découvrit une pulsation fragile. Maïna fit couler de l'eau sur le front de Tekahera et souffla sur son visage. Elle attendit un peu puis recommença, jusqu'à ce que les prunelles chatoyantes de sa mère adoptive s'animent enfin. C'était comme allumer un feu. Il fallait patiemment faire jaillir une première étincelle puis s'acharner pour la maintenir en vie avant d'espérer plus.

Pendant que deux femmes pressaient fermement le côté blanc de l'écorce sur chaque blessure, Maïna en envoya d'autres cueillir un plein panier de feuilles de lédon qu'elles devraient mâcher et réduire en pâte avant de l'étendre sur les plaies. Elle chargea aussi Mastii de ramener un ballot de feuilles séchées du repaire de Tekahera pour préparer une infusion tonifiante. Il fallait aussi éloigner la fièvre avec d'autres herbes et récolter beaucoup de gomme d'épinette pour prévenir l'infection. Maïna donna des ordres clairs et des femmes partirent vers le sous-bois. Il n'y avait rien d'autre à faire. Maïna espéra seulement que Tekahera n'aurait pas agi autrement. Elle considéra le corps mutilé, les femmes qui s'affairaient autour et quitta prestement la tente.

Une révolte terrible, monstrueuse, grondait en elle. Un torrent venait d'éclater dans les replis secrets de son être et cette force neuve jaillissait, prête à fracasser les rocs, à éventrer les montagnes. Maïna grimpa sur une pierre près du feu principal et observa les hommes, les femmes et les enfants qui s'approchaient sans bruit. Ils semblaient las, abrutis, désolés et perdus.

— Mishtenapeu n'aurait jamais fait ça, lança-t-elle en étouffant sa rage.

Les Presque Loups restèrent silencieux. Alors, Maïna explosa.

— N'avez-vous rien dans le ventre? cria-t-elle, déchaînée. Vous vous laissez porter par tous les vents. N'importe qui peut se lever et vous gouverner. Ne croyez-vous donc en rien? Les loups n'agiraient jamais de la sorte.

Les femmes baissèrent la tête, les hommes fuirent le regard de Maïna. Ils ne savaient plus quoi penser. Saito était-il mauvais? Ils n'avaient pas vraiment envie d'y songer. Les paroles qu'il avait prononcées semblaient justes. Les Presque Loups ne savaient pas encore que Mishtenapeu avait rendu l'âme, mais ils se doutaient bien que ses forces l'abandonnaient. Saito acceptait son héritage de chef et de chaman. Qui d'autre, sinon, assumerait ce rôle? C'était dans l'ordre des choses. Maïna comprit qu'elle ne réussirait pas à secouer l'apathie des siens. Qu'avait-elle à leur offrir? Ils avaient besoin de quelqu'un qui promettait d'être puissant, de prédire les chasses et d'amadouer les esprits. Autrement, ils étaient perdus.

— Mishtenapeu est mort, annonça-t-elle alors d'une voix presque sans timbre comme si elle tentait elle-même d'apprivoiser ces mots.

Sans attendre la réaction des Presque Loups, elle fonça vers le sous-bois. L'odeur de mousse, de branches pourries et d'aiguilles l'apaisa un peu. Sous le couvert de bouleaux et d'épinettes noires, elle se sentait toujours renaître. Maïna songea qu'elle aurait aimé abandonner son père à la forêt plutôt que dans cette vallée trop nue où elle avait entendu l'appel des loups. Les loups! À quoi servait cet esprit tutélaire qu'elle avait tant espéré? Et ce pouvoir des mots qu'elle avait cru si puissant? Jamais, de sa courte vie, Maïna ne s'était sentie si seule et démunie.

Des branches craquèrent. Elle leva la tête et découvrit que Saito l'avait suivie. Il s'approcha et, d'une voix doucereuse, lui reprocha d'avoir tenté de soulever le clan contre lui. Il comprenait son chagrin, mais ne devait-elle pas le remercier d'avoir sauvé Tekahera de l'emprise des mauvais esprits ? Une vague nausée saisit Maïna. Il était trop près, son haleine lourde l'écœurait, mais ses mots ne l'atteignaient guère. Saito se moqua de la folle attirance de Maïna pour le jeune étranger. Elle était aussi ridicule qu'une femelle de porc-épic en chaleur, aussi stupide qu'un lagopède, mais il saurait lui faire entendre raison.

— Regarde les loups et obéis à la loi des tiens, dit-il enfin.

La comparaison réussit à extirper Maïna de sa léthargie. Qui était-il pour oser parler des loups ? Une marée fabuleuse submergea Maïna. La colère fit battre ses tempes.

— Tu m'appartiens, Maïna. Mishtenapeu ne te protège plus. Tu m'obéiras comme les autres, lança-t-il finalement, excédé par son silence.

Maïna serra les poings, ses jointures blanchirent, ses ongles s'enfoncèrent dans ses paumes.

— Tu as raison, Saito. Mon père ne me protégera plus. Les corbeaux et les loups se disputent déjà son ventre, mais tu es la honte de mon père, Saito, et tu ne mériteras jamais de le remplacer. Il savait que tu n'avais pas la force d'un vrai chef et que rien ne te permettait de parler aux esprits. Vois la preuve !

Maïna lança le ballot sacré du chaman aux pieds de Saito. Le geste porta. Saito ne savait pas qu'avant de mourir Mishtenapeu avait légué à sa fille ce qui aurait dû lui revenir. Il y avait tant de haine dans le regard de Saito que Maïna se tut, foudroyée. Il abattit ses larges mains sur les épaules de Maïna et la secoua en crachant sa rage.

— Tu ne sais rien de ma puissance, Maïna. Retourne

voir ta sorcière au corps détruit et demande-toi qui a cueilli les poisons qui ont ravagé ton père.

Maïna ouvrit la bouche, mais aucun son ne sortit. La stupeur l'étranglait. Elle sentit soudain les mains de Saito pétrir sa poitrine puis il tordit sauvagement sa lourde chevelure et l'écrasa sur le sol. Maïna n'essaya pas de se débattre. Saito était plus fort. Elle ferma simplement les yeux et, secrètement, silencieusement, elle appela ses parrains, ses frères, toutes les meutes du pays, les loups des lacs et des rivières, des montagnes et des vallées. À quoi servait l'esprit tutélaire? C'était aux loups maintenant de répondre. Maïna poursuivit son exhortation muette pendant que Saito, étendu sur elle, frottait son sexe dur contre son ventre en poussant des gémissements de plaisir.

C'est alors qu'une première meute dévala la montagne, puis une autre et une autre encore. Maïna n'avait qu'à fermer les yeux pour suivre l'immense cortège troué de prunelles lumineuses. Elle savait que Saito ne pourrait voir les loups alors elle ouvrit la bouche et, devant le regard étonné de son assaillant, elle imita l'appel des loups en poussant un long hurlement.

— Tekahera t'a enseigné des trucs de sorcière? ricana Saito, visiblement ébranlé malgré tout.

Maïna plongea son regard dans le sien et elle vit bientôt les prunelles rondes s'agrandir démesurément. Saito avait peur maintenant parce que les loups hurlaient réellement. Il pouvait les entendre lui aussi. Tous les Presque Loups devaient les entendre. Les loups de la forêt réaffirmaient haut et fort qu'ils avaient bel et bien choisi Maïna et qu'ils la suivraient partout.

Maïna savait que même s'il s'en moquait, même s'il les insultait, Saito craignait plus que quiconque les forces inconnues. Il prit un air dégoûté et la repoussa brutalement avant de fuir comme si le Windigo était à ses trousses.

CHAPITRE 11

De retour au campement, Manutabi apprit la mort de Mishtenapeu et le supplice infligé à Tekahera. Il entendit le hurlement des loups et vit Saito émerger du sous-bois. C'est là qu'il découvrit Maïna, seule, épuisée et visiblement très ébranlée. Elle lui raconta la requête de son père dans le silence de l'aube, la lance qu'elle avait elle-même plantée dans son dos, le corps de Tekahera comme une plaie ouverte, l'assaut de Saito, son souffle puant dans son cou. Lorsqu'elle s'arrêta, des larmes roulaient sur ses joues.

Manutabi réprima sa rage. Il avait envie d'étouffer Saito, de piétiner son corps, d'en finir pour toujours avec cet homme dangereux. Mais il chassa ces envies. Il se rapprocha de Maïna et lécha l'eau sur son visage. Il fallait à tout prix éviter les batailles, les affrontements.

— Partons vite, supplia-t-il.

Dans deux jours le canot serait prêt. Il travaillerait nuit et jour s'il le fallait. Pendant ce temps, Maïna réunirait dans une cache les denrées et l'équipement essentiels. Manutabi transporterait ensuite jusqu'au canot les peaux, les tuniques d'hiver, les raquettes, le poisson séché, le pemmican, les couteaux, les lances, le grattoir, les ustensiles d'écorce, l'arc-à-feu, les bottes aussi et les jambières...

Maïna accepta. Avant de se séparer, ils s'enlacèrent longuement, incapables ce soir-là de s'aimer autrement.

Les jours suivants, Maïna partagea tout son temps entre Tekahera et les préparatifs du voyage. Tekahera s'en tirerait, Maïna se le répétait chaque fois qu'elle appliquait de nouveaux cataplasmes sur les plaies béantes. Mais comment en être sûre ? Saito avait fait transporter Tekahera dans son abri entre la grève et le sous-bois, où des femmes se relayaient pour la soigner. Maïna savait que Tekahera chasserait gentiment ses soignantes dès qu'elle aurait pleinement repris conscience et elle sourit en imaginant la scène. Sa presque mère était une louve solitaire. Elle savait toujours entendre l'appel des siens et se mêlait volontiers à eux aux grands rassemblements, mais elle ne pouvait vivre longtemps parmi la meute. Bientôt, sûrement, elle retournerait à son île peuplée d'oiseaux.

Maïna était persuadée que Tekahera souhaitait que sa fille adoptive parte, qu'elle poursuive ce qui semblait être sa voie. Mais la jeune fille se sentait quand même coupable de l'abandonner. Souvent aussi elle se demandait comment se terminerait cette fugue. Au deuxième matin, Maïna se mit à surveiller les moindres signes afin d'y lire quelque présage, mais elle ne put rien obtenir. Elle travailla sans répit, en guettant souvent la trajectoire du soleil. Lorsqu'il irait mourir derrière les montagnes, elle marcherait sur la grève, escaladant les rochers, traversant les ruisseaux, jusqu'à la pointe de la rivière aux truites. C'est là que débuterait sa nouvelle vie.

Le soleil était déjà bas lorsque Maïna fit ses adieux à Tekahera. Sa presque mère semblait consciente, ses yeux étaient grand ouverts, mais son regard restait absent. Elle ne réussit pas à parler, ni même à caresser, une dernière fois, la joue de Maïna. Maïna aurait tellement voulu se réfugier dans ses bras, mais comment oser se blottir contre ce corps massacré ? Elle appliqua encore des feuilles mâchées sur les blessures de Tekahera, effleura tendrement ses longs doigts minces, ses petites rides sous les yeux, ses tempes moites.

— Je t'aime, Tekahera. Guéris vite. Un jour, je reviendrai, promit-elle, le cœur tordu, avant de la quitter.

Les montagnes s'étaient voilées d'ocre et de vermillon lorsque Manutabi pénétra à son tour dans l'abri de Tekahera. Il était aux abois. Des esprits malins lui avaient ravi son sommeil des dernières nuits. Le souvenir des combats sanglants qui avaient décimé les siens le hantait et il avait besoin, avant de fuir avec Maïna, de parler, d'être rassuré. Il se serait volontiers confié à Mishtenapeu, mais puisque cela était impossible, il avait songé à Tekahera, qu'il n'avait pas encore vue depuis l'assaut de Saito.

Les yeux de Manutabi s'habituèrent à la pénombre mais pas à l'horreur. Maïna n'avait rien exagéré. Saito avait torturé cette femme. Il n'était pas chaman mais bourreau, Tekahera avait été suppliciée. La soignante au chevet de Tekahera profita de l'arrivée de Manutabi pour courir au campement. L'état de Tekahera s'était gravement détérioré depuis la visite de Maïna. Elle suait abondamment et prononçait parfois des paroles effrayantes. Il fallait aviser les autres.

Manutabi s'agenouilla près de Tekahera. Il connaissait bien peu les écorces, les feuilles et les racines qui auraient peut-être apaisé le mal, alors il prit doucement la main de cette belle femme déparée et la pressa contre sa joue. Tekahera poussa un cri d'oiseau, bref et perçant. Puis, dans un état d'agitation extrême, elle prononça plusieurs fois le nom de celle qu'il aimait. Manutabi sentit ses entrailles se nouer. Il y avait tant de détresse et d'affolement dans la voix de Tekahera! On eut dit qu'elle voulait l'avertir, le prévenir. Mais de quoi? Finalement, elle réussit à parler.

— Des morts... Loin... Dans la neige... L'étranger...

Tekahera se tortilla sur sa couche comme pour chasser des images trop éprouvantes.

— Non. Non! Chassez... Chassez l'étranger.

Elle délirait, les esprits parlaient à travers elle. Chaque mot comptait. Et, pourtant, Manutabi aurait tellement voulu ne pas entendre.

— Le sang... Sur la glace... MAAÏÏÏNAA!

Tekahera s'immobilisa enfin, ses paupières s'abaissèrent. Dans la promiscuité de l'abri, le silence s'installa, lourd, chargé d'orages. Manutabi n'osait pas remuer. Soudain, les esprits se réveillèrent et Tekahera hurla, terrifiée.

— NOOON! NOOON!

Manutabi sentit une rivière glacée l'inonder. Tekahera avait perdu conscience. Un sommeil cousin de la mort l'avait éloignée de ses visions d'horreur. Manutabi quitta la tente fou d'inquiétude. Saito avait-il raison de croire que les étrangers leur portaient malheur? Tekahera elle-même exhortait Maïna à se méfier de lui, de l'étranger. Sinon le sang coulerait. Manutabi savait que lui-même ne se livrerait à aucun carnage, jamais plus il n'arracherait des vies. Mais ne pouvait-il pas, malgré lui, provoquer un massacre?

Manutabi songea qu'il avait été bien naïf de croire qu'il suffisait de construire un canot en secret pour déjouer l'homme qui avait torturé Tekahera. Il imagina

Maïna gisant nue sur un lac gelé, le corps tailladé par le couteau de pierre de Saito. Tekahera voyait juste dans son délire. La colère de Saito serait terrible. En découvrant leur fuite, il liguerait tous les Presque Loups contre eux et la forêt serait prise d'assaut jusqu'à ce qu'ils les retrouvent. Saito était rusé. Il n'éliminerait pas les voies d'eau. Sans doute enverrait-il aussi des Presque Loups alerter la tribu du lac aux caribous et celle de la montagne aux pierres de couleur. Maïna et lui seraient capturés et il faudrait alors espérer que Saito les tue rapidement.

Manutabi revit Maïna galopant sous la pluie, fébrile et palpitante, puis dévalant la montagne aux caribous, si vive, si radieuse. Il se rappela son odeur de femme, songea à son corps souple et puissant et, surtout, à ses yeux immenses, dévorés par le feu. Les esprits étaient avec Maïna. Des forces mystérieuses l'habitaient, guidaient ses paroles, ses gestes. Il le savait. Tous les Presque Loups le savaient. Maïna devait être épargnée. Il fallait la protéger de Saito.

En marchant vers la rivière aux truites où Maïna l'attendait déjà, prête à partir, il prit les derniers objets entassés dans la cache. Son plan était net. Maïna fuirait en canot pendant que lui prendrait par le bois en semant des pistes. Les Presque Loups suivraient ses traces sans se douter que Maïna naviguait seule sur la grande eau. Ils le traqueraient sans doute longtemps, mais il avait bon espoir de les déjouer et de leur échapper. Il n'y avait pas de Presque Loups plus forts que lui, ni de plus agiles. Il savait grimper aux arbres et attendre immobile durant plus d'un jour. Il savait brouiller les pistes de ses poursuivants en nageant dans les bouillons et il avait appris à traverser des chutes en s'attachant à un arbre ou à une forte racine avec une longue lanière tressée qui servait d'habitude à tirer les bêtes abattues. La forêt n'avait plus de secret pour lui. Il rejoindrait Maïna à la rivière de sa tribu où quelques-uns des siens chassaient sans doute encore. Manutabi refusait de croire qu'ils avaient peut-être tous péri de la même terrible manière. Non. Maïna se mêlerait à eux et lui aussi éventuellement.

À son arrivée à la pointe de la rivière aux truites, la lune tremblait déjà sur la grande eau, de grands oiseaux somnolaient sur les pierres noires. Maïna pagayait près du rivage en l'attendant. Son regard incendiait le ciel. Manutabi aurait voulu agir comme si rien n'était changé, mais en apercevant Maïna il la désira si fort, et il craignit tellement de la perdre, qu'il voulut la prendre tout de suite, une dernière fois, avant de la laisser partir. Il s'enfonça jusqu'à la taille dans la grande eau et immobilisa le canot. Manutabi ne dit rien. Il tira le canot sur le sable humide que la marée avait longuement envahi, souleva Maïna et la déposa sur le sol.

Maïna tremblait. L'attente lui avait paru si longue. Les longs jours sans Manutabi tellement vides. Il était enfin là. Tout près. Avec son désir, cette faim dévorante. Manutabi la voulait tout de suite. C'était inscrit dans son regard. Il en oubliait l'urgence de partir. Maïna retira sa tunique et elle lui offrit son corps. Ils se prirent sur le sable humide et frais, les pieds léchés par les vagues, et restèrent longtemps agrippés l'un à l'autre. Manutabi voulait s'imprégner d'elle, capturer son odeur, se souvenir de la texture de sa peau, de la géographie de son corps. Il se résolut difficilement à remettre sa veste et à tendre à Maïna sa tunique.

Elle dut alors écouter son étrange histoire, le fit répéter plus d'une fois, incertaine d'avoir bien compris. Manutabi ne dit rien du délire de Tekahera et de ce qu'il en avait déduit. Il raconta simplement à Maïna que son esprit tutélaire lui réclamait une offrande avant qu'il s'unisse à elle pour toujours. Il devait partir seul par le bois, jeûner, traverser des rivières à gué et d'autres à la nage, jusqu'à la rivière des siens qu'elle-même atteindrait par la grande eau. C'est là qu'elle devait l'attendre. Il reviendrait fort de l'appui des esprits et leur voyage serait doux ensuite.

Maïna resta longtemps muette. Elle apprivoisait lentement ces paroles. Grande était sa déception et mordante son angoisse. Pourtant, ce que disait Manutabi semblait juste. Elle-même n'avait pas songé à offrir un sacrifice aux esprits avant de partir. Manutabi était sage et généreux. Elle avait de la chance de s'unir à lui. Maïna plongea son regard dans celui de son compagnon. Il était à elle. C'était sûr. Alors elle consentit à partir sans lui. Elle guetterait son retour, la peur au ventre.

Manutabi avait senti la détresse de Maïna et il avait tenté de la rassurer, insistant sur des détails pour lui faire oublier l'essentiel. Du bout des doigts, il dessina sur son corps les baies et les caps jusqu'à l'estuaire de la rivière des siens. Il parla des deux premiers portages, des détours tortueux de ce magnifique bras d'eau qui creusait sa route dans le roc. Il en vint à la cache, sur le sentier du troisième portage. C'est là qu'elle devrait l'attendre jusqu'à ce que la lune ne dessine plus qu'un mince filet dans la nuit. Pas plus. Si jamais la lune disparaissait complètement avant qu'il revienne, Maïna devrait repartir, remonter seule cette rivière, sans perdre courage, en sachant qu'il finirait par la retrouver.

Maïna voulut protester. Prenant ses mains, il parla alors des siens, un petit groupe seulement, des braves qui n'avaient pas voulu déserter leur rivière. Elle les croiserait sûrement. Il faudrait leur parler de lui, leur montrer la pierre qu'il lui avait donnée avant l'initiation et se joindre à eux. Manutabi se vanta ensuite de maints exploits afin que Maïna sache qu'il était capable d'avancer assez vite pour la rattraper, sans doute avant même qu'elle parvienne au troisième portage.

Il la serra contre lui. Il aurait voulu la prendre encore une fois, mais il était temps de partir, ils devaient s'éloigner le plus possible du campement au cours de cette première nuit. Maïna s'attardait dans ses bras. Il la repoussa doucement et la regarda s'embarquer dans le canot lourdement chargé puis disparaître dans les courants de la grande eau.

CHAPITRE 12

Cette première nuit fut très chaude, l'été était encore jeune. D'épais nuages masquaient la lune et les étoiles. Maïna avironna sous ce ciel pesant, longeant le rivage de la grande eau, luttant contre les courants contraires. Elle avançait comme dans un état second, sans songer à Manutabi, Tekahera ou Mishtenapeu. Rien ne semblait pouvoir l'atteindre. Ses épaules étaient endolories et une grande fatigue alourdissait déjà ses bras lorsque le brouillard l'enveloppa et que la rive disparut. Il fallut que le canot frôle les récifs d'une île et que les macareux crient leur indignation pour qu'elle évite de justesse des arêtes tranchantes.

Elle s'éloigna de l'île et scruta la grande eau afin de déceler la raie sombre du rivage. Maïna avironna encore longtemps, jusqu'à ce que l'aurore barbouille l'espace au loin. Alors seulement, elle décida d'accoster pour dormir. Elle avait promis de ne voyager que la nuit jusqu'à ce qu'elle atteigne la rivière de Manutabi. La tribu du lac aux caribous descendait parfois jusqu'à la grande eau à cette hauteur. De jour, l'un d'eux pourrait apercevoir son canot et le signaler aux Presque Loups.

Le canot fut caché derrière quelques bosquets de genévriers. Maïna s'étendit un peu plus loin, sous les épinettes noires, sa peau de loup sur les épaules, et elle sombra dans un sommeil sans rêves. À son réveil, la rosée avait séché et le soleil débusquait les odeurs musquées du sous-bois. Maïna entendit son ventre grogner. Elle n'avait rien avalé depuis son départ. Avant de se lever, elle écouta longuement les bruits de la forêt, tous ces craquements, ces chuintements, ces grattements, et les cris d'oiseaux, les froissements d'ailes, les sautes d'humeur du vent. Une marmotte siffla et un écureuil volant atterrit doucement à quelques pas.

Maïna découvrit une dépression parmi les épinettes chétives. Elle décida qu'elle pourrait y faire naître un petit feu sans risquer d'être aperçue et but avec délices de l'eau chaude parfumée de feuilles de lédon. Elle se dirigea ensuite vers le canot pour y prendre de la viande séchée. Près de la cache, elle surprit un lagopède. L'oiseau s'immobilisa, tâchant de se confondre avec les broussailles, mais Maïna cueillit rapidement une branche et l'assomma d'un coup sec. Elle fit rôtir cette chair succulente, rendit hommage aux esprits qui lui avaient cédé cette proie, dévora la viande, enterra les plumes et les os et conserva une griffe qu'elle glissa dans sa pochette sacrée. Les esprits l'accompagnaient, elle devait s'en souvenir.

Maïna attendit l'heure brune où les bêtes sortent de leurs terriers. Avant de repartir, elle enterra soigneusement les restes du feu puis elle éparpilla quelques feuilles humides et du bois pourri. Un spectacle extraordinaire l'attendait au bord de la grande eau. Les lumières du nord dansaient dans la nuit. De grands faisceaux multicolores tournoyaient dans un ciel magique. Maïna savait que ces poudres lumineuses, ces traînées de rose, de bleu, de vert et d'or n'étaient autres que les âmes des morts venues valser parmi les vivants. C'était bon signe.

Une demi-lune luisait faiblement. Maïna songea à Manutabi. Combien d'autres lunes, plus fragiles, plus petites, s'accrocheraient encore au ciel avant qu'il revienne ? Elle avironna toute la nuit sans écouter la douleur dans son dos, son cou, son ventre, ses bras. Le canot était chargé pour deux, mais elle était seule à le faire avancer. À l'embouchure des rivières, il fallait avironner ferme afin de lutter contre les courants. Mais ces efforts l'aidaient à traverser la nuit. Dans les eaux plus calmes, Maïna devait combattre l'angoisse. Alors elle libérait des personnages dans sa tête et se construisait des récits. Elle jouait au Manitou. Inventant la vie, elle faisait danser les arbres. Elle déclenchait des orages fantastiques, dessinait des aubes pourprées puis, au cœur de ces formidables pays, elle lâchait des bêtes fabuleuses. Ses royaumes inventés étaient toujours peuplés de loups. De belles bêtes au pelage moiré courant derrière des hardes de caribous.

Les vagues firent tanguer son embarcation, mais Maïna était perdue dans ses pensées. Les loups, songeait-elle, sont ridiculement petits et bien impuissants à côté de leurs proies, ces grands caribous qui fuient le danger en martelant le sol de leurs sabots puissants. Les loups courent moins vite que les renards et à peine plus que les lièvres. Mais ils sont endurants. Ils peuvent suivre les traces d'un caribou, lune après lune, inlassablement. Les loups savent tenir bon. Ils survivent courageusement en s'acharnant sur des proies énormes et triomphent sans éclat, avec patience et détermination.

Maïna se sentit fière d'être la filleule des loups. Elle n'avait pas oublié leur appel. Elle se promit d'être persévérante, d'atteindre la rivière de Manutabi et d'en remonter bravement le cours. Elle franchirait le premier, puis le deuxième portage et attendrait à la cache du suivant. Et si cela ne suffisait pas, elle poursuivrait sa route, sans jamais défaillir, jusqu'à ce que Manutabi revienne. Elle irait jusqu'au bout. Malgré l'angoisse, la fatigue, la pluie, le vent, la faim, les moustiques.

Pour se donner du courage, Maïna décida que ce triste début sur la grande eau n'était qu'un prélude à des jours meilleurs. Elle songea comment parfois, à la toute fin de l'hiver, le soleil surgissait brusquement et, pendant plusieurs jours, dardait ses rayons sur la forêt transie. Les Presque Loups guettaient alors la débâcle, excités et heureux, mais soudain le ciel noircissait, le vent fraîchissait et la neige tombait de nouveau, abondante. Les Presque Loups devaient alors se rappeler que ce n'était là qu'un dernier sacrifice aux esprits avant le véritable début de l'enchantement.

Au cœur de la troisième nuit, après avoir dépassé le cap en bec d'aigle et les montagnes chauves que Manutabi lui avait décrits, Maïna atteignit la fameuse rivière. Ce territoire appartenait à Manutabi. En s'y aventurant, elle se sentait déjà un peu plus près de lui. Elle dormit peu et dès le lever du jour elle navigua sans relâche, remontant le courant jusqu'au premier portage, où elle dut s'arrêter car le ciel était déjà noir. Elle tira le canot sur la berge et dormit parmi les ballots, au fond de l'embarcation, enveloppée dans une peau. À son réveil, elle vit que la rivière coulait d'une gorge étroite. De belles parois rocheuses encadraient ses rives. Le premier portage fut long et raide. Il fallut trois voyages pour transporter tout le matériel et un quatrième pour ramener le canot.

Elle avironna encore pendant deux jours. Les flancs des montagnes s'adoucirent et elle pénétra dans une vallée qui n'avait rien d'inhospitalier. Les berges étaient par contre couvertes de grosses pierres rondes qui n'invitaient guère au sommeil, aussi Maïna dormit-elle dans son canot. Elle aimait se blottir au fond de l'embarcation en protégeant ses maigres possessions contre l'assaut des bêtes. C'était son île, son royaume.

Une longue coulée d'eau vive jaillissant d'un col tortueux annonça le deuxième portage. Les berges étaient bordées de flancs abrupts. En cherchant le sentier, Maïna dut escalader une pente raide. Il n'y avait pas de piste clairement battue comme aux portages de la rivière aux loutres. Elle prit un maigre sentier qui n'avait pas servi depuis des lunes et dut longer longtemps la crête avant de pouvoir redescendre à l'eau. Le lendemain, elle mit toute la journée à transporter l'équipement et les vivres. Pendant le dernier trajet, alors qu'elle se frayait péniblement un chemin parmi les arbres, son lourd canot gonflé d'eau sur ses épaules, Maïna sentit ses forces l'abandonner. Elle dut déposer plusieurs fois l'embarcation pour ne pas tomber.

Avant de réentasser les ballots au fond du canot, Maïna se débarrassa de sa tunique et glissa dans l'eau froide. Un grand bien-être l'envahit. Elle s'était laissé griffer par les branches et mordre par les moustiques. Elle avait sué, peiné, serré les dents. Elle était fourbue. L'eau effaçait tout.

Il n'y eut plus de portage pendant plusieurs jours. Maïna réussit à ne pas entamer ses réserves de nourriture. Dès que la faim la tenaillait, elle s'arrêtait pour pêcher de longs poissons gris-bleu. La rivière grouillait de ces délicieuses bêtes frétillantes. Maïna prenait le temps de fabriquer son feu et de griller lentement ses prises en buvant de l'eau tiède parfumée d'herbes. Elle avançait plus lentement depuis le dernier portage. Au bout du prochain, il y avait cette cache où elle retrouverait Manutabi. La veille, la lune était déjà mince, presque effilée. Bientôt, elle se remettrait à enfler comme si le soleil l'avait fécondée. Manutabi serait-il alors revenu ? Maïna naviguait entre la peur sourde et le fol espoir.

Au milieu du jour, le canot se mit à ballotter. Maïna aperçut les rapides, cet extraordinaire déferlement d'eau blanche, mais elle ne réagit pas tout de suite, continuant à avironner sans guère réussir à avancer, car le courant la repoussait. Un cri d'oiseau déchira le ciel. Maïna émergea de ses songes et, en quelques gestes efficaces, elle rejoignit la rive. Elle mit pied à terre, tira son canot sur les pierres rondes, assez loin pour que le courant ne puisse le reprendre. Elle venait d'atteindre le troisième portage.

Cette fois, elle ne prit pas de bagages, chercha immédiatement une piste et courut sans s'arrêter. Elle n'avait rien sur son dos et pourtant ce sentier lui parut interminable. Son cœur s'affola lorsqu'elle aperçut soudain l'eau au pied d'une pente escarpée. Elle atteindrait bientôt la fin du portage. Il fallait trouver la cache. Supplier les esprits qu'il soit là. Déjà. Enfin. Elle avait tant besoin de le voir, de le toucher, de le prendre. Maïna voulut savoir tout de suite, avant même d'atteindre la cache. Alors elle cria.

— Maanuuutaabii !

Des oiseaux cachés protestèrent bruyamment. Un arbre gémit. Une petite bête rampante détala presque sous ses pieds. Puis la forêt redevint muette. Les nuages même parurent suspendre leur lent défilé. Maïna cria de nouveau en se promettant de ne pas recommencer.

— MANUUUTAABII!

La vie avait repris son cours et le temps sa course. Manutabi n'était pas au rendez-vous. Maïna arriva sans difficulté à la cache. C'était une belle ouverture creusée parmi les racines au sommet d'une montagne presque dénudée. La cache était vide. Rien n'y avait été déposé depuis plusieurs saisons. Des herbes avaient poussé, un animal y avait laissé quelques graines et des excréments.

Pendant toute la nuit, Maïna nourrit un feu. Lorsque l'aube apparut, elle ramassa des branches mortes pour continuer d'alimenter les flammes. Elle ne mangea rien, avala un peu d'eau et attendit. La nuit revint. Une histoire terrible vint la ravager. Manutabi courait, poursuivi par un carcajou. Le glouton sanguinaire dévorait tout sur son passage. Ses crocs luisaient dans la nuit et ses petits yeux lançaient des éclairs. Manutabi avançait dans la forêt en éparpillant derrière lui tout ce qu'il possédait. Les carcajous reniflaient son bandeau frontal, sa lanière qui servait à tirer les bêtes, son couteau de pierre... Lorsqu'il n'eut plus que sa tunique, le carcajou bondit et planta ses crocs dans le cou de l'homme qu'elle aimait, qu'elle désirait, qu'elle attendait.

Maïna hurla comme si la scène s'était déroulée sous ses yeux. Pour conjurer l'horreur, elle lança une pleine brassée de bois dans le feu, mais le cruel spectacle continuait de la hanter. Une triste lueur naquit alors dans son esprit. Elle tenta de la chasser, mais c'était trop tard. Elle ne pouvait plus fermer les yeux, refuser de comprendre. Elle revit Manutabi devant le canot, au bord de la rivière aux truites. Il l'avait prise presque violemment, animé par quelque sentiment d'urgence, puis il l'avait priée de partir seule.

Manutabi n'avait pas emprunté le sous-bois pour amadouer les esprits. Il avait attiré Saito sur ses traces, s'offrant en appât pour la protéger. Saito avait sans doute poursuivi son rival et Manutabi n'avait pas réussi à lui échapper, puisqu'il n'était pas au rendez-vous. Était-il tombé sous une lance? Avait-il subi de terribles supplices? Comment avait-elle pu croire qu'il la rejoindrait un jour?

Un filet de lune achevait de mourir. L'aube approchait. Maïna éteignit rageusement le feu. Elle avait jeûné devant les flammes et supplié les esprits de lui ramener Manutabi. Ils étaient restés de pierre. Comment s'étonner si Manutabi n'était même plus vivant? Maïna oublia ses promesses de patience et de courage. Une grande fureur l'animait. Elle aurait voulu commettre un geste sacrilège. Tuer un loup et laisser pourrir sa carcasse ou mettre le feu aux arbres. Elle abandonna simplement la cache et plongea dans le sous-bois sans regarder derrière, sans chercher de repères, sans tenir compte du soleil ou du vent. Elle marcha si vite et si longtemps que, bien avant que tombe la nuit, elle était déjà complètement perdue. Du haut des montagnes qu'elle avait escaladées, elle n'apercevait plus la rivière. Ce long bras d'eau se tortillait beaucoup, et depuis le deuxième portage Maïna avait bien peu analysé son cours, de même qu'elle n'avait guère étudié le ciel.

Elle était partie sans arc-à-feu, sans couteau, sans peaux, sans eau, avec sa rage au cœur pour seul bagage. Comment une Presque Loup pouvait-elle fuir de manière si irréfléchie? Maïna constata froidement qu'il lui manquait tout pour survivre. Elle se découvrit terriblement vulnérable et songea combien les siens détestaient les longues agonies. La faim, la soif, le froid. Mieux valait mourir brutalement. Sentir la brûlure sauvage d'une pointe de lance, laisser couler le sang tiède et s'écrouler en poussant un dernier grognement. Maïna parvint à chasser ces pensées. Épuisée après tant de nuits sans sommeil, elle s'étendit sur la mousse humide et froide et ferma les yeux.

À son réveil, le soleil était déjà haut. La faim lui vrillait cruellement le ventre et sa gorge brûlait tant elle avait soif. Maïna constata qu'après tant de jours d'efforts son jeûne l'avait affaiblie. Mais elle avait si souvent manqué d'eau et de nourriture que les appels de son corps ne l'émurent guère. Une vérité nouvelle l'animait. Maïna erra un peu avant de découvrir ce que la nuit avait changé.

Elle voulait vivre. Simplement. Avec ou sans Manutabi. Elle aimait ce jeune étranger venu des îles, furieusement et tendrement. En ce petit matin frileux et blême, elle désirait son grand corps encore plus que l'eau et les vivres dont elle avait tant besoin. Sans lui, au plus profond d'elle-même, elle ne serait jamais rassasiée. Manutabi était son territoire, sa rivière, sa forêt. Elle espérerait toujours, malgré tout, le retrouver. Mais elle voulait vivre, même si ce devait être sans lui. Parce que Mishtenapeu et Tekahera lui avaient enseigné à tenir bon. Parce qu'il ne fallait pas que Sapi soit morte pour rien. Parce que les loups avaient hurlé alors qu'elle gisait dans sa fosse. Parce qu'elle avait une mission à accomplir ou peut-être seulement des vérités à découvrir, entre la forêt et la grande eau. Il y avait là une piste à suivre et elle irait jusqu'au bout. Patiemment, sans faiblir, comme les loups courageux et solitaires.

Maïna fouilla le ciel. Elle interrogea le vent, scruta les montagnes, visa un semblant d'éclaircie, loin derrière la végétation touffue, et maintint cette direction. Elle ne courut pas comme la veille mais marcha rapidement, inspectant prudemment les alentours en reniflant comme un animal. La nuit tomba d'un coup. Maïna s'arrêta pour éviter de se blesser dans l'obscurité. Elle trompa sa faim avec de la tripe de roche et de l'aubier puis creusa un terrier au pied d'une montagne, à l'abri du vent, le tapissa de mousse sèche et se couvrit de branches d'épinette.

Elle ne dormit pas. Elle ferma simplement les yeux pour se reposer un peu pendant que la forêt s'animait. C'était l'heure où les rongeurs de toutes sortes cherchent leur nourriture, profitant de l'obscurité pour déjouer les oiseaux de proie et les grands carnassiers. Les cris et les courses des bêtes peuplèrent le silence jusqu'à ce que l'aube les renvoie tous dans leurs trous et tanières. Il y eut alors un long moment presque vide de bruits.

Presque. Maïna se leva d'un bond. Elle venait d'entendre l'eau ronfler. Son cœur se mit à cogner plus fort. Elle savait désormais que sa route était bonne. La rivière était tout près. Le canot apparut bientôt, léché par un soleil incertain. Des ours avaient éventré un sac de peau et chapardé les réserves de poisson séché, mais le reste était intact. Maïna but de l'eau, lentement, longtemps. Puis elle pêcha et mangea avidement avant de repartir.

La vie continuait. Elle devait tenir sa promesse à Manutabi et quitter ce lieu avant que la lune se remette à enfler. Il l'avait suppliée de poursuivre sa route même s'il n'était pas à la cache du troisième portage. Manutabi souhaitait qu'elle se joigne à ceux de sa tribu qui fréquentaient encore ce cours d'eau. Il la retrouverait plus loin. Il l'avait juré. Maïna en doutait, mais elle avancerait quand même.

En plongeant son aviron dans l'eau, Maïna décida de remonter cette rivière jusqu'à sa source. Après, elle portagerait jusqu'à un autre bras d'eau. Elle avait peu d'espoir de croiser les anciens compagnons de Manutabi, car les sentiers de portage n'avaient pas été foulés depuis bien longtemps. Maïna sentait pourtant qu'elle avait besoin d'avancer vers quelqu'un ou quelque chose. Elle réfléchit longuement, songeant encore une fois aux loups qui suivent la piste des caribous. En quittant le territoire des Presque Loups, les hardes se dirigeaient vers des pays plus froids en suivant toujours leur étoile, celle du Grand Caribou.

Maïna y vit un projet audacieux, un peu comme une mission. Elle savait qu'il existait là-bas, tout au loin, des montagnes si hautes que l'hiver restait pour toujours accroché à leur sommet. Et des déserts de glace infinis où des gens cruels dévoraient leurs pareils. Mais sûrement que, avant d'arriver là, elle atteindrait un royaume dont les Presque Loups parlaient souvent autour du feu. C'était le pays du maître des caribous. Un vaste territoire mousseux sillonné par un grand cervidé presque aussi sage et puissant que le Manitou. C'est vers lui que couraient les hardes. C'était donc aussi la route des loups.

Elle irait jusque-là à moins qu'en chemin les loups ne lui expliquent enfin pourquoi elle était condamnée à errer loin de sa meute, sans chef, sans tanière, sans frère, sans sœur, sans mère. À moins qu'ils ne lui révèlent pourquoi, au fond de sa fosse, elle n'avait pas simplement entendu les ébats d'un porc-épic ou le cri d'une sittelle. À moins que les loups ne lui disent enfin pourquoi ils l'avaient choisie et quelle mission ils désiraient lui confier.

Maïna déposa son aviron en travers du canot. Elle ferma les yeux, inspira profondément, et poussa un long hurlement pour rappeler aux loups qu'elle était toujours là.

CHAPITRE 13

Manutabi progressait moins rapidement depuis qu'il avait été atteint au dos. Saito et ses hommes avaient suivi sa piste comme il le souhaitait. Ils avaient même presque réussi à le prendre, mais il ne s'était pas laissé bêtement capturer.

Il avait observé la lune qui rapetissait chaque soir alors qu'il continuait d'avancer dans cette impossible forêt. Maïna était déjà loin. Elle avironnait seule sur la rivière, ses longues jambes repliées sous elle, une peau de loup jetée sur les épaules. Elle aussi devait guetter la lune. Avait-elle franchi sans difficulté le premier portage et fait griller des poissons brillants ? Lui-même avait traversé plus de cours d'eau qu'il n'avait de doigts aux mains. Dans quelques jours il atteindrait enfin la rivière et retrouverait Maïna.

Elle avait un parfum. Manutabi s'en souvenait. En collant son corps contre le sien, il retrouverait immédiatement cette odeur riche et pleine, si excitante. Il la prendrait sans hâte, goûtant chaque geste, chaque instant. Il n'y aurait pas d'urgence comme la dernière fois. Il n'y aurait plus de danger. Ils auraient tout leur temps.

Il trouverait du castor. Beaucoup de castor. En attendant les caribous. Ensemble, ils cueilleraient des baies bleues et des rouges aussi qui sont plus amères mais si délicieuses. Peut-être la prendrait-il encore, là, parmi les petits fruits qui éclateraient dans leur dos. Et quand tout serait calme, dans leur corps comme autour d'eux, peut-être lui raconterait-il la véritable histoire des hommes de la tribu des îles. Il aurait honte de lui et des siens, mais son secret ne l'étoufferait plus.

Manutabi songea à cette rivière où était Maïna. Ce long bras d'eau n'avait plus de mystère pour lui. Il connaissait si bien ses berges, ses rapides, ses caches, ses pièges. Il devait absolument l'atteindre. Vite. Jamais Saito et ses hommes ne le retrouveraient là-bas.

— Ils ne se rendront même pas jusque-là, se répéta Manutabi.

Il leur échapperait avant, malgré sa blessure. Il filerait plus vite que les loups, les renards, les caribous. Il foncerait comme une bête toute-puissante, écartant les arbres, enjambant les rivières. Manutabi entendit soudain le grondement d'une chute. Le bruit lui parvenait étouffé, non seulement par la distance, par ce mur de troncs et de branches, mais parce qu'il souffrait cruellement, parce que la douleur martelait sauvagement ses tempes.

Saito avait-il appris, comme lui, à plonger dans les gros bouillons en évitant la torsade qui aspire vers le fond? Savait-il comment trouver une veine sous l'eau tumultueuse et nager avec force jusqu'à l'autre rive avant que ses poumons éclatent? Non. Saito en serait incapable. Ses hommes aussi. Manutabi les sèmerait à la chute.

Il serra la petite lance ensanglantée qu'il tenait dans son poing. Il n'avait pas encore inspecté sa blessure. Le projectile avait sifflé, il avait senti la morsure dans son dos, mais il avait poursuivi quand même sa course, arrachant d'un coup sec l'arme solidement enfoncée. Il avait fait si vite que ses poursuivants croyaient sans doute

qu'il n'avait pas été atteint. À peine avait-il ralenti un
peu. Et, depuis, il n'avait pas cessé d'avancer.

Mais voilà que les arbres devant lui s'éloignaient, se
rapprochaient puis reculaient encore. Les branches se
mirent à danser, balayant l'espace, flottant dans le vent
qui, pourtant, ne soufflait pas. Soudain, la forêt disparut.
Manutabi se sentit aspiré par un trou noir. Il s'écroula
sur le sol et bascula dans les ténèbres.

Quelques semaines plus tard, les moustiques disparurent et les nuits fraîchirent. L'été agonisait. Maïna se gava de tous les petits fruits qu'elle put trouver. Elle croisa quelques ours, avides eux aussi de baies sauvages. Le pelage des bêtes était plus sombre, et ces ours semblaient moins timides que ceux du territoire des Presque Loups. Maïna n'eut pas à entamer ses réserves de viande séchée. Elle tua quelques oiseaux et offrit chaque fois une belle part aux esprits. Une nuit, elle fabriqua un flambeau avec un long pieu et beaucoup d'écorce. Elle l'attacha au canot et pêcha sous les étoiles. Elle dévora tout le poisson qu'elle put avaler puis, à l'aide d'un petit os plat et effilé, elle tailla soigneusement de longs filets qu'elle mit à fumer. Maïna conserva les yeux de ses prises et des lambeaux de peau prélevés sous le ventre. Ils serviraient d'appâts pour pêcher les poissons bleus.

Les vallées et les flancs des montagnes rougirent rapidement. La frêle végétation se para de couleurs flamboyantes comme pour narguer l'hiver qui viendrait tout recouvrir. Les canardeaux avaient appris à voler et, avec eux, les oies, les pluviers, les chevaliers et les bécasseaux envahirent le ciel, pressés d'atteindre des terres plus chaudes. Il y eut tant de portages pendant ces longues semaines que Maïna finit par s'habituer au poids du canot sur ses épaules, à la sueur qui brûlait ses yeux et aux racines traîtresses qui menaçaient de la faire tomber en brisant son canot contre les arbres.

L'automne s'installa et Maïna dut renoncer à dormir à la belle étoile. De lourdes pluies froides accompagnées de vents violents la forcèrent à monter une tente, parfois même en plein jour. Il y eut des nuits où les peaux de caribou ne suffirent pas à rendre son abri étanche. Entre deux lourds orages, Maïna découvrit une hutte de castors et réussit à attraper une belle bête dodue. Elle se régala de cette chair, la préférée des Presque Loups, et prit soin de jeter tous les restes à la rivière pour ne pas attirer le malheur. Maïna profita de quelques jours d'immobilité sous la pluie pour bien racler la peau de castor avec un os de caribou et l'assouplir longuement en la roulant et en la pliant inlassablement. Elle sentait confusément qu'il n'y aurait jamais trop de provisions et de fourrures pour affronter les jours froids.

Les portages devinrent encore plus fréquents à mesure que Maïna s'approchait de la source de la rivière. Elle sut qu'elle avait finalement remonté tout le cours d'eau lorsqu'elle atteignit un vaste lac dont les ruisseaux menaient à d'autres bassins plus étroits. Ces voies l'entraînaient du côté du soleil couchant. Ce n'était pas sa route. Elle mit plusieurs jours à trouver un bras d'eau qui lui permettrait de suivre à peu près l'étoile du Grand Caribou. C'est en cherchant cette nouvelle rivière que Maïna découvrit qu'elle avait rejoint la terre de partage, là où les eaux fuient de part et d'autre en sens contraires. Tout au long de son périple sur la rivière de Manutabi, elle avait dû lutter contre le courant, car les rivières de cette région coulaient vers la grande eau. À partir d'ici, elles fuyaient vers d'autres grandes étendues. Lorsqu'elle aurait remis son canot à l'eau, Maïna n'aurait plus à avironner aussi ferme, elle suivrait le mouvement de la rivière.

Maïna fut à peine encouragée par cette découverte. Quitter la rivière de Manutabi ressemblait trop à un adieu. Elle ressentit une grande lassitude en attaquant le portage qui la mènerait à cet autre cours d'eau. Elle avança long-temps sans guetter les proies, sourde aux bruits de la forêt, étrangère à tout. Puis, peu à peu, l'instinct des Presque Loups refit surface et sa survie l'accapara de nouveau, mobilisant tous ses sens, toute sa ruse, toute son intelligence. Pour se donner du courage, Maïna tenta d'imaginer ce territoire immense, loin là-bas vers le froid, où vivait le maître des caribous ; ce pays étrange, mysté-rieux, vers lequel migraient les grandes bêtes et vers lequel elle aussi avançait. Elle parvint à portager tout le matériel et s'engagea sur la nouvelle rivière, enfin portée par le courant. Mais comme si tout répit lui était défendu, le froid devint plus vif et les orages fréquents. Une autre bataille allait commencer.

Un matin, pourtant, elle s'éveilla comme dans un rêve. Un soleil radieux, éblouissant, ramenait des parfums d'été. L'eau qui avait paru si noire au cours des longs jours d'orage éclatait en reflets d'émeraude sur un bleu profond. Les pluies avaient gonflé le cours d'eau, l'animant d'une force neuve, secrète et impétueuse. Maïna avironna le cœur presque en joie. Au milieu du jour, la rivière serpenta longuement pour déboucher sur un passage d'eau vive. Maïna immobilisa son embarcation en manœuvrant adroitement et elle étudia le rapide. Elle ne distingua que de beaux bouillons blancs, invitants. L'eau semblait bien assez haute pour porter le canot sans risquer que des arêtes rocheuses percent l'écorce.

À peine eut-elle amorcé la descente que Maïna fut fouettée par l'énergie fabuleuse qui poussait son canot. Elle avait l'impression de voler. L'eau giclait sur son visage alors qu'elle faisait corps avec la rivière, avironnant habilement parmi les vagues avec des gestes précis et puissants. Maïna ne s'était jamais sentie si forte, si vivante.

Au bout de cette belle coulée blanche, la rivière effectua un nouveau virage. Maïna fut saisie par le spectacle qui s'offrait à ses yeux. Un courant déchaîné, nourri de vagues furieuses, semblait prêt à tout faucher. Elle comprit le danger et tenta immédiatement, mais en vain, de retenir son canot. La rivière l'avait déjà aspiré. Maïna pagaya comme une possédée, plantant frénétiquement son aviron, poussant l'eau de toutes ses forces pour tenir tête au courant, les genoux collés aux parois de l'embarcation afin de s'assurer un meilleur équilibre. Mais le canot tanguait dangereusement, alourdi par les vagues qui s'y engouffraient. L'eau enveloppa les jambes de Maïna, puis ses cuisses. Le canot devint impossible à manœuvrer. Soudain, un bruit sourd, comme une détonation, enterra le rugissement de l'eau. L'écorce avait crevé. Maïna se sentit happée par les flots.

CHAPITRE 15

— Un mariage de géants sous mon nez ! aboyait Saito.

Des mariages de géants, il y en avait eu bien d'autres avant. Lorsque deux hommes se disputaient la même femme, le plus rapide ou le plus fort des deux l'enlevait à son père et l'emportait avec lui loin du campement. Au bout d'un temps, il pouvait rejoindre les siens. L'affaire était classée. Cette femme lui appartenait et son adversaire n'avait aucun pouvoir de représailles. Le cas de Manutabi était différent.

— L'étranger n'a pas de droits, fulminait Saito. Il n'est pas un Presque Loup.

Tekahera observait la scène de loin. Manutabi était ligoté à un bouleau depuis deux jours. Il n'avait rien bu ni mangé, selon les ordres de Saito, et des jus répugnants coulaient de sa blessure au dos. Insensible aux invectives du jeune chef, il semblait résigné à devoir mourir.

Tekahera caressa une des blessures mal cicatrisées sur son bras. Elle souffrait encore, surtout la nuit. Mais cela n'était rien comparativement à ce qu'elle avait enduré pendant des semaines. Malgré tous les soins dont elle avait été entourée, ses plaies s'étaient infectées. La peau avait rougi et gonflé autour des coupures infligées par Saito. Les femmes avaient beau drainer le pus, les plaies suppuraient encore au bout de quelques jours. Tekahera avait craint de ne plus jamais revoir son île, mais la vie avait été plus forte que tout.

Tekahera soupira. Elle était trop éprouvée, trop lasse, trop vieille aussi pour tenir tête à Saito. Elle ne pouvait rien pour Manutabi, mais elle savait, dans son cœur écorché, que Maïna était vivante. À son retour, Saito avait inventé d'horribles histoires pour expliquer l'absence de Maïna. Dans tous les cas, Manutabi était coupable. Non seulement avait-il volé aux Presque Loups la fille de leur défunt chef, mais il n'avait pas su la nourrir. Maïna était morte. Les loups s'étaient disputé ses entrailles fumantes. Tekahera savait que Saito mentait. Il n'osait pas admettre qu'elle lui avait échappé.

Le prisonnier gémit. Saito fourrageait dans sa blessure avec la pointe de sa lance. Tekahera ressentit une douleur vive dans son dos comme si c'était elle que Saito venait de tourmenter. Elle serra les poings. N'y pouvait-elle vraiment rien ? Les Presque Loups n'avaient pourtant pas le droit d'abandonner. Depuis quand acceptait-elle de manquer de force ou de courage ?

Cette nuit-là, Tekahera risqua sa vie. Elle s'approcha secrètement du prisonnier, nettoya soigneusement sa blessure et y appliqua un onguent qu'elle avait mis des heures à préparer. Puis, comme elle l'avait fait pour sa presque fille au fond de la fosse, elle fit couler de minces filets d'eau sur les lèvres de Manutabi. Celui ci ouvrit la bouche et la laissa étancher sa soif. La nuit suivante, elle répéta les mêmes gestes en ajoutant un morceau de viande de caribou.

Saito s'énerva de voir son prisonnier tenir bon. Il lui avait infligé la punition rituelle, sûr que l'homme affaibli et blessé ne résisterait pas. Il n'avait pas voulu

étaler sa haine en massacrant l'étranger, car les Presque
Loups se méfiaient du nouveau chaman depuis la fameuse
saignée. S'il avait pu deviner que Manutabi survivrait,
Saito l'aurait abattu sur place, près des chutes où il l'avait
trouvé inconscient. Il n'aurait jamais permis à ses hommes
de le ramener au campement. Il était trop tard maintenant, plus de trois jours s'étaient écoulés, il fallait délier
le prisonnier. Mais, avant, il pouvait encore le soumettre
à un dernier supplice. Les Presque Loups ne pourraient
le lui reprocher, car c'était depuis toujours le sort réservé
aux voleurs. Et Manutabi ne lui avait-il pas ravi Maïna?

Manutabi hurla aux quatre premiers ongles. Au cin-
quième, il s'effondra. C'était mieux que bien d'autres
qui s'évanouissaient au premier doigt. Saito attendit
qu'il reprenne conscience avant de poursuivre. La douleur
ravageait le visage de Manutabi et il suait abondamment, mais il ne cria plus. Les Presque Loups réunis
frémirent et souffrirent avec lui à chaque nouvelle
agression du bourreau. Manutabi scrutait la foule de
ses yeux grand ouverts. En croisant son regard, les Presque
Loups avaient honte de leur chef, honte d'eux aussi.

Tekahera était bouleversée. Cet homme n'aurait-il
pas mérité de vivre heureux à côté de Maïna? Manutabi
parvint à rester silencieux pendant que Saito arrachait
l'ongle de son pouce, le dernier. Un filet de sang coula
alors de sa bouche. Il s'était mordu atrocement pour
ne pas hurler.

CHAPITRE 16

Les yeux fermés, le corps secoué par de longs frissons, Maïna attendit que des lambeaux se détachent peu à peu de la masse confuse de ses souvenirs. Derrière elle, la forêt bruissait doucement. Elle remua d'abord les bras ; un faible gémissement accompagna ses efforts lorsqu'elle réussit à redresser le torse. Ses jambes étaient bleuies et éraflées, mais tous les os semblaient en place. En se frottant les hanches, elle découvrit de nouvelles meurtrissures puis porta une main à son cou et reconnut sa pochette sacrée. L'esprit de l'eau ne lui avait pas ravi son pouvoir de lutter contre les puissances. Maïna se sentit assez forte pour affronter les souvenirs.

La rivière l'avait avalée. On aurait dit une gueule géante, béante, vorace, écumante. Maïna avait réussi à s'accrocher au plat-bord d'une des pointes du canot éventré pendant que le reste de l'embarcation sombrait dans les bouillons. Elle savait que les meilleurs nageurs ne peuvent rien contre l'eau blanche. Il fallait tenir bon, rester agrippée à cette triste épave. Plusieurs fois, Maïna eut l'impression que ses bras se déchiraient, qu'ils s'arrachaient au reste du corps. Le bout de canot qu'elle tenait encore heurta une arête vive et se déchira. N'allait-elle pas éclater elle aussi, s'éparpiller en menus morceaux dans la rivière démente ? Son corps ballotté par les vagues cognait durement contre les roches sur lesquelles l'eau se fracassait.

Maïna comprit qu'elle avait lâché prise lorsque, les yeux grand ouverts, elle ne vit que du noir. Plus rien ne flottait au bout de ses bras. Elle découvrit alors le visage caché des rivières, ce monstre destructeur dont la fureur semblait sourdre des entrailles du monde. Maïna ressemblait à l'un de ces oiseaux assommés dont s'amuse une bête féroce avant de le déchiqueter. De temps en temps, elle refaisait surface et engouffrait vite un peu d'air avant d'être de nouveau aspirée vers le fond. Prisonnière des rapides, le corps malmené, incapable de respirer, elle tentait alors désespérément de s'accrocher à une roche, pétrissant de ses mains affolées les surfaces rondes et dures qui glissaient toujours sous ses doigts. Au plus fort de l'épreuve, Maïna sentit la mort tout près. Elle eut l'impression d'y toucher, d'y goûter, et découvrit alors que toute révolte l'avait abandonnée. Elle n'était pas en colère, elle n'avait pas envie d'injurier les puissances. Seule dans l'obscurité, incapable de respirer, Maïna sentit seulement une immense tristesse l'envahir.

Son périple prenait fin avant qu'elle arrive à destination. Il fallait renoncer à ce but secret, mystérieux, vers lequel elle tendait, aux espoirs qui fleurissaient encore dans son ventre. C'était un peu comme quitter le monticule de pierres derrière lequel on guette depuis des jours l'apparition des caribous alors même qu'on croit entendre au loin le cliquetis des sabots. Maïna découvrit que le plus grave, le plus dur, n'était pas la douleur ou la peur mais cette indéfinissable tristesse qui précède la mort.

Et puis tout à coup, la rivière avait contourné quelque obstacle et de l'autre côté un banc de sable avait surgi. Maïna n'avait rien fait pour l'atteindre. La rivière l'avait simplement recrachée et elle avait roulé sur la grève. En reconstituant la trame des événements qui l'avaient fait échouer sur cette plage étroite, Maïna découvrit qu'elle n'avait plus de provisions, ni d'armes, ni d'outils. Rien pour chasser, se couvrir, rien pour l'aider à survivre. Elle avait tout perdu. L'angoisse l'assaillit avec une telle force qu'elle songea soudain qu'il aurait été plus facile de mourir noyée plutôt que de devoir affronter les mains vides les épreuves qui l'attendaient.

Le soleil s'évanouissait derrière les montagnes en répandant une lumière mauve. Maïna marcha lentement en fouillant les rives, résolue à reprendre son bien. Elle débusqua des monceaux de branches pourries entrelacées d'algues noires, une carcasse d'oiseau à demi rongée, des débris de poisson et quelques lemmings puants, le corps gonflé d'eau. Elle continua de chercher sans se soucier de la nuit qui allait descendre et du froid qui promettait de tout engourdir. Elle aurait sans doute marché jusqu'à l'aube, éclairée par une lune fragile et de timides étoiles, si elle n'avait retrouvé deux trésors. C'était bien peu, mais Maïna y voyait une vengeance sur la rivière.

Elle aperçut d'abord sa peau de loup étalée sur une grosse pierre ronde. L'effet était saisissant. On aurait presque dit un loup vivant. Plus loin, elle buta contre un de ses trois ballots de peaux. C'était bien insuffisant pour affronter l'hiver, mais Maïna refusa de songer à tout ce qui lui manquait. Elle défit le ballot et se construisit un abri de fortune parmi les pierres. Il y avait du bois tout près, mais sans arc-à-feu elle ne pourrait faire naître les flammes qui auraient adouci sa nuit. Maïna se roula en boule sous la minuscule tente de peau, tira vers elle la seule fourrure presque sèche et sombra dans un lourd sommeil.

Dès l'aube, elle reprit ses recherches et trouva le couteau de Manutabi sur le sable. La pointe était particulièrement bien taillée, c'était un outil précieux. Il n'y avait rien d'autre à récupérer. La rivière avait englouti le reste. Le cœur serré, Maïna songea au ballot sacré que son père lui avait légué. Elle employa le reste du jour à façonner un arc-à-feu. Elle chercha deux morceaux de bois dur de bonne taille et les travailla à la pointe du couteau. Il faisait brun lorsqu'elle put enfin tenter d'allumer un feu. Pendant un temps interminable, le bois ne réagit pas au frottement. Maïna continua à faire tourner la baguette entre ses paumes meurtries en surveillant attentivement la naissance du feu. Un mince filet de fumée apparut finalement. Maïna retint son souffle. Elle s'efforça de ne pas ralentir ses gestes et poursuivit le rituel jusqu'à ce que des flammes s'agitent enfin devant elle.

Elle s'affaira encore à réunir du bois de grève pour alimenter le feu. Sa faim était grande mais sa fatigue encore plus. Elle se promit de prendre du poisson ou une petite bête dès le lendemain. Avant de dormir, elle fabriqua rapidement un gobelet d'écorce, l'emplit d'eau, le coinça entre deux pierres chaudes près du feu et ajouta quelques feuilles de lédon. En attendant que l'eau chauffe, elle s'allongea sur le dos et tendit un fil imaginaire entre les étoiles, s'inventant des créatures et des paysages de fables. Puis, lentement, précautionneusement, elle but le précieux liquide.

La nuit répandit une fine couche de givre sur le sol et à l'aube, la rivière devint frangée de minces plaques de glace transparente. Maïna décida de sacrifier deux peaux pour se fabriquer des guêtres, des bottes et une tunique. Elle découpa de fines lanières de cuir dans les lambeaux de son vieux vêtement et les utilisa pour coudre ensemble les nouvelles pièces grossièrement taillées. En travaillant, Maïna songea aux siens. Elle refusa de rêver à Manutabi, car ces méditations la vidaient de toute son énergie. Elle repensa plutôt à la vie des Presque Loups.

Maïna découvrait combien la tribu lui était essentielle. Loin de la meute, les loups solitaires poursuivaient un impossible périple. De même, les Presque Loups avaient besoin des leurs pour partager les tâches, le savoir-faire, les outils. Pour conduire une harde de caribous jusqu'à l'étranglement d'une rivière où les chances de tuer sont meilleures ou pour abattre un ours et transporter sa lourde carcasse jusqu'au campement. Pour monter les abris, faire naître le feu, réparer les canots, façonner la pierre, trouver la viande avant la nuit. Il y avait tant à accomplir pour survivre. Et pourtant, elle était seule.

Une fois sa tunique achevée, Maïna arracha des racines d'épinette et en tira de longues lanières qu'elle utiliserait pour accrocher son pauvre bagage sur son dos. La veille, elle avait réussi à harponner un poisson de bonne taille avec une branche grossièrement affûtée, mais l'entreprise avait requis énormément de temps et de patience. Elle fabriqua donc un crochet d'os, le noua à une lanière de racine et y enfonça un œil de poisson en guise d'appât.

Le lendemain, il fallait reprendre la route, seule et à pied. Elle savait d'avance combien cela serait difficile. Il faudrait longer la rivière afin de ne pas manquer d'eau et aussi pour éviter de tourner en rond. Mais il n'y avait pas de sentier et la végétation était dense. Cette forêt basse et touffue était encombrée d'arbustes, de taillis, de broussailles, à contourner, à enjamber, à écarter. Souvent, il n'y aurait guère d'autre choix que de foncer droit devant en s'écorchant les jambes.

C'était le combat de toujours. Lutter contre la forêt, contre la faim, contre le froid mobiliserait toutes ses forces, toute sa volonté. Les jours avaient raccourci. Les nuits n'étaient plus fraîches mais froides et bientôt elles seraient glacées. Le vent ne serait plus vif et frais mais piquant, mordant, blessant.

Maïna avait peur. Pourtant, elle repartit. Ce premier jour, elle marcha de l'aube à la nuit en s'inventant des récits qui, malgré elle, se peuplèrent de carcajous voraces et d'esprits malins. Le lendemain, elle poursuivit sa route. Et jour après jour, inlassablement, elle usa ses bottes de peau à s'inventer un chemin à flanc de montagne non loin de cette rivière qu'elle avait appris à détester.

Souvent, malgré sa fatigue, Maïna étirait sa marche, repoussant le moment de s'arrêter pour manger et dormir. Elle ne se sentait pourtant guère vaillante, elle redoutait simplement la nuit à venir parce qu'elle n'avait rien trouvé à se mettre sous la dent et que ses vêtements de peaux ne suffisaient déjà plus à la protéger du froid. Un soir, Maïna découvrit une cache de lynx. C'était une simple cavité aménagée parmi des racines. Des semaines plus tôt, le fauve y avait enfoui les restes d'un caribou. La viande trop mûre dégageait une odeur puissante. Maïna fit griller la chair faisandée et dévora jusqu'aux derniers lambeaux.

Une fois ce repas terminé, elle constata soudain l'étendue de sa solitude, la gravité de son dépouillement, l'intensité de sa détresse. Elle avait tout perdu. Ses maigres possessions comme tous les êtres qui lui étaient chers. Elle était seule au monde, dépourvue, démunie, abandonnée.

— TEEKAAAHEERAAA! TEEKAAAHEERAAA! cria-t-elle dans un long bruit étranglé.

CHAPITRE 17

Un matin, la rivière s'ouvrit sur un vaste lac plissé par le vent et ceinturé de montagnes aux flancs sombres. Le soleil était déjà haut, le vent n'était pas trop cruel. Maïna ressentait une grande lassitude. Elle s'arrêta, décrocha le ballot fixé sur son dos, le déposa sur le sol et s'assit pour contempler le plan d'eau. Bientôt, sa tête tomba sur ses genoux et elle s'endormit.

À son réveil, elle fut alertée par une odeur nouvelle. Avant même d'ouvrir les yeux, elle devina que le paysage s'était transformé. Le silence semblait plus profond, les rares sons lui parvenaient assourdis. Un parfum subtil, léger et frais, excitant, flottait autour d'elle. La neige a une odeur, songea Maïna. Elle ouvrit les yeux et vit la pluie d'étoiles. De gros flocons brillants tombaient du ciel. Le sol avait mué pendant son sommeil, la terre avait changé de toison. La neige s'étalait, superbe, lumineuse. Maïna se laissa envahir par la magie du moment.

Elle promena alentour son regard ébloui, comme pour percer le secret du nouveau paysage. C'est alors qu'elle aperçut un signal de bois au bord du lac. Quelqu'un avait enfoncé un pieu dans le sol et y avait attaché une branche qui pointait vers une crête un peu plus haut. Un petit monticule de pierres protégeait ce message de bois contre les assauts du vent ou des bêtes.

Maïna examina l'écorce, l'extrémité de la branche. L'installation lui sembla assez récente. Quelqu'un avait foulé ce sol récemment et il avait tenu à indiquer la direction qu'il avait prise.

Manutabi ! Maïna se mit à trembler. Elle aurait voulu écraser ce fol espoir qui gonflait dans sa poitrine, l'étouffer avant qu'il ne la fasse trop souffrir. Elle tenta de marcher à pas mesurés dans la direction indiquée, mais elle se surprit bientôt à courir et poursuivit longtemps sa galopade insensée. Au sommet d'un mont dégarni, elle découvrit enfin un autre signe et aperçut presque tout de suite une masse insolite, un amas de fourrure grise, presque noire, aux poils lustrés, courts et denses. Deux jambes mal protégées par des guêtres déchirées et des bottes trouées émergeaient de la tunique. D'étranges raquettes étaient encore accrochées au dos du cadavre.

Le visage était large et rond, un peu aplati. Les yeux exorbités appelaient encore à l'aide et de la bouche grand ouverte semblaient fuser des cris muets. En s'approchant davantage, Maïna constata qu'il s'agissait d'une femme.

— Ce n'est pas Manutabi, dit-elle tout haut comme si c'était nécessaire pour dissiper tout doute.

Cette femme ne ressemblait pas aux Presque Loups. Sa tunique était en peau de phoque, un animal que les Presque Loups ne chassaient pas. Maïna sentit monter en elle le dépit et le désespoir. Ce corps inerte et silencieux lui rappelait que la mort rôdait tout près. Elle refusa pourtant de se laisser abattre.

— Avance ! commanda-t-elle à nulle autre qu'elle-même.

Les mots résonnèrent dans le ciel d'hiver. Avant de repartir, elle vola au cadavre ses raquettes et sa tunique.

Les bottes étaient trop usées pour être utiles. Ce soir-là, avant de construire son abri de peau, Maïna enfuma des lemmings dans leur tunnel et assomma les bêtes glapissantes à coups de pierre. Ses proies étaient à peine plus grosses qu'un poing. Elle les enfila sur une branche et les fit griller sur un maigre feu.

Le souvenir de Manutabi l'habitait de nouveau. Maïna souffrait de si peu connaître l'homme qu'elle aimait. D'où exactement venait-il? Avait-il déjà longé cette même rivière? Porté une fourrure comme celle qu'elle avait arrachée au cadavre? Mais, surtout, quelles vérités secrètes taisait-il constamment? D'où venait cette indescriptible douleur dans son regard changeant? À force de vivre avec le souvenir de ses yeux, à force d'y rêver, Maïna avait cru y déceler des ombres inquiétantes.

Elle tisonna le feu comme pour disperser les doutes. Manutabi avait peut-être ses secrets, mais elle savait, de manière sûre, absolue, qu'il l'aimait et qu'elle aussi l'aimerait toujours. S'il avait réussi à déjouer Saito, si le sang coulait encore dans ses veines, comment pourrait-il désormais la retrouver? Pour revoir Manutabi, si cela était encore possible, ne devait-elle pas retourner sur ses pas? Ne fallait-il pas oublier l'étoile du Grand Caribou et cette route vers laquelle elle tendait? Maïna scruta le ciel en quête de réponses. Il n'y avait là qu'un immense pays noir, sans étoiles, sans lumières, sans vent. Le ciel était muet. Maïna savait que si elle rebroussait chemin Saito pourrait la reprendre. Il fallait continuer. Avancer.

La neige fondit à la lumière de l'aube, mais quelques jours plus tard elle tomba de nouveau et le soleil ne réussit plus à la chasser. Les rivières gelèrent pour de bon. De larges plaques dures se formèrent d'abord le long des berges et là où les roches affleurent. L'eau vive lutta contre ces intruses, mais des îlots de glace, jaunes comme des lunes fondues, gonflèrent parmi les vagues et peu à peu se soudèrent ensemble. Maïna accueillit avec joie ces routes nouvelles. Munie d'un bâton qu'elle cognait régulièrement pour éprouver la solidité de la glace, elle pouvait désormais avancer en ligne droite, sans obstacles, sans détours.

Elle reprit courage et fabriqua des pièges avec des racines. Parfois, le soir, des lièvres blancs bondissaient comme des fantômes dans la neige. Maïna parvint à en piéger quelques-uns. Les bêtes gémissaient atrocement avant de mourir. Maïna engloutissait la viande, se régalant surtout de l'estomac, puis elle nettoyait grossièrement la fourrure. Le froid rendait ce travail difficile et des lambeaux sanguinolents restaient accrochés au cuir. Elle avait ainsi pu tapisser ses bottes de fourrure blanche et elle s'en enveloppait aussi les mains, mais, malgré cette douce protection, ses doigts étaient souvent bleus.

En marchant vers le froid, Maïna imaginait d'autres tribus, semblables aux Presque Loups, chassant dans le vaste territoire où migrent les caribous. Parmi la foule d'hommes et de bêtes, une silhouette se détachait toujours. Manutabi. Maïna ne pouvait s'empêcher de rêver.

À mesure qu'elle progressait vers ce pays mystérieux, la végétation devenait plus éparse et les feux de plus en plus difficiles à alimenter. Il fallait parfois creuser la neige, comme les caribous en quête de lichens, pour dénicher du combustible. Maïna ramassait aussi des excréments, mais ses feux procuraient peu de chaleur et les efforts pour les construire l'épuisaient.

Elle se savait très affaiblie et progressait de plus en plus péniblement, évitant de s'arrêter longtemps, car elle craignait souvent de ne plus trouver le courage de se relever.

Un soir, elle surprit un porc-épic trottant paresseusement dans la neige et l'assomma rapidement. Maïna avait parfaitement appris à dégager la viande de l'enveloppe de piquants, mais ses doigts étaient gourds, ses bras pesants. Elle s'enfonça des aiguillons dans la peau et eut beaucoup de mal à les retirer. Lorsqu'elle eut terminé, elle était trop épuisée pour préparer un feu et manger. Elle s'endormit dans la neige, roulée en boule sous ses peaux. À l'aube, sa proie avait disparu. Les traces du voleur étaient nettes. Un carcajou l'avait presque frôlée sans qu'elle s'éveille. Maïna se promit d'être plus vigilante et elle reprit sa route le ventre terriblement creux.

Ce jour-là, il neigea abondamment. Maïna fixa les raquettes à ses bottes et plongea dans la poussière blanche. Le vent sifflait en charriant un air glacé. Maïna écouta sa plainte aiguë, attentive à toute présence. Elle était si seule, depuis tant et tant de jours et de nuits, que le moindre son, le moindre souffle, le moindre jeu de lumière captait toute son attention. Elle entendit les épinettes noires craquer et gémir et fut sensible au profond silence des oiseaux et des petites bêtes du bois. Quelque chose se préparait.

Le blizzard déferla brusquement. Les vents s'étaient élevés soudainement avec une rage surprenante. Ils fouettaient la neige, arrachant de longues traînées de poudre au sol. Les arbres ne se lamentaient plus. Ils employaient toutes leurs forces à résister. Leurs branches s'affolaient et se tordaient en tous sens. Le vent en faucha plusieurs et les emporta dans sa tourmente. La neige semblait ne plus tomber du ciel mais jaillir de partout. Une immense colère blanche dévorait le paysage.

Maïna aurait dû courir vers la forêt chétive, gravir une colline et trouver refuge au pied de l'autre versant, mieux à l'abri des vents. La rivière qui lui servait de route était large, les vents s'y engouffraient furieusement sans rencontrer d'obstacles. Mais Maïna resta figée, comme envoûtée par le triomphe des vents. Face à ces puissances extraordinaires, elle se sentait encore plus faible et misérable.

Elle parvint seulement à s'abriter non loin du rivage parmi de grosses pierres qu'elle recouvrit de quelques peaux. Là, elle se creusa un nid dans la neige et dormit pelotonnée comme une bête, tous ses sens en alerte, consciente que sa vie ne tenait qu'à un fil que le vent pouvait rompre.

La tempête rugit pendant deux jours. Maïna souffrit de n'avoir rien mangé avant. Le froid la rongeait de toutes parts et elle se sentait prisonnière d'elle-même autant que de la neige et des vents. Elle n'arrivait plus à s'évader. Les histoires et les personnages qui jaillissaient de son imaginaire étaient trop inquiétants pour lui apporter quelque réconfort. Maïna les chassait, employant toutes ses forces, toute son énergie, à créer le vide dans ses pensées. Elle s'obligea à avaler régulièrement des poignées de neige, mais cette alimentation glacée provoqua tant de crampes qu'elle préféra bientôt simplement endurer la soif.

Des souvenirs très précis l'assaillirent. L'odeur du campement des Presque Loups par exemple. La chair grillée et fumée, le charbon de bois, la senteur âcre des corps et celle, pesante, pourrie, des têtes de caribou livrées au soleil. Maïna s'accrocha tant qu'elle put à ces souvenirs mais, peu à peu, ils furent remplacés par d'autres images. Elle aperçut tour à tour Mishtenapeu, Tekahera et Manutabi, debout, droit devant elle, comme un mirage. Chaque fois, elle dut s'empêcher de bondir pour aller les étreindre. Et à la longue elle devint si affamée de chaleur et de tendresse qu'elle eut envie de sortir, de se livrer à la tempête, pour le simple bonheur d'enlacer un arbre.

Au cours de sa longue traversée solitaire, de ces interminables jours d'épuisement et de ces nuits de douleur, Maïna avait compris l'importance de la meute. Elle avait découvert des vérités solides qu'elle vérifiait quotidiennement. Et voilà que la tempête lui apportait d'autres révélations. Maïna apprit que l'immobilité, l'impuissance étaient plus redoutables que le combat. Seule dans son trou, incapable de lutter, d'avancer, elle se rendit compte que les pires tempêtes étaient celles qui grondaient en elle. Ces rafales d'angoisse et de désespoir qui lui rongeaient l'âme. Parfois, au plus fort de ces orages intérieurs, ses dernières certitudes basculaient. Elle ne croyait plus en rien.

Elle doutait de Manutabi et regrettait d'avoir quitté les siens. Elle n'était plus certaine d'avoir véritablement entendu l'appel des loups et parfois même elle se demandait si le Manitou existait vraiment. Peut-être que les Presque Loups n'appartenaient à rien ni à personne. Que leur périple sur cet impitoyable territoire n'était le prélude de rien. Et si, après la mort, il n'y avait qu'un effroyable vide ? Si les hommes, les arbres et les bêtes s'éteignaient simplement à tout jamais? Maïna avait toujours imaginé que son esprit avait des ailes et qu'à sa mort il foncerait comme un oiseau du printemps jusqu'au paradis. Mais peut-être que les esprits n'existaient même pas.

— Les esprits n'existent pas, murmura-t-elle, effrayée par ces paroles sacrilèges.

Maïna serra dans son poing sa pochette sacrée. Toute sa vie, elle avait épié, écouté, attendu, entendu les esprits.

— Les esprits existent, souffla-t-elle, incapable toutefois de s'en convaincre.

À preuve, cette colère des vents. Et la danse des lumières du nord dans la nuit. À preuve...

Maïna s'enlisa dans un sommeil douloureux.

CHAPITRE 18

La veille, Tekahera avait lancé une omoplate de caribou dans les braises et inspecté longuement le paysage de brûlures et de craquelures que les flammes avaient révélé. Maïna était déjà loin. Très loin. Tekahera ne put s'empêcher de frémir en découvrant la route tracée sur l'os. Les Presque Loups n'étaient jamais allés jusque-là.

Tekahera vit le ciel s'assombrir au large de son île. L'épaisseur du silence annonçait une grave tempête. Qu'à cela ne tienne, elle était prête. Bientôt, elle se retirerait dans sa grotte avec de l'eau et du pemmican, mais pour l'instant elle savourait les dernières heures de quiétude en marchant tranquillement parmi les arbres. Elle était si heureuse d'avoir pu retourner à son île avant l'hiver. Les bourrasques, les orages, les blizzards, toutes ces extravagances du ciel ne l'apeuraient plus.

À combien de tempêtes avait-elle déjà résisté ? Pendant combien de jours et de nuits avait-elle patiemment attendu que les esprits s'apaisent ? Toute sa vie, Tekahera s'était demandé quelles forces de la nature déclenchaient les tempêtes. Étaient-ce vraiment les colères du vent ? Elle soupçonnait parfois le soleil et la lune de s'accoupler avec fracas derrière les nuages épais d'un ciel d'orage. Les tempêtes n'étaient pas toujours furieuses. Parfois, peut-être, charriaient-elles simplement des passions fabuleuses.

Les mésanges s'excitèrent au passage de Tekahera. Elles poussèrent des cris stridents, insultées d'être ignorées. Tekahera puisa dans une sacoche de peau qu'elle portait en bandoulière et prit quelques graines qu'elle éparpilla sur ses épaules. Les mésanges vinrent tout de suite. Tekahera ferma les yeux pour mieux sentir les petites ailes papillonner autour d'elle. Elle adorait ce chuintement joyeux des mésanges gourmandes qui s'activaient jusqu'à ce qu'il n'y ait plus rien à manger. Après, elles repartaient elles aussi vers leurs nids cachés.

Avant de s'enfoncer dans son abri, Tekahera scruta encore la grande eau et la frange de terre au loin qui semblait s'étirer jusqu'à l'infini. Quelque part dans ce territoire lointain et barbare, Maïna découvrait la puissance des esprits et la solitude des Presque Loups. Elle était vivante, Tekahera n'avait pas besoin d'interroger les esprits pour l'apprendre. Elle le savait, dans son cœur, dans son ventre. Maïna était vivante, mais peut-être souhaitait-elle mourir.

Tekahera souffrait que sa presque fille subisse seule tant de tourments. Mais elle souffrait aussi de savoir que Maïna se languissait d'un homme qu'elle ne pourrait sans doute jamais plus étreindre. La route de Maïna semblait mener ailleurs. Pourtant, Manutabi aimait la fille de Mishtenapeu, et elle aussi l'aimait. Leurs corps s'appartenaient, leurs âmes encore davantage. Le jeune étranger de la tribu des îles avait déjà prouvé qu'il était prêt à tout pour Maïna. Il avait même risqué sa peau. S'il avait réussi à émerger vivant de cette aventure, c'est parce que les esprits en avaient décidé ainsi. Le sort de Maïna était plus incertain. Comment deviner ce que lui réservaient les puissances? Il fallait attendre. Tekahera la sage savait que les Presque Loups, parfois, ne peuvent rien contre les esprits.

CHAPITRE 19

Au troisième matin, la tempête se retira par à-coups, comme si elle hésitait à disparaître. Le silence s'étira et s'approfondit, de plus en plus rarement entrecoupé par les soubresauts du vent. Maïna s'éveilla, surprise d'être vivante. Ses doigts étaient perclus, ses pieds insensibles. Elle parvint à allumer un feu, à faire fondre de la neige et à boire un peu.

Un soleil ahurissant dispersa les derniers nuages, inondant la neige de lumière. Maïna songea à la légende des Premiers Hommes. Tekahera racontait qu'ils avaient longtemps marché, que leur sort était devenu si lamentable qu'ils avaient cru la mort à leur trousse. Mais les esprits avaient eu pitié. Ils avaient dépêché des caribous. Des hardes immenses avaient roulé vers eux. Maïna accueillit ce soleil radieux comme une offrande des puissances.

Elle se mit en route sans réfléchir, mue par des forces étrangères, et ses pensées coururent immédiatement vers Manutabi. Depuis qu'elle avait goûté à son corps, Maïna s'était souvent éveillée, la nuit, avec une formidable envie de lui. Elle avait vu, à la saison des amours, des loups s'entredévorer, des caribous fracasser leurs beaux andouillers, des porcs-épics gémir et se lamenter, et tant d'oiseaux lancer de lancinants appels. Elle savait combien les désirs du corps pouvaient être ardents, mais à mesure que le temps et l'espace l'éloignaient de Manutabi, elle découvrait d'autres attirances.

Il était arrivé chez les Presque Loups paré d'ailleurs et de mystères. Il portait en lui le secret de tous les pays qu'il avait traversés. Il avait la force des grandes bêtes, le savoir des hommes, et son corps était magnifique. Mais Maïna savait aussi qu'il était assailli par d'autres désirs et rongé par d'obscures angoisses. Elle l'avait deviné à sa façon de la prendre, à sa manière de s'emparer non seulement de son corps mais aussi de son regard comme s'il cherchait, presque désespérément, à s'accrocher, à trouver prise. Cette tendresse douloureuse, cette fragilité surprenante l'avaient conquise.

Depuis qu'elle avait repris sa marche, Maïna suivait une piste. Des caribous avaient piétiné la neige pendant la tempête, le hurlement du vent avait sans doute enterré le bruit des sabots. Avec pour seule arme le couteau de Manutabi, Maïna n'avait aucun espoir de tuer un caribou, mais elle espérait quand même apercevoir la petite harde.

Au milieu du jour, elle trouva les bêtes couchées dans la neige. Les mâles n'avaient pas encore perdu leurs bois. Les fourrures semblaient magnifiques, les flancs bien en chair. Maïna attendit, tous ses sens en alerte. Avec ou sans arme, elle restait une Presque Loup, fille des chasseurs de caribous. Une bête au pelage plus pâle, le chef sans doute, se releva lentement. Les autres l'imitèrent. C'est alors que Maïna aperçut les loups. Ils semblaient surgir de nulle part. Elle fut saisie d'un grand vertige, sa gorge se noua. Elle avait l'impression de retrouver les siens.

Les loups rôdèrent près de la harde en gagnant discrètement du terrain. Les caribous se rassemblèrent pour former une masse plus compacte. Ils écoutaient, le cou tendu, les oreilles droites, les naseaux frémissants. Soudain, le chef des caribous s'élança, entraînant la harde. Les loups bondirent. Maïna resta immobile, mais son esprit courait avec les loups et son cœur battait en cadence dans sa poitrine.

Beaucoup plus tard, elle découvrit un vieux mâle écrasé dans la neige. Les loups n'avaient pas entièrement dévoré la carcasse du caribou, ils lui avaient abandonné la langue et un peu de viande. Maïna construisit un feu avec presque rien et fit rôtir de petits morceaux de chair qu'elle mâcha très lentement, craignant que son estomac, vide depuis des jours, ne supporte mal la nourriture.

Maïna rêvassa longtemps devant les braises mourantes. Dans ses songes, elle s'était transformée en loup. Une bête somptueuse, irréelle, aux yeux fauves et au pelage lumineux, aussi blanc que la neige. Elle courait, seule, sans ressentir la fatigue ni le froid. D'un bond, elle traversait des rivières d'eau vive. Rien ne pouvait l'arrêter. Elle fonçait vers les siens. La meute n'était plus très loin. Elle avait attendu son appel et désirait la rejoindre. À tout prix.

CHAPITRE 20

Natak croqua dans un morceau de phoque gelé et suça la viande dure sans ralentir son pas. Il prit l'outre pendue à son cou, sous sa tunique de fourrure, et but longuement. Son corps était bien protégé, sa peau chaude ; l'eau coulait, douce et tiède.

La disparition de Merqusak, de Patdloq et de leurs deux petits ne l'émouvait guère. Cette famille n'appartenait même pas à sa bande. Pourtant, Natak avait pris ses meilleures peaux, de gros morceaux de phoque, une pleine outre de graisse, une autre d'eau, et il était parti fouiller les berges de la rivière aux feuilles. Il aurait pu rester sur la banquise avec les siens ou choisir d'aller moins loin, mais Natak avait besoin de bouger et le temps était propice. Il avait déjà tué plus que sa part de phoques et la saison était jeune, en son absence les siens ne manqueraient de rien.

Si Merqusak avait choisi la rivière aux feuilles, Natak retrouverait les disparus, qu'ils soient vivants ou à moitié rongés. Natak avait confiance en lui. Il avait déjà réussi tant d'exploits. Ses jambes étaient dures, ses bras pouvaient tirer les plus lourdes charges. Deux fois déjà, il avait tué l'ours blanc sans que son sommeil en soit perturbé. Il avait affronté seul la masse redoutable, les énormes pattes aux griffes tranchantes, et planté sa lance dans l'épaisse fourrure blanche au risque d'être déchiqueté vivant. Souvent, au retour de ces chasses, les hommes étaient obsédés par le souvenir du monstre, mais Natak ne se laissait pas facilement émouvoir.

On le disait sans peur. Il était jeune et robuste, souvent héroïque. Les siens le respectaient et sa parole comptait. Plusieurs femmes le convoitaient. Liitsia et Mikiju s'étaient maintes fois données à lui. Elles attendaient qu'il choisisse. Liitsia avait des seins magnifiques et elle savait coudre des vêtements qui ne laissent pas passer le froid. Le ventre de Mikiju était plus chaud et plus doux qu'une fourrure, ses yeux étaient tendres et son cœur brave. Mais Natak ne pouvait se résoudre à prendre l'une d'elles.

Il était possédé par un rêve étrange. Une vision merveilleuse, qu'il n'osait partager avec les siens, peuplait de plus en plus souvent ses songes. À l'aube, lorsque ces images avaient hanté sa nuit, Natak avait peine à renouer avec la réalité. Son obsession devenait parfois si envahissante qu'il avait besoin de s'isoler pour réfléchir, pour tenter de comprendre. Alors Natak marchait jusqu'à la grande eau à marée basse et il se glissait sous la banquise. Là, seul dans le pâle silence bleu de sa caverne glacée, Natak se saoulait d'effluves marins en fouillant du regard le paysage sculpté par l'eau et le vent. Dans les secrets de cette solitude où seuls lui parvenaient les gémissements de la banquise tordue par le froid et le ronflement des vagues, Natak tentait en vain de résoudre l'énigme de son rêve.

Avant de s'engager sur la rivière, il s'était faufilé une dernière fois sous la mer gelée. Là, perdu dans ses pensées, il avait oublié la progression du jour, le froid mordant ; il était resté si longtemps sous la banquise que la marée avait failli l'emporter. La veille, son père s'était fait insistant. Il voulait que Natak prenne femme. Tadlo regrettait que son fils n'ait personne pour mâcher le cuir de ses bottes, réparer ses vêtements, tirer de bonnes charges et fouiller la toundra en quête de broussailles, de mousse et de bois. Natak aurait voulu lui expliquer, parler de l'étrange créature qui l'obsédait la nuit et l'abandonnait pantelant, chaviré de désir, au petit matin, mais il n'avait pas su trouver les mots.

Il était donc parti avec l'excuse de courir derrière quelques disparus. Il avait fui pour ne pas commettre un geste stupide. Pour ne pas laisser la mer l'avaler ou le froid l'engourdir à jamais. Depuis qu'il était hanté par des images fuyantes, Natak croyait comprendre ce qui, certaines saisons, pousse les lemmings à foncer par centaines vers la mer pour s'y noyer. Ils courent vers un rêve, se disait Natak.

Il avançait depuis l'aurore, à grandes enjambées sur la neige durcie. Depuis combien de jours, combien de semaines était-il parti? Il ne s'attendait plus à retrouver Merqusak et les siens, mais il espérait vaguement croiser d'autres tribus des glaces, celles qui pénètrent à l'intérieur des terres. Peut-être que là, parmi ces gens, il trouverait une femme qui ressemblerait au moins un peu à la vision fugace de ses rêves. Alors, il la ramènerait. Mais le temps s'écoulait, ses réserves de phoque s'épuisaient malgré les chasses au petit gibier et il avait maintes fois réparé ses bottes usées par l'interminable marche sur la rivière gelée.

Natak s'immobilisa soudain en apercevant les caribous. C'était une belle harde, fébrile, haletante. Des loups l'avaient sans doute poursuivie. Natak attendit, le cœur suspendu, étudiant les mouvements du troupeau. En quête de lichen, les caribous grattaient de leurs sabots la neige durcie. Natak avança prudemment, silencieusement, tendu à l'extrême.

Il n'abattit qu'une seule bête, lui trancha la gorge et but longuement le sang chaud et salé. Puis il ouvrit ses flancs, dévora une bonne part de la graisse attachée aux entrailles et se gava des masses noires tressaillantes. Il découpa enfin quelques morceaux de viande qu'il chargea sur son dos et reprit sa route après avoir enterré le reste dans une cache. Au retour, il en aurait peut-être grand besoin.

Natak aurait voulu savoir pourquoi Merqusak avait fui. La baie qu'exploitait cette bande voisine n'accueillait-elle pas toujours autant de phoques et de morses ? Natak soupira. Depuis que son peuple avait connu l'horreur, loin là-bas, par-delà les montagnes, dans la baie où dorment les pierres de lune, la vie n'était plus la même. Pourquoi avait-il fallu que tant des siens meurent ? Pourquoi le sang avait-il coulé ? Les questions fusaient dans l'esprit de Natak comme une nuée d'oies blanches dans un ciel d'automne.

CHAPITRE 21

Maïna découvrit bientôt que la tempête n'était rien à côté du redoux. Le soleil s'effaça derrière des nuages gris; l'air devint étrangement tiède, la neige molle. Il tomba d'abord de la neige mouillée puis de grosses gouttes d'eau. Maïna sentit alors le froid humide la pénétrer jusqu'aux os. Ses peaux lourdes d'eau ne réussissaient plus à la protéger. Seule la tunique arrachée au cadavre lui garantissait un peu de chaleur. Il aurait fallu du feu, mais Maïna avançait désormais dans un monde désolé.

Peu à peu, au cours des dernières semaines, la forêt d'épinettes chétives était devenue clairsemée. Il n'y avait plus de véritable sous-bois, plus de refuge.

À la tombée du jour, Maïna refusa de s'arrêter. Elle avait trop peur de ne jamais repartir. Elle marcha lentement. Une lune blafarde éclairait faiblement sa route. Maïna trouva un ruisseau, but de l'eau, gratta la neige lourde au bord du courant et arracha de la tripe de roche. Elle poursuivit sa route en mâchant la plante amère qui avait sauvé tant de vies.

Pendant la nuit, l'air redevint froid. Les peaux gonflées d'eau se raidirent et durcirent. Maïna se sentit prise dans un étau de glace. Puis les nuages s'épaissirent, le vent enfla et des flocons tourbillonnèrent dans le ciel. Maïna continua pourtant d'avancer. Rien ne semblait pouvoir l'arrêter.

Un jour pâle succéda à la nuit. La neige tombait toujours. Maïna poursuivit aveuglément sa route jusqu'à ce que son pied bute contre une surface dure. Elle s'accroupit et balaya la neige. Un cri s'échappa de sa gorge. Elle venait de découvrir un autre cadavre. Le visage était rond et massif, les yeux révulsés, les joues terriblement creuses, comme avalées par la bouche fermée. Un sillon rouge avait séché à la commissure des lèvres. Maïna entreprit de dégager le corps. L'homme tenait un os dans une main et un couteau dans l'autre. De quelle bête s'était-il nourri avant de mourir ?

Sa tunique était identique à celle qu'elle avait arrachée à l'autre cadavre. Maïna allait s'en emparer lorsqu'elle découvrit une autre fourrure, encore plus magnifique, sous le corps. L'homme était étendu sur un extraordinaire pelage blanc aux poils longs, riches et abondants. Maïna eut immédiatement envie de dormir sur cette chaude fourrure. Elle avait déjà entrepris de la dégager lorsque son regard glissa sur un autre cadavre et un dernier encore.

Maïna vomit la tripe de roche en dégageant les deux petits corps. Elle venait de trouver la viande que l'homme avait dévorée avant de mourir. Les enfants avaient sans doute été assommés avant de servir de repas, à en juger par la bouillie autour des crânes. L'un d'eux avait le ventre troué et les bras arrachés. L'autre s'était fait manger les joues et les cuisses.

Malgré sa profonde répulsion, Maïna s'empara de la belle fourrure blanche. N'était-elle pas une Presque Loup ? Forte, brave, insensible aux humeurs du corps et de l'âme. Toujours capable de foncer, de tenir bon. Maïna souhaita que l'esprit des loups la voie, qu'il soit témoin de sa vaillance.

Si les loups avaient été là, ils auraient aperçu une petite femme au visage décharné, hoquetant et pleurant dans la tourmente, une lourde fourrure pendue à son bras.

CHAPITRE 22

Natak naviguait encore dans des rêves agités. Il courait à perdre haleine vers un tourbillon de neige qu'il tentait en vain d'étreindre. Il s'éveilla haletant. Celle qu'il cherchait n'était-elle donc que de l'eau et du vent? Son cœur bouillait de rage. Il se sentait ridicule de s'être avancé si loin avec la faible excuse de retrouver une famille que les bêtes avaient sans doute déjà dévorée. Natak promit de repartir vers les siens dès l'aube. Il aurait dû rebrousser chemin depuis longtemps. Il eut du mal à se rendormir, mais ses rêves finirent par l'emporter de nouveau.

Cette fois, Natak y avançait à pas lents, attentif à tous les bruits. Jamais le silence autour de lui n'avait paru si pesant. La vaste plaine blanche s'étendait à perte de vue, vide jusqu'à l'infini. Un cri fusa alors dans la nuit. Comme un appel. Puissant, vibrant, irrésistible. C'était un son connu mais modulé différemment. Plus intense, plus déchirant. Un loup hurlait. À la lune ou au vent. La plainte s'amplifia et devint assourdissante.

Natak s'éveilla de nouveau, en criant lui aussi, les tempes moites, le cœur agité. Il mit du temps à se calmer. Il était triste et inquiet. Il avait promis de retourner vers les siens dès l'aube et, pourtant, il hésitait encore à rebrousser chemin. Natak décida alors de faire un pacte avec les esprits. Il laisserait son maigre chargement dans l'abri de fortune qu'il avait construit la veille. Ainsi se protégeait-il du danger d'avancer indéfiniment dans le vide, remettant toujours à demain le moment du retour. Il marcherait un jour. Pas plus. À la nuit, il s'inventerait un refuge et le lendemain il reviendrait. Il ne se laisserait pas ronger vivant par des rêves fous. Natak se donnait un jour pour trouver un signe, une trace. Après, il rentrerait.

CHAPITRE 23

Au loin, les collines ressemblaient à de grosses bêtes assoupies. Maïna s'éveilla, à demi ensevelie sous la neige, et elle décida de ne plus se relever. Elle songea au paradis où paissent d'inépuisables troupeaux de caribous. N'avait-elle pas assez souffert parmi les lacs, les arbres et les rivières ? Elle avait hâte de vivre là où les hommes n'ont jamais faim, ni soif, ni froid, quelle que soit la nature de cet extraordinaire territoire. Elle avait grandi dans un pays torturé par les esprits, livré aux grands vents, à la pluie, à la neige, aux moustiques. C'était un pays dur, cruel, impitoyable. Et pourtant, étrangement, elle avait du mal à imaginer la vie sans ces grands revirements, ces foudroyantes saisons.

Pendant longtemps, elle ne ressentit qu'un grand épuisement. Ses pensées erraient pendant qu'elle contemplait le ciel. Puis, peu à peu, une sorte de rage l'envahit. La mort pouvait venir, elle l'attendait. Mais avant, dans le silence et l'immobilité, Maïna cracha sa colère aux loups.

Ils l'avaient accompagnée de loin en loin jusqu'ici, intervenant parfois, juste à temps, juste avant qu'elle ne s'écrase trop vite. Ils lui avaient épargné des dangers, cédé de la viande, mais ils lui avaient refusé l'essentiel : Manutabi. Et ils l'avaient bernée cruellement en lui laissant croire qu'elle avançait vers un but, qu'elle remplissait une mission, qu'elle avait été choisie. Pendant des heures, Maïna injuria son esprit tutélaire.

À la fin du jour, les lumières du nord apparurent et Maïna réussit peu à peu à faire la paix avec les esprits. Elle observa les fantômes lumineux éparpillant leurs couleurs dans le ciel noirci. Au cœur des aurores boréales, l'âme des morts dansait dans la nuit. Lorsque disparurent les lumières du nord, Maïna se sentit humble et petite de nouveau. Sa mission était accomplie. Les loups avaient simplement exigé qu'elle aille jusqu'au bout, jusqu'à ce que ses forces l'abandonnent, jusqu'à ce qu'elle ne puisse vraiment plus avancer. Ils lui avaient demandé de faire honneur aux siens en fonçant bravement vers le froid, là où habite le grand maître des caribous. Elle avait avancé patiemment, courageusement, à la manière des rares loups solitaires sur la piste des cervidés. Maïna se jugea bien sotte et prétentieuse d'avoir cru que les loups lui réservaient une mission particulière. La tâche de survivre n'était-elle pas assez grande ?

Maïna ne sentait presque plus le froid, la faim, la soif, la neige et les vents. Un voile brouillait sa vue et les sons lui parvenaient amortis. Elle sentit un souffle chaud dans son cou, comme une haleine enveloppante. La mort était-elle si invitante ? Elle ouvrit péniblement les yeux et vit un regard noir plonger dans le sien. Le sang bouillonna dans ses veines. Manutabi ! Ses lèvres tentèrent de prononcer ce nom, mais aucun son ne surgit. Elle entendit alors des paroles bizarres, incompréhensibles, et découvrit que l'homme penché sur elle n'était pas Manutabi. Il portait la même tunique de fourrure sombre et chatoyante que les cadavres dans la neige. Ceux qui mangent la chair de leurs semblables.

Maïna attendit que des dents se plantent dans sa peau, mais l'étranger disparut. Puis, au bout d'un long moment, elle sentit des bras puissants s'affairer autour d'elle. Maïna ferma les yeux. Manutabi était revenu. Enfin. Il balayait la neige sur son corps. Bientôt, il la prendrait dans ses bras. Des larmes coulèrent sur ses joues.

CHAPITRE 24

Natak savait que le temps était compté. Il devait arracher son trésor à la mort. Il avait réussi à ne pas se laisser trop émouvoir en reconnaissant les signes qui avaient hanté ses nuits. Ses gestes étaient restés précis, ses pensées parfaitement claires, mais une joie immense l'avait envahi.

Il n'avait que sa chaleur à lui pour réveiller la vie. Il s'étendit à côté du corps menu et pressa doucement la frêle créature contre lui en frictionnant son dos, ses jambes, son cou, ses bras. Il la berça un peu contre son corps et recommença.

Elle murmura alors des mots étranges, inaccessibles, mais d'une tendresse inouïe. Puis, elle ouvrit les yeux. Elle avait un regard d'amante dans un corps de petite fille. Et ses yeux, ses mots, d'une douceur exquise, semblaient chanter pour lui. Natak.

Il ne put attendre. La crainte que la mort ne l'emporte était trop forte. Natak chargea le petit paquet sur son dos et courut.

Deuxième partie

AU PAYS DE NATAK

« On dit qu'en ce temps-là la neige pouvait brûler
et que le feu tombait parfois du ciel. On dit aussi
qu'au commencement les gens ne savaient pas
mourir. »

Wally Herbert,
Les Esquimaux

CHAPITRE 1

Sans la lune, Natak aurait été perdu. Qu'aurait-il fait de l'étrange petite femme s'il n'avait pu deviner sa route dans la nuit boréale ? Elle semblait prête à quitter ce monde mais lui, Natak, ne la laisserait pas fuir.

Elle n'était pas plus lourde qu'un jeune phoque. Il aurait pu l'enrouler dans sa peau d'ours et la traîner dans la neige comme on fait avec les animaux tués ou les hommes blessés. Mais Natak avait préféré la charger sur son dos. Il avait besoin de sentir sa présence et, encore, il s'arrêtait souvent pour s'assurer qu'elle respirait toujours.

Le soleil d'hiver s'était péniblement hissé à mi-hauteur dans un ciel limpide lorsqu'il retrouva enfin, après une longue et pénible marche, l'abri et les quelques possessions qu'il avait abandonnés la veille. La neige avait envahi sa pauvre tente ; aussi Natak dut-il se résoudre à déposer son précieux chargement pour balayer prestement la neige, solidifier d'une main experte les pieux, réajuster les peaux de phoque, secouer vigoureusement la peau d'ours, piétiner le sol et, enfin, étendre la belle fourrure blanche prête à recevoir celle qui avait si longtemps hanté ses rêves.

Natak n'avait pourtant jamais vu son visage et il n'aurait su reconnaître sa silhouette puisque les images de ses songes étaient aussi vagues qu'obsédantes, vaporeuses et fuyantes. Son rêve était de même nature que les poussières d'aurore, les lumières du nord, l'embrouillement du soleil juste avant les tempêtes. Et pourtant, lorsqu'il avait aperçu l'étrangère endormie dans la neige, un grand bonheur s'était emparé de lui. Il avait su, immédiatement et hors de tout doute, qu'elle était cette créature qu'il cherchait.

Maïna naviguait entre deux mondes. Ce visage penché sur elle appartenait-il à Manutabi, son amoureux, ou à l'un de ces redoutables mangeurs d'hommes dont Tekahera avait si souvent parlé? Dormait-elle dans un paradis giboyeux ou était-elle encore prisonnière de la taïga gelée? Il faisait froid, si froid, tout son corps en était torturé. N'avait-elle pas suffisamment enduré? Elle n'avait plus la force de guider ses pensées, d'inventer dans sa tête des histoires procurant un semblant de chaleur, elle ne réussissait plus qu'à basculer dans des songes lourds où peu à peu les morsures du froid se dissipaient. Maïna décida de ne plus ouvrir les yeux.

Natak tenta de faire boire l'étrangère, il réchauffa même l'eau dans sa bouche avant de la couler dans la sienne, mais ses lèvres restaient scellées. Elle ne remuait plus, ses membres étaient glacés, et pourtant l'oiseau dans sa poitrine était vivant. En tâtant de ses doigts gourds sous la tunique, Natak percevait encore un faible battement.

Il quitta l'abri et revint les doigts bleuis, chargé de mousse et de maigres broussailles. Il posa son regard sur elle, s'assurant qu'elle était encore de ce monde, prit ses pierres à feu, frotta habilement, fit jaillir un trait d'étincelles et l'alimenta lentement, précautionneusement. Des flammes naquirent. Natak soupira.

Il entreprit alors de dévêtir l'étrangère et découvrit la fourrure du loup sous la tunique de phoque trop grande pour elle. À la lueur des flammes, sa peau avait le reflet doré des feuilles de saule juste avant l'hiver. Natak sentit ses entrailles se nouer en découvrant la poitrine fragile et les battements d'aile dessous. Ses hanches étaient gracieuses et délicates, son ventre creux mais tendre et duveteux. La fourrure de son sexe était sombre et magnifique, douloureusement invitante, les muscles de ses cuisses minces et fermes, longs et souples. Natak frotta vigoureusement chacun de ses membres de ses doigts meurtris en surveillant les paupières tristement closes, les ailes du nez à peine frémissantes. Il avait réussi à embraser le feu de broussailles, mais parviendrait-il à rallumer ce corps presque sans vie ?

Le temps sembla s'arrêter, suspendu dans un terrible vide. Natak songea que l'âme de l'étrangère tentait peut-être de se libérer de ce corps transi. Une colère sourde éclata en lui. Le ciel de Natak s'assombrit et une volonté inflexible, orageuse, s'empara de tout son être. Jamais il ne la laisserait partir. Elle était sa chose, sa proie. Natak, fils de Tadlo, avait arraché à la mer de gigantesques prises et plongé son regard dans celui de l'ours sans trembler. Des morses avaient crevé la glace de leurs redoutables défenses presque sous ses pieds. Comment donc une femme pouvait-elle échapper à sa volonté ? Il eut soudain envie de la battre mais, en contemplant le corps nu que ses mains frictionnaient rageusement, il fut ému et ses rêves accoururent, plus envoûtants encore.

Natak jeta une poignée de petites branches dans le feu. Il se dévêtit en hâte et s'allongea sur le corps inerte en suppliant Sedna, la maîtresse des mers, de l'aider à communiquer un peu de sa chaleur à la femme qu'il avait choisie. Puis il ramena les vêtements épars sur son corps nu et s'endormit.

Le feu allait mourir lorsqu'il s'éveilla. Mais ce n'était pas le froid qui l'avait tiré de ses songes. L'étrangère avait remué. Natak se redressa. Elle le regardait. Dans ses yeux grand ouverts se fondaient toutes les couleurs de la toundra. Des paillettes d'ocre, des pierres noires, de la terre et du bistre.

— Elle est vivante.

Natak répéta plusieurs fois ces paroles. Le visage de la femme s'illumina d'un faible sourire, elle battit doucement des paupières puis prononça d'un ton mélodieux, extraordinairement tendre, un mot inconnu qui écorcha Natak.

— Manutabi.

Natak ressentit une douleur aigüe, comme un coup de lance. Il sentait confusément que ce mot dissimulait un monde mystérieux auquel appartenait l'étrangère. Il craignit soudain de n'avoir rien conquis. D'avoir simplement recueilli un animal abandonné ou perdu. Peut-être même qu'un autre homme, avant lui, avait harponné cette femme. Qu'un autre homme la possédait, l'habitait. Si elle s'accrochait à la vie, ce serait donc pour lui.

Il la rhabilla et se vêtit aussi. Elle s'était déjà rendormie, mais tout son être frémissait désormais. Il avait réussi à éloigner la mort.

Natak sortit pour récolter davantage de mousse et de bois. Il marcha plus loin encore que nécessaire. Le vent sifflait entre les épinettes chétives. Là d'où venait Natak, rien n'arrêtait le vent. Il soulevait des gerbes et des gerbes de neige, faisait monter la mer et rouler les pierres. Là d'où venait Natak, il n'y avait plus de frontières, tout était démesuré, tout était immense, comme les rêves qu'il portait.

CHAPITRE 2

Au bout de quelques jours, ils avaient repris la route. Maïna avait refusé qu'il la charge sur son dos. Natak approuvait secrètement cette marque de courage, mais il déplorait que la petite femme ressemble tant au peuple qui avait combattu les siens, loin, par-delà les montagnes, dans la baie des pierres de lune.

Il l'avait longtemps veillée. Elle avait bu, goutte à goutte, l'eau qu'il réchauffait dans sa bouche avant de la couler lentement dans la sienne. Elle n'avait pas réussi à avaler le phoque cru, cette viande pourtant si riche qu'il mâchait longuement pour elle comme font les femmes avec leurs petits, mais son estomac acceptait la viande de caribou grillée sur les braises.

Après plusieurs jours de grands vents au cours desquels leur progression fut très lente, Natak retrouva la cache de caribou. Il loua les esprits de l'avoir incité à constituer ces réserves alors même qu'il n'avait pas encore trouvé l'étrangère et préleva suffisamment de viande pour que Maïna s'alimente pendant la durée du voyage.

Une nuit, pendant que Maïna dormait, il répara ses bottes avec un morceau de fourrure du caribou. Même à l'abri des regards, Natak avait honte de s'adonner à des travaux de femme, et pour une femme en plus. Mais leur périple épuisait Maïna et il ne voulait pas la perdre.

Sans doute ne lui appartenait-elle pas, mais il la désirait quand même.

Maïna n'avait presque plus peur de l'étranger dans les traces duquel elle posait ses pieds. « Natak ». Il avait voulu qu'elle sache son nom. Elle lui avait révélé le sien. Il parlait une langue mystérieuse et venait du pays des glaces, elle en était sûre. Les siens dévoraient peut-être leurs semblables mais lui, Natak, était prévenant et bon. Il avait eu tant d'occasions de la tuer. Au lieu, il l'avait désaltérée, nourrie, réchauffée. Il lui prêtait ses fourrures et travaillait dur pour construire de pauvres feux, car il n'y avait parfois que des arbustes à faire brûler.

Le jour, Maïna parvenait à marcher, la tête presque vide, tout à ses efforts, et le soir elle sombrait dans un sommeil de pierre. Ainsi parvenait-elle à ne pas trop réfléchir. Mais parfois, lorsque Natak se tournait vers elle pour s'assurer qu'elle avançait toujours, Maïna revoyait pendant un très bref instant le visage de Manutabi. Elle revivait cette scène déchirante alors que, dans son esprit embrouillé, elle avait imaginé son amoureux penché sur elle. Et puis soudain, la cruelle réalité avait refait surface, balayant d'un coup tous les rêves, tous les mirages, tous les espoirs, et le visage de Natak avait remplacé celui de Manutabi. En se rappelant cette première rencontre avec l'homme du pays des glaces, Maïna se souvenait aussi vaguement du corps nu de Natak allongé sur elle, mais elle n'éprouvait pas de colère ni de crainte et elle aurait juré que malgré sa faiblesse, malgré son immense vulnérabilité, Natak ne l'avait pas prise.

Il avait un visage de lune. Des yeux tristes et doux, extraordinairement sombres et joliment étirés, comme s'il était perpétuellement ébloui par un soleil trop fort. Il n'était pas très grand, mais son corps était robuste, massif, tout en nerfs et en muscles. Natak semblait animé d'une formidable volonté. Maïna savait qu'elle devait le suivre. Elle avait tenté quelques fois d'abandonner ce voyage qui l'éloignait encore davantage des siens. Natak l'avait alors chargée sur ses épaules et il avait foncé en suivant toujours l'étoile du Grand Caribou.

Sans doute l'emmenait-il vers son territoire de glace. Maïna aurait voulu lui parler des Presque Loups, de Manutabi, de Tekahera, de Saito. De son père aussi dont elle devinait la présence dans le parcours onduleux des lumières boréales. Natak aurait peut-être compris qu'elle ne devait plus suivre l'étoile du Grand Caribou. Si les esprits lui avaient permis de survivre, c'était pour rejoindre les siens. Maïna en était persuadée. Sa place était là, dans la forêt des Presque Loups, elle l'avait enfin compris. Mais elle ne connaissait pas la langue de Natak, son don de parole ne servait plus à rien. Natak avait plusieurs fois tenté, de sa voix chantante, de lui raconter des choses, en accompagnant ses paroles de gestes amples qui embrassaient tour à tour les étoiles, l'horizon, la rivière, les collines. Maïna avait découvert, ébahie, stupéfaite, qu'il existait plus d'un mot, plus d'un son, pour dire la forêt, le soleil et le vent.

Elle ne connaissait pas la langue de Natak, mais l'eût-elle connue que cela n'aurait sans doute rien changé. Maïna devinait qu'il ne l'aurait pas laissée partir. Elle avait troqué sa liberté contre la survie sans savoir quel sort lui réserverait l'homme des glaces. Serait-elle esclave ou simple prisonnière? La voulait-il pour femme ou serait-elle donnée à un autre? Maïna n'avait pas la force de se révolter. Natak l'avait arrachée à la mort et petit à petit, un peu malgré elle, Maïna s'accrochait à nouveau à la vie.

Un soir, à la faible lueur de leur feu, Maïna dénoua la pochette à son cou et elle effleura doucement, de ses doigts fins, les quelques amulettes qui la reliaient aux Presque Loups. Natak ne vit d'abord que la peau séchée du cordon ombilical, quelques plumes et des fragments d'os. Maïna remit lentement ces objets dans le petit sac de peau et caressa longuement une pierre d'apparence exquise. Des flammes en irisèrent les contours, révélant la belle surface translucide légèrement givrée et parcourue de volutes argentées.

Natak bondit et il lui arracha la pierre. Instinctivement, Maïna se jeta sur lui pour reprendre son bien, mais il la repoussa brutalement et sa tête heurta durement le sol. Il avait reconnu l'objet et compris que Maïna appartenait à ceux qui avaient tué tant des siens. Ceux-là même qui avaient torturé leur chaman et les avaient chassés de la source de ce roc précieux. Ils avaient dû renoncer à cette pierre rare, solide et pourtant facile à tailler, dont lui et les siens savaient tirer des pointes de lances et de flèches qui ne rataient presque jamais les cibles. On disait de ce roc qu'il contenait des fragments de lune, ce qui expliquait ses propriétés merveilleuses.

Maïna avait récupéré la pierre de Manutabi mais, depuis, Natak avait changé. Quelque chose en lui s'était refermé ou éteint. Maïna le remarqua et elle dut constater que les états d'âme de Natak ne lui étaient pas indifférents.

Les jours, de plus en plus courts, succédaient aux longues nuits. Le soleil ne grimpait jamais très haut et il fuyait vite. Maïna et Natak mangeaient toujours au moins un peu avant de dormir, mais Maïna restait faible et parfois l'épuisement faisait valser les rares arbres devant ses yeux. Natak semblait doté d'une force inépuisable. Il lui avait laissé les meilleures peaux et ne l'encombrait d'aucune charge. Tous les soirs, il fouillait les collines et les vallées en quête de branches d'arbres ou d'arbustes. Sans doute avait-il deviné que le feu, pour elle, était essentiel. Lui-même semblait pouvoir dormir n'importe où, comme les chiens, les loups et les caribous. Maïna s'était habituée à la chaleur de sa présence la nuit, et parfois elle songeait que cet homme étrange, issu d'un peuple redoutable, lui inspirait moins de craintes et de dégoût que Saito.

La nuit, Natak tremblait de désir. Il avait tellement envie de la prendre. Si elle n'avait pas si longtemps peuplé ses songes avant même qu'il ne la trouve, sans doute l'aurait-il déjà possédée. Mais Natak restait fidèle à de fabuleuses images, à des impressions magiques. Il n'avait pas envie qu'elle se débatte. Il redoutait qu'elle pose sur lui un regard d'épouvante comme si la mer, soudain, s'asséchait sous ses yeux. Il la voulait comme dans ses rêves, lumineuse et ardente, parfaitement consentante.

Les arbres rabougris devinrent encore plus clairsemés puis disparurent. Maïna et Natak avaient franchi les limites de la taïga. Derrière eux s'étendait la forêt boréale ; devant, le désert glacé : la toundra. Maïna ne s'était jamais imaginé un pays sans arbres. Elle fut effrayée par ce vide immense et Natak remarqua l'affolement dans son beau regard qui semblait pourtant depuis toujours appartenir à la toundra. Ce soir-là, malgré l'épuisement, Maïna ne réussit pas à chasser le souvenir des siens. Tout son être courait vers la forêt des Presque Loups. Quant à Natak, il renouait enfin avec les paysages qu'il affectionnait, ce vaste pays faussement désert, si riche pour qui savait voir et entendre.

Pendant la nuit, Natak réfléchit longuement à l'accueil que les siens feraient à l'étrangère. Il imagina les railleries, les insultes, les silences méprisants, et l'amertume monta en lui. Pourquoi ramenait-il cette créature impossible? Combien de temps faudrait-il encore pour l'apprivoiser? Réussirait-il seulement? Le découragement guettait Natak lorsque soudain Maïna vint se blottir contre lui. Elle ne s'était pas réveillée, mais sa tête avait roulé sur la poitrine de Natak avant de se nicher au creux de son épaule. Natak inspira profondément comme pour forcer ce maigre bonheur à irriguer tout son corps. Il resta ensuite longuement immobile, soucieux de prolonger cet instant.

Maïna dormit longtemps, pelotonnée contre Natak. Elle s'éveilla au milieu de la nuit, surprise de découvrir le visage de l'étranger si près du sien, ses lèvres chaudes dans son cou. Elle se détacha lentement, comme à regret, et croisa son regard, terriblement grave mais infiniment doux. Maïna ne réussit plus à dormir. Peu avant que Natak se lève, annonçant ainsi qu'il fallait défaire la tente pour repartir, elle entendit, pour la première fois depuis très longtemps, des loups hurler à la lune.

CHAPITRE 3

Ce jour-là, Natak voulut qu'ils amorcent leur marche bien avant l'apparition du soleil et ils poursuivirent encore leur route longtemps après qu'il eut disparu. Déjà, alors que l'obscurité envahissait la toundra, Maïna avait senti l'étreinte sauvage du vent glacé. Elle était désormais trop lasse pour lutter contre le froid, mais l'orgueil des Presque Loups la força à avancer. Lorsqu'ils dressèrent enfin la tente, Maïna était si fourbue qu'elle s'endormit sans manger et Natak fut ému de la découvrir aussi têtue, capable de poursuivre sa route alors même que son corps était vide d'énergie. Le jour suivant, Maïna comprit la hâte de Natak. Là-bas, au loin, comme au centre de nulle part, se dressait le campement des siens.

Ils furent accueillis bruyamment. Hommes, femmes et enfants riaient en se bousculant. Ils étreignirent affectueusement Natak et quelques-uns inclurent Maïna dans leur joyeux tourbillon. Mais peu à peu, alors qu'ils découvraient mieux cette femme que Natak avait ramenée, les regards se chargèrent de mépris. Le visage de l'étrangère n'était pas marqué ; elle était frêle et visiblement épuisée, mais, surtout, elle ressemblait au peuple cruel qui les avait chassés de la baie des pierres de lune.

Natak remarqua vite l'absence de Tadlo. Son père épiait-il les phoques sur la banquise ? Mais alors, pourquoi Aputik ne venait-elle pas saluer le retour de son fils ?

207

Natak se dirigea vers la tente familiale où Tadlo se découpait tranquillement un gros morceau de phoque cru à même une carcasse abandonnée au centre de l'abri. Sa femme mâchait une peau à ses côtés. Aputik se leva en apercevant Natak mais n'alla pas vers lui. Tadlo resta assis. Natak alla frotter son nez contre les joues de ses parents en répétant des paroles que Maïna n'avait jamais entendues.

Tadlo et Aputik dévisagèrent sévèrement l'étrangère, cette femme de la taïga dont le visage n'était pas tatoué. Maïna réussit à soutenir leur regard, refoulant l'inexplicable honte qui menaçait de l'abrutir. Aputik s'approcha de Maïna, empoigna une manche de sa tunique et la secoua furieusement.

— Patdloq! cracha-t-elle.

Natak acquiesça. La tunique appartenait effectivement à Patdloq, la femme de Merqusak, ceux-là même que Natak avait été chargé de ramener. Natak avait deviné que Maïna avait sans doute retrouvé le cadavre de la disparue et lui avait retiré cette tunique dont elle-même avait tant besoin. Mais Aputik imaginait déjà le pire. Elle ne dit pas, pourtant, qu'elle soupçonnait Maïna d'avoir tué la femme de Merqusak, sans doute pour se nourrir de sa chair.

Aputik entoura de ses gros doigts les minces poignets de l'étrangère. Elle émit un grognement de dédain puis releva la tunique pour scruter le corps de Maïna, qui recula afin d'échapper à l'inspection. Par tous les esprits, songeait Aputik, pourquoi Natak ramenait-il une petite femme de rien du tout alors qu'il y avait déjà dans leur tribu au moins deux bonnes femmes, grosses et fortes, prêtes à tout pour partager sa couche?

— Elle est trop maigre pour enfanter un pou ! lança Aputik en désignant le corps frêle de Maïna.

Natak contempla la femme qu'il avait choisie. Elle semblait désemparée. Elle le regardait, lui, Natak, comme s'il eut pu tout expliquer, tout arranger. Maïna était visiblement épuisée, affamée, apeurée aussi. Natak eut pitié d'elle. Il oublia la colère d'Aputik, l'extrême froideur de Tadlo, et marcha vers l'étrangère.

L'angoisse étreignait Maïna. C'était trop de paroles et d'odeurs inconnues, trop de gestes incompréhensibles, agressants. Elle se sentait plus seule encore, plus perdue, qu'en ce jour où elle s'était égarée dans la forêt, au troisième portage de la rivière de Manutabi. Maïna vit Natak avancer vers elle, mais avant même qu'il l'atteigne, ses forces l'abandonnèrent et elle s'écroula sur le sol dur. Natak la souleva doucement, toujours surpris de la découvrir si légère, et l'étendit lui-même sous les lourdes peaux, là où il dormait d'habitude.

Tadlo attendit que son fils revienne vers lui. Il planta son regard dans les yeux de Natak puis il entreprit, avec des gestes délicats et lents qui surprirent beaucoup Natak, de retirer ses bottes de peau de phoque et ses chaussons en peau d'eider. Un long frisson secoua Natak lorsqu'il découvrit les petits ballots de fourrure qui pendaient au bout des jambes de son père. Tadlo dénoua les cordelettes de peau, et les morceaux de fourrure tombèrent sur le sol. Natak sentit son estomac se soulever. Tadlo n'avait plus de pieds, que des moignons sanguinolents révélant encore les chairs et les tissus ouverts.

Aputik parla. Elle raconta comment Tadlo avait chassé le morse dans une baie où les marées fracassent la glace en formant des crevasses. C'est là que se tenaient les gros animaux. La glace s'était ouverte sous ses pieds et il avait failli être déchiré par les défenses d'un morse. Tadlo était resté longtemps dans l'eau, happé par les bouillons noirs, horrifié par la proximité du morse, et sans doute aurait-il péri, car il ne sentait plus ses membres, si Kuitsé, l'époux de sa fille, ne l'avait arraché à la mer glacée. À son retour, Tadlo avait les pieds noirs. Pour éviter que le mal ne progresse, Aputik les avait tranchés comme si c'étaient des nageoires de phoque. Elle avait attaché les vaisseaux avec des tendons et enveloppé ces tristes extrémités dans des morceaux de fourrure.

Dehors, le vent gémit. Natak songea que Tadlo n'irait plus braver ce vent cruel pour arracher des bêtes à la toundra. Il faudrait que lui, Natak, ramène plus de phoques qu'avant. Plus que jamais, il aurait besoin d'une femme forte, habile à préparer les peaux, à découper les carcasses, à entretenir le feu. Maïna ne connaissait rien à la vie sur la banquise. Elle ne représentait qu'une bouche de plus à nourrir.

— Mon fils est aussi stupide qu'un lagopède à la saison des amours, lança alors Tadlo comme s'il avait entendu les réflexions de son fils.

Natak encaissa le coup et soudain, telle une bourrasque imprévue, une fatigue immense s'abattit sur lui. Il posa tristement son regard d'eau noire sur Tadlo, qui réenveloppait le bout de ses jambes dans les fourrures et les duvets. Natak lutta contre l'épuisement. Il tenta d'imaginer la quantité de phoques qu'il devrait désormais ramener et il fit l'inventaire de ce sur quoi il pouvait compter. Il possédait deux lances, un grand harpon, un arc, des flèches, un couteau à manche d'ivoire, quelques pierres à feu, un bateau en peau de phoque pour naviguer jusqu'aux îles où dorment les morses, deux peaux d'ours, une tunique de peau de phoque, usée mais encore bonne, au capuchon bordé de carcajou, une culotte d'ours, une veste de renard, plusieurs peaux prêtes à servir...

Natak s'arrêta, étourdi par la fatigue et l'angoisse, et il rejoignit Maïna sous les chaudes fourrures. Elle dormait d'un sommeil profond. Natak osa frotter son nez contre sa joue. La peau était douce, chaude et parfumée. Maïna portait encore les odeurs de son pays. Natak ferma les yeux. Il était bon chasseur, il possédait déjà beaucoup, mais toutes les bêtes de la mer et de la toundra ne réussiraient jamais à remplacer Maïna.

CHAPITRE 4

Manutabi observait Mastii endormie à côté de lui. La douce amie de Maïna s'était faite tendre pendant la nuit. Elle avait sûrement connu beaucoup d'hommes, car ses caresses étaient surprenantes. Manutabi se demanda si le ventre de Mastii se remettrait à glonfler. Les Presque Loups racontaient qu'elle devenait pleine juste à regarder la lune.

Mastii avait les hanches rondes et la bouche gourmande. Il avait été heureux, la veille, de s'accoupler avec elle. Mais voilà que le soleil se levait sur le lac gelé alors que lui, Manutabi, était d'humeur plus sombre que la nuit. Ce corps de femme collé contre le sien avait ramené le souvenir de ses rares étreintes avec Maïna. Après de longs jours d'apathie, il s'était surpris à désirer Maïna presque férocement. Il n'arrivait plus à s'arracher à cette faim immense et une pensée obsédante le ravageait : n'eût été de Saito, Maïna dormirait à côté de lui.

Il songeait à ce jour où Maïna avait fui par la grande eau, derrière la pointe de la rivière aux truites. Il l'avait lui-même pressée de partir, mais au moment où elle avait plongé son aviron dans l'eau, Manutabi avait senti son sang se figer dans ses veines. Un pressentiment atroce venait de s'incruster en lui.

Après, il avait couru dans la forêt, brûlant d'espoir malgré tout. Il s'était accroché à ses désirs, à ses promesses, pendant la longue poursuite de Saito. Mais lorsqu'il était arrivé au campement des Presque Loups, les poings liés derrière le dos, quelque chose en lui s'était rompu. Il avait survécu à tant d'horreur, sans jamais perdre son appétit pour la vie, sans jamais souhaiter renoncer, mais soudain plus rien ne comptait. Il n'avait plus envie de lutter. Maïna était trop loin.

Manutabi contempla ses doigts. Les extrémités douloureuses n'étaient encore qu'une bouillie de chair mal cicatrisée. Le supplice infligé par Saito restait cruellement inscrit dans sa mémoire. Il n'oublierait jamais le regard de son tortionnaire. Saito était aussi mauvais que le chef de la tribu des îles, celle-là même qu'il avait choisi de quitter.

Quitter. Fuir. Échapper à la folie des hommes. Ou endurer. Se taire. N'y avait-il vraiment rien d'autre à faire ? songeait Manutabi.

La veille encore, Saito avait prétendument guéri un enfant en crachant sauvagement de grands filets de sang. Depuis qu'il avait tant fait souffrir Tekahera, Saito n'avait plus jamais osé torturer un Presque Loup sous prétexte de le guérir, mais presque tous ses gestes charriaient une violence inutile, une colère mystérieuse et dévastatrice.

Mastii s'éveilla en gémissant doucement comme pour inviter Manutabi à la réchauffer. Il imagina Maïna à la place de son amie et mordit durement sa lèvre inférieure. Il n'aurait pas dû la laisser partir. Il aurait mieux valu qu'il se révolte, qu'il lutte contre Saito, quitte à en crever. Il n'avait jamais rejoint Maïna comme promis et, bien que Tekahera ait juré, avant de repartir vers son île, que sa presque fille était toujours vivante, lui, Manutabi n'en avait pas de preuve. Et si elle respirait encore, sous quels cieux marchait-elle? Avait-elle froid? Était-elle blessée? La faim tordait-elle son ventre?

Manutabi repoussa furieusement la peau bloquant l'ouverture de sa tente. Il sursauta en apercevant Saito un peu plus loin. Le jeune chef lui tournait le dos, aussi Manutabi ne comprit-il pas immédiatement ce qu'il faisait près du feu. Il découvrit bientôt que Saito profitait du sommeil des autres pour dévorer une énorme pièce de caribou alors même que la part de chacun était comptée. Saito mangeait cru, sournoisement, insensible aux besoins de cette tribu dont il avait la charge. Manutabi frissonna de dégoût, et soudain une rage inouïe s'empara de lui. Des années de révolte silencieuse venaient d'éclater dans son ventre. Une colère fracassante, follement destructive, embrasa tout son être. Il se sentait mû par une volonté nouvelle, terrible et implacable.

Sans bruit, Manutabi retourna à sa tente. Mastii se releva, alertée par un pressentiment étrange, mais il ne lui accorda même pas un regard. Manutabi prit ce qu'il cherchait et ressortit en secret. Peut-être eût-il suffi que Saito bouge, qu'il cesse de dévorer la viande, pour que Manutabi émerge de son furieux emportement, mais le jeune chef engloutissait encore la chair de caribou qui aurait dû nourrir d'autres bouches. Alors Manutabi s'approcha en serrant ses doigts autour de la hampe de sa lance. Il inspira profondément, attentif à tous les bruits autour de lui, recula, prit son élan et projeta l'arme.

Saito dut percevoir un sifflement. Il se retourna à temps pour voir filer la lance. Au lieu d'être atteint sous l'omoplate, il reçut le coup en plein ventre. Il aurait peut-être eu le temps de faire un pas, échappant à la trajectoire, mais il resta immobile, pétrifié, pendant que la pointe de pierre s'enfonçait dans sa chair. Il s'écroula en poussant un cri rauque, vite avalé par le vent. Le sang jaillissait déjà dans sa bouche.

Manutabi s'approcha. Saito n'avait pas encore rendu l'âme, il dévisageait son agresseur de ses yeux exorbités. Manutabi eut subitement honte de son éruption de violence. N'avait-il pas ardemment reproché pareils gestes aux siens? Il souhaita soudain effacer cette scène, même si cela avait ramené Saito.

L'autre n'en finissait plus de mourir. Un vrai carcajou. Manutabi n'arrivait pas à détacher son regard du sien et cela même devenait insoutenable. Les râles, les plaintes étranglées, tous ces faibles bruits de mourant parvenaient amplifiés à ses oreilles. Il avait l'impression d'être de nouveau soumis aux tortures de Saito, comme si l'homme à l'agonie étirait sa mort uniquement pour l'éprouver davantage.

Une étrange folie envahit Manutabi. Il ne s'appartenait plus. Il bondit sur le corps déjà presque sans vie et le cribla de coups. Mastii dut l'arracher à sa victime pour le ramener sous la tente après avoir elle-même retiré la lance du cadavre.

À leur réveil, les Presque Loups ne pourraient deviner l'agresseur. Mastii avait nettoyé la lance, prête à tout pour protéger l'amoureux de son amie. Ce bel homme venu d'îles lointaines et habité par d'inquiétants esprits. Elle ne le craignait pas pourtant et souhaitait même ne plus jamais le quitter.

CHAPITRE 5

Aalasi éclata de rire en surprenant le regard de Maïna. L'étrangère était visiblement impressionnée, encore une fois, par ce qui, pour elle et les siens, n'avait rien d'extraordinaire. Maïna avait été saisie de dégoût en voyant une femme farfouiller dans les restes d'un phoque faisandé. Cette viande, vieillie durant des mois sous les pierres, avait pris des teintes de gris, de bleu et de vert et elle dégageait une odeur de pourriture qui soulevait le cœur de Maïna.

Sans Aalasi, la sœur de Natak, Maïna n'aurait sans doute pas réussi à supporter ces premières semaines parmi le peuple des glaces. Elle aurait peut-être déjà couru jusqu'au bout de la banquise, là où un brouillard noir s'élève de l'eau libre, pour se jeter à la mer. Ou encore elle aurait fui vers la forêt des siens, vers Manutabi, vers Tekahera, vers Mastii. Natak l'aurait retrouvée et il l'aurait ramenée, mais n'eût été d'Aalasi, Maïna serait partie quand même, au risque d'être battue par Natak à son retour.

Aalasi papotait beaucoup et riait souvent, comme la plupart des autres femmes, mais alors que celles-ci ignoraient Maïna ou l'accablaient de regards méprisants, Aalasi se moquait gentiment de ses bévues et lui enseignait ce qu'elle avait besoin de savoir. Elle avait le même bon regard que son frère Natak, une patience infinie et une joie de vivre étonnante chez un peuple qui vivait si durement. Aalasi avait déjà une enfant, Nila, une fillette aux yeux étirés qui portait dans son capuchon un chiot qu'elle faisait semblant d'allaiter. La sœur de Natak mettrait bas encore prochainement, car son ventre était rond et elle semblait presque aussi mûre qu'une femelle caribou du printemps.

Les femmes du pays de Natak avaient le visage marqué. Maïna ne connaissait pas encore le secret de ces lignes gravées dans leur chair. Plusieurs d'entre elles portaient un enfant dans leur capuchon ou nourrissaient l'un de ceux qui jouaient dehors avec les chiens et rentraient en courant, essoufflés, se faufiler sous la tunique de leur mère pour boire à grands traits. Parfois, avant qu'ils repartent, les femmes nettoyaient d'un coup de langue la morve sous leur nez.

Depuis qu'ils avaient franchi les limites de la forêt d'épinettes pour pénétrer dans ce désert où craque, siffle et gémit la glace, Maïna se sentait étrangère à tout. Elle découvrait, horrifiée, dégoûtée, inquiète mais parfois aussi simplement surprise, ce peuple des glaces dont Tekahera avait tant parlé. Tekahera avait sans doute raison de les dire cruels. Ils étaient durs avec leurs femmes. Au cours de la dernière nuit, Maïna avait entendu les plaintes de l'une d'elles punie par son époux. La femme avait jacassé toute la journée au lieu de réparer les mitaines de son conjoint et, à son retour de chasse, l'homme était furieux. Il l'avait forcée à dormir avec les chiens dans le tunnel de neige à l'entrée de leur tente avec pour seule protection, contre la nuit glaciale, sa pauvre tunique de peau.

Ils campaient directement sur la mer recouverte de glace. Leurs nuits semblaient interminables et le jour, le soleil d'hiver rasait tout juste l'horizon et bien peu longtemps. Le froid était mordant et les vents fous. Les hommes montaient des murs de neige autour de leurs tentes en peau de phoque et ils construisaient un tunnel d'entrée pour que le froid ne s'engouffre pas trop. Il n'y avait jamais de feu véritable dans ces tentes, que de petits brasiers dégageant une faible chaleur, juste assez pour faire fondre lentement l'eau et la graisse.

Les gens du pays de Natak mangeaient cru le plus souvent, comme Tekahera l'avait raconté, et ils buvaient d'incroyables quantités d'eau. Ils se nourrissaient presque exclusivement de phoque, cette viande trop grasse qu'ils trempaient pourtant dans l'huile avant de la mâchonner. En épiant les hommes, alors qu'ils plantaient leurs dents dans la viande dure, Maïna les imaginait se livrant à des festins cannibales. Quant aux femmes, à force de mâcher la peau des bottes de leur mari pour les assouplir lorsqu'elles étaient raidies par le froid, elles n'avaient plus que des chicots noirs à la place des dents, ce qui leur conférait une allure moins redoutable mais tout aussi impressionnante.

Enfermée dans une tente, jour après jour, Maïna avait finalement réussi à racler quelques peaux sans les percer. Natak lui avait remis une aiguille taillée dans l'os dur d'une aile de goéland et Maïna s'appliquait à coudre une peau en pratiquant l'ingénieux double point qu'Aalasi lui avait appris. Les coutures des femmes du pays sans arbres étaient bien plus étanches que celles des Presque Loups et cela surprenait infiniment Maïna.

Maïna se sentait prisonnière du mépris des femmes. Deux d'entre elles l'épiaient constamment et elle n'aurait jamais bu la moindre tisane qu'elles lui auraient offerte de crainte qu'elles n'y aient éparpillé des herbes ou des poudres aux pouvoirs fulgurants. Mais les gens des glaces ne buvaient que de l'eau, à peine tiède, et ils ne semblaient pas connaître les secrets des plantes. À la vue des plaies de Tadlo, Maïna n'avait pu résister au désir de l'aider. Aussi avait-elle marché longtemps, fouillant tous les creux protégés, le long de la côte et plus loin dans la toundra, à la recherche de quelque arbuste pour soigner. Elle était revenue à la banquise avec du bouleau et de la linaigrette. Tadlo s'était méfié de ses cataplasmes, mais il souffrait tant qu'il l'avait laissée faire et il en était content.

Depuis, Maïna avait découvert un monde secret et envoûtant sous la banquise, tout près de la côte, là où des mollusques s'accrochent aux rochers et où de longues algues collent au sol. Avec ces grandes herbes visqueuses, elle avait préparé de nouveaux pansements et Tadlo la récompensait parfois d'un mince sourire. Maïna appréciait ses brèves escapades dans ces cavernes glacées. Elle aimait se faufiler dans un trou, là où naît la banquise, et pénétrer dans ce royaume mystérieux. Au creux de ce silence givré, elle parvenait à oublier le regard mauvais des autres femmes et les yeux trop doux de Natak. Là, seulement, elle réussissait à s'évader en s'imaginant de retour dans la forêt des siens.

La veille, pendant que Natak chassait le phoque avec d'autres hommes, Maïna avait fait une découverte inquiétante. Elle s'était réfugiée quelques moments sous la banquise avant de rejoindre Aalasi et d'autres femmes réunies dans une même tente. Tous les jours, pendant que leurs maris chassaient, les femmes restaient assises à gratter, mâcher ou coudre des peaux en entretenant un faible feu, car elles n'avaient jamais beaucoup de mousse et de petites branches. De temps en temps, elles jetaient aux flammes un os enduit de graisse et pendant un bref moment une flamme jaillissait, haute et dansante.

En pénétrant dans la tente, Maïna avait surpris les femmes à s'échanger des pierres translucides comme celle que Manutabi lui avait offerte. Dès qu'elles aperçurent Maïna, les femmes enfouirent les pierres sous leur tunique en lui jetant ce regard mauvais qu'ont les chiens pour défendre leur viande. Maïna s'était alors souvenu du jour où Natak lui avait arraché sa pierre et de son regard triste et dur, longtemps après qu'il la lui eut rendue.

Maïna songeait encore à ces événements de la veille. Elle aurait tant voulu percer l'histoire secrète de la pierre qu'elle cachait dans sa pochette sacrée. Une femme venue d'une autre tente franchit le tunnel de neige. Maïna profita de cette diversion pour sortir sans trop attirer l'attention. Dehors, la force du vent la surprit. Elle serra sur ses épaules la peau de loup qu'elle portait désormais par-dessus sa tunique d'hiver pour afficher sa véritable appartenance. Le vent rugissait en éparpillant une fine neige tombée la veille. Dans la toundra, le vent bondissait sur les pierres, mais ici, sur la banquise, il fonçait jusqu'à l'eau libre sans que rien l'arrête. Seules quelques montagnes de glace flottante emprisonnées par l'embâcle lui opposaient leur résistance tranquille.

Ces montagnes semblaient gigantesques. Et la banquise si vaste. En cherchant des plantes, Maïna avait découvert la carcasse d'une bête inconnue, une créature si énorme qu'on l'eut crue sortie tout droit de la légende des Premiers Hommes. Tout semblait démesuré au pays de Natak. Le vent, l'horizon, le silence, même les ombres qui s'étiraient sur la neige. Les lumières du nord charriaient d'immenses voiles aux couleurs changeantes et leur spectacle durait si longtemps qu'à leur disparition les gens du peuple des glaces restaient immobiles et pantelants, accrochés à leurs rêves.

Maïna se demanda ce qui adviendrait de ses rêves à elle. La même question revenait sans cesse. Pourquoi les loups l'avaient-ils poussée jusqu'ici ? Était-ce pour la forcer à fracasser tous ses désirs, à anéantir ce qui lui restait de joie ? Était-elle simplement égarée dans ce pays sans arbres ou avait-elle une quête secrète à accomplir ? Depuis cette nuit où elle s'était réveillée, la tête blottie dans la chaleur de Natak, elle n'avait plus jamais entendu hurler les loups. Existaient-ils encore sur ce sol infâme ?

Maïna aurait voulu savoir pourquoi Natak avait croisé sa route. Pourquoi la gardait-il malgré la désapprobation des siens ? Pourquoi l'observait-il longuement la nuit sans jamais toutefois s'emparer de son corps ? Ce corps qui appartiendrait toujours à Manutabi. Pourtant, la nuit, parfois, bien malgré elle, son corps cherchait celui de Natak. Sans doute parce qu'il faisait un froid à fendre les pierres, parce que leur feu était trop maigre, parce que des vents ahurissants poussaient la neige dans les interstices de leur tente et qu'elle s'éveillait grelottante, le visage barbouillé de neige fondue, incapable d'oublier suffisamment sa misère pour se rendormir.

Natak aperçut Maïna, le dos au vent, près d'une tente. Il accéléra le pas. La chasse avait été mauvaise. Ils étaient partis tôt et rentraient tard, pourtant, aucun des chasseurs ne traînait de bête dans son dos. Il faudrait bientôt changer de campement. Les phoques avaient fui cette baie depuis quelques jours, sans doute retenus par Sedna, la déesse des mers aux humeurs changeantes. Les siens diraient que la maîtresse des eaux protestait contre la présence de Maïna. Mikiju et Liitsia avaient déjà réclamé maintes fois que Maïna soit livrée aux maigres loups blancs qui rôdent dans la toundra. Elles reprochaient à l'étrangère de ne pas savoir travailler les peaux de phoque, ce qui insultait Sedna.

Mikiju et Liitsia avaient suggéré que Natak prenne l'une d'elles comme deuxième épouse. Aputik avait riposté que son fils avait déjà trop de bouches à nourrir et Natak s'était senti ridicule. Une deuxième femme ? Il n'en avait pas encore une. Ses nuits étaient vides et froides. Aputik et Tadlo le savaient, de même qu'Aalasi et son mari, Kuitsé, qui dormaient dans la même tente. Pour se défendre, Natak leur avait confié que Maïna n'était pas encore femme ; qu'il valait mieux attendre. Il avait réclamé la complicité de sa sœur afin de faire comprendre à Maïna qu'elle devait cacher ses saignements.

Ce matin encore, pendant qu'ils guettaient le phoque, Kuitsé s'était moqué de Natak.

— C'est pour ramener une femme aux cuisses de mouche que tu as traversé la toundra, Natak ?

Kuitsé avait ri longtemps en frappant ses mains sur ses propres cuisses bien en chair. Un autre chasseur avait offert à Natak de lui prêter sa femme.

— Une bonne femelle, grosse et chaude, s'était-il vanté.

Les échanges de femmes étaient fréquents, mais l'homme avait sournoisement précisé qu'il ne tenait pas à profiter de Maïna, car elle ne semblait pas assez chaude pour lui. Natak avait senti la colère bouillonner dans ses veines.

Ce soir-là, il n'y eut que des restes à manger. Pour se consoler, hommes et femmes s'entassèrent dans quelques tentes. Natak devina ce qui allait suivre. Il avait envie d'une femme mais refusait de partager Maïna. Aalasi surprit son regard déjà affolé. Elle-même était trop lourde pour participer à ces jeux, aussi entraîna-t-elle Maïna hors de la tente à sa suite. Peu après, les feux s'éteignirent et à tâtons, dans l'obscurité, hommes et femmes se choisirent un partenaire en étouffant des rires. Ils se glissèrent ensuite sous les fourrures, chacun tentant de deviner l'identité de son compagnon avant de s'accoupler.

Mikiju dormait encore dans les bras de Natak. Cette brève explosion de plaisir n'avait guère rassasié Natak et il n'avait pas réussi à trouver le sommeil ensuite. Natak songeait à un chant des anciens racontant le drame d'un homme mort de faim en poursuivant le narval, cette baleine fabuleuse, dans une mer pleine de phoques. Lui-même ne valait guère mieux. Il s'acharnait à courir derrière une créature impossible qui le vidait de ses forces. Souvent, alors qu'il guettait le phoque au-dessus d'un trou de respiration percé dans la banquise, ses pensées fuyaient vers Maïna et il en oubliait de surveiller l'indicateur, ces quelques poils d'ours qui remuent à l'approche du phoque, signifiant ainsi au chasseur qu'il est temps de lancer le harpon.

Natak sortit de la tente. Le ciel était noir et le froid cinglant. Ils avaient atteint le temps de l'hiver où les phoques avortent dans leurs grottes sous la neige et où les renards affamés périssent dans la toundra. Natak savait que le jour n'écarterait pas ce froid atroce. Les chasseurs refuseraient de partir pour guetter des phoques qui ne viendraient sans doute pas. Natak décida qu'il préférait geler, seul sur la banquise, plutôt que d'attendre que fuie le jour, enfermé dans une tente où la présence de Maïna lui rappellerait constamment sa folie.

Il marcha vers l'abri des siens. Maïna ne dormait pas. Elle fabriquait du feu à sa manière avec une baguette qu'elle roulait entre ses mains tout en l'appuyant sur une surface de bois dur. La fumée apparut, puis le feu. Maïna enflamma quelques brindilles, serra sa peau de loup sur ses épaules et laissa son regard danser parmi les flammes. Natak contempla un instant ce visage dont il connaissait chaque courbe, chaque détail, puis il pénétra dans l'abri.

Maïna sursauta. Elle n'avait pas fermé l'œil de la nuit. Natak avait dormi dans les bras d'une femme, elle l'avait deviné. Il était revenu mais s'apprêtait à repartir pour chasser alors même que le vent n'avait jamais été si froid. Maïna vit le harpon de Tadlo et, du coup, elle se décida. Elle enfila tous ses vêtements et prit l'arme. Natak lui jeta un regard de feu et il lui ordonna de déposer le harpon. Maïna chercha parmi les mots qu'elle avait appris au fil des jours et elle réussit à annoncer à Natak qu'elle chasserait avec lui.

Il eut un rire presque joyeux qu'elle fut heureuse d'avoir provoqué. Mais Natak la regardait maintenant comme une enfant dont on s'amuse. Maïna songea à toutes les bêtes qu'elle avait tuées. Des tas d'oiseaux et beaucoup de lièvres, comme toutes les femmes, mais de grands animaux aussi. Loup, caribous. En échappant à Saito, elle avait cru pouvoir continuer de chasser. Le pays de Natak était lui aussi peuplé de bêtes que les hommes épiaient et tuaient. Pour survivre d'abord, mais aussi parce qu'en accomplissant ces gestes ils se sentaient plus forts, plus vivants, plus près des esprits.

Maïna défia Natak du regard et il eut ce premier réflexe de la frapper afin qu'elle obéisse. Mais Natak découvrit dans le regard de Maïna un désir si puissant, une volonté tellement extraordinaire, qu'il en fut troublé. Pendant longtemps cette petite femme n'avait été qu'un rêve, une suite d'images, une impression subitement incarnée dans ce corps trouvé dans la neige. Il avait voulu la protéger, la garder vivante. Pour lui, Natak. Et voilà qu'il découvrait qu'elle n'appartenait pas seulement au brouillard et au vent. Elle était là, devant lui, les yeux en feu, le cœur ardent, prête à le suivre sur son chemin de glace. Natak ne dit rien, mais il la laissa marcher derrière lui, la lance de son père à la main.

CHAPITRE 6

Ils marchèrent longtemps. Un soleil froid répandait des lueurs roses, la neige dure crissait sous leurs pieds. Seuls les cris des corbeaux rompaient parfois le silence. Heureuse de pouvoir enfin bouger et excitée à l'idée des bêtes à surprendre, Maïna se sentait revivre.

Natak avait décidé de ne pas chasser au trou. Ils iraient plus loin, en longeant la côte, jusqu'à cette baie où la glace avait cédé sous les pieds de son père. Natak ne craignait rien, il faisait beaucoup trop froid pour que la glace éclate. Là-bas, dans les crevasses d'eau noire, il réussirait peut-être à harponner un gros phoque.

Ils approchaient de la baie lorsque le vent se leva. Natak se retourna pour voir Maïna, mais au même moment elle disparut dans un soulèvement de neige. Natak s'arrêta et attendit. Il avait l'habitude de ces humeurs du vent. Maïna finit par émerger de ce nuage poudreux et il attendit qu'elle le rejoigne. Le vent soufflait maintenant par brusques secousses, comme une bête souffrante. Natak écouta le chant de la banquise. Aux gémissements rauques du vent succéda un profond silence. Puis la banquise redevint vivante. Elle émit des sifflements et des plaintes qui enflèrent peu à peu. Étirée et tordue par le froid, la glace craquait et grondait avec parfois des rages soudaines, comme un bruit de tonnerre surgissant du ventre de la mer.

Maïna avait crié en disparaissant dans la rafale, mais le vent avait englouti sa voix. Elle avait eu peur en voyant l'horizon s'effacer et la silhouette de Natak s'évanouir dans le vide. Elle chercha vainement une forme, une ombre à laquelle s'accrocher. Il n'y avait rien que cette infinie blancheur. Et puis soudain, Natak réapparut. Il l'attendait. Maïna fut surprise de sentir son cœur cogner si fort dans sa poitrine.

Peu après, ils entendirent grogner des phoques. Dès cet instant, Natak se transforma. Il n'existait plus que pour sa proie. Maïna l'observa à distance en serrant le harpon dans son poing. Natak s'approcha très lentement d'une crevasse en rampant. Il s'arrêtait régulièrement pour gratter la neige dure avec une baguette d'ivoire, en imitant le phoque griffant la neige. Il avança jusqu'aux limites de la glace et s'arrêta, penché par-dessus l'eau libre. Natak s'immobilisa alors et il attendit. Longtemps, très longtemps. Maïna sentait le froid pétrifier son corps. Plusieurs fois, elle dut frictionner ses membres, agiter ses pieds et ses bras, incapable d'imiter Natak qui, lui, ne bougeait toujours pas.

Soudain, Natak éleva son harpon et le plongea dans l'eau. Maïna perçut un bruit mat. Natak lança le manche détachable sur la glace en agrippant fermement la lanière de cuir attachée à la pointe d'ivoire enfoncée dans la chair du phoque. Il tira de toutes ses forces, priant Sedna pour que la lanière tienne et que le phoque ne se dérobe pas. Maïna courut vers lui.

L'énorme phoque se débattait encore farouchement, roulant un regard noir, à la fois plaintif et menaçant, tout en émettant des bruits sourds, pendant que l'eau rougissait autour de lui. Maïna avait les bras solides et le pied ferme, Natak fut content qu'elle l'aide à hisser l'animal. Une fois sortie de l'eau, la bête se tortillait encore en grognant, la gueule entrouverte sur ses petites dents pointues. Natak l'assomma d'un coup de pied. La masse de chair tremblota encore un peu alors que le sang se répandait sur la glace. Soucieux de ne pas perdre ce précieux liquide, Natak referma la plaie à l'aide d'une courte tige d'ivoire. Puis, en grattant de ses doigts nus, il arracha un morceau de glace à la banquise, le fit fondre dans sa bouche, et coula l'eau dans la gueule du phoque afin que son esprit n'ait plus jamais soif.

Ils halèrent ensemble le lourd animal sur le chemin du retour. Le ciel était devenu parfaitement clair, la glace dorée dans la lumière rasante. Natak se demandait pourquoi les hommes laissaient toujours leur femme dans la tente pendant qu'ils chassaient le phoque. La présence de Maïna avait illuminé cette journée, et même s'il n'avait pas ramené une bête, le simple fait qu'elle soit là aurait rendu la défaite tellement plus tolérable.

Les siens furent surpris de voir Natak revenir en tirant un gros phoque avec l'aide de Maïna. Natak était fier. Sa femme était différente, sa femme était unique. Dans ce corps d'apparence fragile bouillonnait une formidable énergie, des forces fabuleuses et secrètes qu'il se promettait de découvrir.

Maïna savait comment font les femmes pour préparer ces bêtes. Elle emprunta le couteau d'Aalasi, fendit le ventre du phoque, juste assez pour qu'il ne perde pas trop de sang, et retira les viscères. Elle mit à part le foie et l'offrit à Natak, le harponneur. Natak trancha l'organe délicieux, grouillant de vers blancs, et il en tendit une part à Maïna, signifiant ainsi, devant tous, qu'elle avait participé à cette chasse. Les femmes rirent comme elles faisaient toujours lorsqu'elles étaient étonnées ou gênées et Maïna sentit le plaisir réchauffer ses joues.

Elle lança de longs boyaux d'intestin aux chiens et recueillit dans ses mains du bon sang épais et chaud. Les enfants vinrent boire, plongeant leur visage dans le liquide presque noir avant de repartir en courant, les joues luisantes et les lèvres écarlates. Finalement, elle découpa de belles bandes de peau et de gras et de larges parts de chair rose. Les femmes vinrent en chercher pour nourrir leur famille. Personne d'autre n'avait chassé ce jour-là et il était coutume de partager.

Maïna rayonnait, agenouillée devant l'animal, les bras couverts de sang, le menton et les joues rougies, car dans son enthousiame elle avait avalé non seulement sa part du foie, mais plusieurs languettes de viande crue et même un peu de gras. Natak rit en la contemplant. Elle ressemblait presque aux femmes du pays sans arbres. Maïna se tourna vers lui et elle fut si contente de le voir heureux qu'un large sourire ensoleilla son visage.

Ce soir-là, sous les fourrures, Natak lécha doucement le visage de Maïna, puis son cou. Maïna sentit son corps frémir et frissonner puis trembler de désir. Elle comprit alors pourquoi si souvent, la nuit, son corps avait cherché celui de Natak. Ce n'était pas simplement le froid. Elle avait envie de lui, l'étranger, l'homme du pays de glace. Cette découverte lui parut terrible et merveilleuse. Les yeux rivés au regard d'eau noire de son compagnon, Maïna attendit que ses peurs fondent peu à peu.

Une joie puissante enflamma Natak. Il avait vu l'éclair de désir dans les yeux de Maïna. Natak retira vivement

son pantalon d'ours blanc puis fit glisser maladroite-
ment celui de Maïna. Il la pénétra immédiatement.
Maïna sentit des vagues rouler dans son ventre puis
gonfler et enfler jusqu'à atteindre des hauteurs verti-
gineuses avant de la submerger entièrement. Elle fut
ébahie par l'intensité de son bonheur et lorsque Natak
retomba finalement à ses côtés, épuisé et heureux, elle
roula sa tête sur sa poitrine et se creusa un nid dans son
épaule en se promettant de chasser encore souvent avec
lui. Natak.

CHAPITRE 7

Natak vit les nuages s'agglutiner en formant des ailes d'outardes dans le ciel. La lune trop pâle était cerclée d'un halo de lumière trouble. Tous comprirent l'horrible présage, et si leur chaman n'avait pas déjà rendu l'âme, ils auraient réclamé son aide avant que la tempête s'abatte. Mais il n'y avait plus personne pour intercéder au nom de tous auprès de Sedna et des autres grands esprits. Natak devina que les siens songeaient à la disparition du chaman et à la bataille de la baie des pierres de lune en cette nuit lourde de menaces. Il savait aussi que la présence de Maïna à ses côtés agressait ses compagnons encore plus que d'habitude.

La lune disparut pendant qu'ils dormaient, les étoiles aussi. Le ciel s'alourdit et le soleil ne vint pas. Il neigea très fort pendant tout ce qui aurait été le jour, s'il n'avait pas fait si sombre, et la tempête continua encore. Ils devinrent tous prisonniers de leur tente.

Avant cette tempête, ils avaient déjà déménagé leur campement plusieurs fois, mais la maîtresse des mers avait continué à retenir les phoques dans ses cheveux d'algues, sombres et gluants. Maïna avait découvert que les bêtes de la mer étaient aussi imprévisibles que les caribous et, de plus en plus affamée, elle s'était mise à rêver elle aussi, comme les autres, à cette viande de phoque qui pourtant lui répugnait encore. Depuis des jours, ils n'avaient eu à manger que des algues et des coquillages volés à la mer sous la banquise. Les hommes avaient parcouru la toundra sans même réussir à rapporter un rat musqué.

Ainsi avaient-ils déjà très faim lorsque leurs tentes furent ensevelies sous la neige. Ils utilisèrent parcimonieusement les broussailles et la mousse, soucieux de ne pas épuiser les réserves de combustible. Il fallait surtout réussir à fondre la neige pour se désaltérer. Nul ne savait combien de jours durerait la tempête, mais tous espéraient ne pas être contraints de boire leur urine.

Les chiens furent les premiers à hurler de désespoir. Hommes, femmes et enfants avaient mieux appris que les bêtes à endurer la souffrance. Les chiens n'en pouvaient plus de survivre en grappillant les excréments des humains. Les rares carcasses traînant autour du campement avaient été parfaitement nettoyées par les hommes et les femmes eux-mêmes dans les jours précédant la tempête. Après les chiens, ce fut au tour des enfants de se lamenter. Ils devinrent vite inconsolables. L'écho de leurs pleurs mêlé aux cris aigus des chiens hantait la banquise. Alors on tua quelques chiens pour les manger.

Maïna n'était pas trop dépaysée. Les tempêtes du pays sans arbres étaient plus blanches, plus denses. Au plus fort, on ne voyait pas sa main, ni le bout de son pied. Le froid mordait de manière plus sauvage encore que dans la forêt des Presque Loups et les vents rugissaient bien plus qu'ils ne sifflaient, car ils n'avaient pas à se faufiler entre les arbres. Mais la faim était pareille. Elle tordait le ventre et ravageait l'esprit.

Prisonnière de ce délire blanc, Maïna erra dans des songes peuplés de loups. Elle les voyait partout. Des meutes bondissaient depuis la lisière d'une forêt, traversaient des torrents, s'élançaient sur les rivières gelées. Le soir, les bêtes noires de ses rêves s'écrasaient, fourbues, et tendaient bravement le cou, pointant leur museau vers le ciel pour hurler à la lune, mais aucun son ne sortait de leur gueule.

Natak avait tenté de l'arracher à ces songes trop lourds. Il lui avait parlé d'une voix tendre, car ils partageaient désormais plusieurs mots, mais Maïna avait oublié leurs jours de chasse et leurs nuits d'amour. Cette tempête ramenait toutes celles qui étaient entassées dans sa mémoire. Depuis sa fuite vers l'étoile du Grand Caribou, jamais les Presque Loups ne lui avaient semblé si près, si présents. Elle avait parfois l'impression que, si elle tendait la main, ses doigts rencontreraient la bonne patte d'ours de son père. Que si elle sortait de la tente, elle trouverait Manutabi devant elle. Et que si elle tournait la tête, elle verrait monter la fumée depuis l'île de Tekahera.

Finalement, ils ne gardèrent que trois chiens. Les autres furent dévorés, chair, os et peau. Il fallait s'arrêter là. Après la tempête, ils auraient besoin des chiens pour flairer les trous des phoques sur la banquise. Ils attendirent donc, impuissants. Natak souffrait de voir Maïna s'enfoncer encore davantage dans ses songes. Il souffrait aussi en regardant sa sœur, Aalasi, dont la faim devait être immense, car elle nourrissait un petit homme dans les secrets de son ventre. Bientôt, Natak ne put supporter davantage cette immobilité douloureuse. Il prit ses armes et partit.

Dehors, les vents sculptaient la glace. Natak se sentit fouetté jusqu'au cœur par leur souffle puissant. Il lui sembla impossible de foncer dans cette tempête.

Pourtant, il réussit à mettre un pied devant l'autre, puis encore. Il risquait de ne jamais revenir, car à peine avait-il fait quelques pas que sa tente et toutes les autres avaient disparu.

Natak erra longtemps, englouti par la poudrerie, écrasé lui aussi par le souvenir de toutes les tempêtes qu'il portait en lui. Il y avait eu des saisons où le vent se levait en soufflant la neige alors que les chasseurs venaient tout juste de ramener des phoques. Durant ces tempêtes, hommes, femmes et enfants mangeaient tranquillement, en silence, avant de s'enfoncer dans un demi-sommeil, comme les ours dans leur tanière, jusqu'à ce que le ciel redevienne clair. Parfois aussi, la tempête éclatait quand le peuple des glaces avait faim depuis trop longtemps déjà. Ils redécouvraient alors la misère blanche. À contrecœur, ils mangeaient du chien. Puis de l'homme.

Enfant, Natak avait goûté une première fois à l'humain.

— Ton père nous avait donné une tête à partager, lui avait raconté Aputik.

C'était un morceau de choix. Aux vieillards on ne donnait que des mains. Aputik lui avait expliqué tout cela alors même que Natak était petit. Il fallait qu'il sache, disait-elle. Tous les enfants du peuple des glaces goûtaient un jour à l'humain, avait-elle encore ajouté pour que Natak n'ait pas trop honte. Puis Tadlo avait expliqué à son fils qu'il ne fallait pas trop prendre goût à la chair de l'ours blanc, car elle ressemblait à la viande d'homme.

Ils avaient tous remangé de l'humain l'hiver au cours duquel Aalasi était devenue femme. Pendant cette tempête, Natak s'en souvenait, un homme avait tué son vieux père en l'étranglant avec une lanière de cuir. Ils se l'étaient partagé, mastiquant lentement la viande pour refaire leurs forces. La tempête s'était brusquement dissipée alors même qu'ils mordaient encore dans la chair de l'homme et Natak avait été assailli par la culpabilité. N'auraient-ils pas dû endurer encore, attendre davantage? Ils avaient enseveli le reste du cadavre sous un tas de pierres pour le protéger des renards, des ours, des corbeaux et des loups, mais cela leur avait semblé ridicule et vain.

Natak ne sentait presque plus le froid mordre sa peau lorsqu'il trébucha sur un petit paquet dur et découvrit un renard gelé. La bête encore intacte avait sûrement succombé au froid durant la tempête. Natak emporta l'animal raidi en songeant que son propre corps n'était guère plus animé. Il décida alors de rentrer, sans savoir s'il y parviendrait, car il avait marché durant des heures avec très peu de repères. Il pivota lentement et revint sur ce qui aurait pu être ses pas si le vent n'avait déjà tout balayé. Natak fit le vœu de ne pas tourner en rond.

Une rivière de poudre blanche inondait encore la banquise. Plus haut, là où volent les corbeaux, le ciel était bleu pourtant. La fatigue, le froid et la faim étourdissaient Natak. Il eut plusieurs fois envie de s'arrêter pour dormir un peu, mais il savait que la mort rôdait et il avait ce renard gelé à offrir aux siens. Alors Natak avança encore longtemps avec l'impression d'être condamné à marcher éternellement. Le silence tomba brusquement sur la banquise et, comme dans un mirage de printemps, Natak aperçut les tentes minuscules des siens. Rêvait-il ou la tempête était-elle finie? Natak courut, le renard argenté cognant dans son dos.

Au bout du petit tunnel d'entrée de leur tente, Natak aperçut Kuitsé, le regard vide. À ses côtés, Aalasi berçait en pleurant sa petite fille qui, elle, ne pleurerait plus jamais. Maïna était roulée en boule, comme les chiens, la tête collée aux genoux, encore refermée sur son monde. Natak ne pouvait deviner qu'elle dormait sous les épinettes, il remarqua seulement qu'elle semblait vivante.

Ils écorchèrent le renard et mastiquèrent lentement la viande dure. Natak annonça que la tempête était finie. Tadlo soupira. Il le savait déjà, mais il n'avait pas encore la force de franchir le tunnel de neige. Aputik pleura. Elle avait appris à rester stoïque pendant les tempêtes et voilà que la débâcle éclatait dans son cœur. Maïna observa la mère de Natak comme si elle la voyait pour la première fois, puis elle contempla longuement Aalasi avant de comprendre qu'elle caressait une fillette morte. Cette même scène, elle l'avait déjà vécue dans son propre pays.

Maïna sortit, fouilla le ciel, inspira profondément et chancela. Elle mordit alors dans la cuisse de renard que Natak lui avait tendue. Elle avança à petits pas, sa peau de loup sur les épaules, et découvrit un vieil homme, le grand-père de Kuitsé, assis dans la neige, dur comme une pierre et les yeux ouverts. Il avait choisi de mourir au début de la tempête, trop fatigué par tous ces hivers pour endurer une autre longue faim.

Ils finirent tous par émerger de leurs tentes, les vieillards titubants aidés par leurs enfants. Une petite, la fille de Kango, manquait à l'appel. Maïna remarqua que Kango gardait la tête baissée et sa femme promenait des yeux hagards. Le couple semblait moins faible que les autres, moins éprouvé par ce jeûne atroce. Un terrible soupçon s'immisça alors dans l'esprit de Maïna.

D'un coup lui revinrent les récits de Tekahera. Sa presque mère avait si souvent répété les mêmes paroles. « Ce sont de petits êtres cruels habités par un esprit mauvais. Leur âme est glacée. Ils dévorent cru, comme les bêtes. Et ils sont sans pitié. On peut entendre, les soirs de tempête, la plainte des hommes des glaces dévorés par leurs frères. » Maïna plongea dans le tunnel et pénétra dans la tente de Kango. En découvrant le cadavre estropié de l'enfant, elle poussa un cri d'horreur qui glaça le sang de Natak.

« Elle n'a rien compris », se répéta silencieusement Natak.

Comment pouvait-elle comprendre le fragile équilibre du pays sans arbres ? Elle ne savait même pas qu'il ne fallait surtout pas crier. La douleur de tous était déjà bien assez grande. N'avait-elle pas vu la honte qui écrasait Kango ? Et l'épouvantable souffrance de sa femme ? Elle avait été souvent malade et Kango avait grand besoin qu'elle lui enfante un petit homme. Parce qu'il craignait qu'elle ne s'épuise gravement à force de ne rien manger et qu'elle ne soit plus capable ensuite de lui faire un fils, ils avaient sacrifié leur fille et entrepris de la manger.

Maïna ressortit en traînant le cadavre sans tête de l'enfant. Natak aurait dû l'arrêter, mais il avait trop honte. Honte d'elle. Maïna s'arrêta devant Kango et laissa tomber sur la glace le petit bras qu'elle avait tenu.

C'était trop de misère, trop d'horreur. Elle avait besoin de se dissocier de ce peuple sauvage, d'exprimer clairement sa révolte, sa répulsion. Maïna cracha au visage de Kango puis elle le roua de coups et le cribla d'insultes. Elle réussit encore à le griffer et à le mordre avant que Tadlo l'empoigne et la secoue comme une branche de saule jusqu'à ce qu'elle cesse de le marteler de ses poings. Maïna éclata alors en sanglots.

Mais les pleurs de Maïna n'émurent pas Natak. Il se sentait blessé jusqu'aux os. Comment pouvait-il aimer cette femme sans cervelle qui ne comprenait rien à la vie des siens? Peut-être fallait-il, pour comprendre, être né ici, aux limites mêmes où survivre restait possible. Natak revit le petit corps muet de l'enfant d'Aalasi. Au lieu de chasser bêtement les renards trop maigres endormis par le froid, n'aurait-il pas dû, lui, Natak, trouver le corps de ce vieillard qui s'était si discrètement offert aux siens et, comme son père l'avait fait pour lui lorsqu'il était petit, offrir la tête, le meilleur, à cette enfant? Ainsi respirerait-elle encore sous ce ciel trop bleu.

Natak aurait voulu que Maïna se taise. Qu'elle cesse de remuer ses propres angoisses alors que d'autres à côté luttaient contre des fantômes bien plus effrayants. Il avait pitié de Kango et voulut lui dire combien il avait honte de cette étrangère qu'il avait prise pour femme. Comme il allait parler, les pleurs de Maïna redoublèrent et soudain, la colère balaya la honte. Natak fondit sur Maïna et il la roua de coups. Il la frappa sans relâche, de ses pieds, de ses poings, jusqu'à ce qu'elle gise inconsciente, les lèvres tuméfiées et sanglantes, les paupières gonflées, ses longs cheveux épars dans la neige, sa peau de loup encore accrochée au bout de son bras.

CHAPITRE 8

Après la tempête, Sedna libéra les phoques. Natak réussit de belles chasses et dans la tente de Tadlo tous eurent de la viande et du gras à manger. À la tombée du jour, Natak rentrait affamé en traînant un phoque. Il prenait place dans la tente, du côté des hommes, là où on taille la pierre et répare les outils, se découpait des languettes de phoque cru et de bons morceaux de graisse et dévorait sa part avec férocité. Puis, la nuit venue, il quittait l'abri sans rien dire pour aller se glisser sous les fourrures de Mikiju.

Aalasi, dont le ventre continuait à enfler, soigna Maïna avec des gestes tendres et doux comme si l'étrangère avait remplacé sa petite fille. Elle nettoya ses blessures avec une fourrure de lièvre et la fit boire et manger. Le corps de Maïna était couvert d'ecchymoses, mais tous les os étaient en place, ce qui étonnait Aalasi car elle avait été témoin de l'emportement de son frère. Le sort de l'étrangère l'inquiétait. Les femmes souhaitaient qu'elle parte. S'il avait été encore de ce monde, le chaman aurait vu clair en Maïna et il l'aurait chassée, disaient-elles. L'étrangère appartenait à la tribu des voleurs de pierres, elle avait ensorcelé Natak puis elle avait chassé comme les hommes, ce qui avait irrité Sedna. S'ils avaient tant souffert pendant la tempête, c'est parce que Maïna était parmi eux.

La sœur de Natak n'arrivait pas à détester Maïna, ni même à croire que l'étrangère était responsable de la mort de Nila, sa petite fille. Elle avait confiance en son frère, Natak le puissant. S'il avait quitté les siens si longtemps au début de l'hiver pour revenir avec cette petite femme, c'est qu'elle avait des forces que le peuple des glaces devait découvrir. N'avait-elle pas soigné Tadlo? Et puis, secrètement, Aalasi admirait Maïna. L'étrangère avait chassé le phoque et elle était revenue, les yeux brillants, le cœur épanoui. Aalasi rêvait parfois d'aller loin sur la banquise elle aussi et de rentrer sous un ciel presque noir en tirant fièrement un phoque.

Pendant qu'Aalasi l'entourait gentiment de soins, Maïna songeait souvent à la petite Nila, morte dans les bras de sa mère. Maïna n'avait rien vu des drames qui s'étaient joués à ses côtés pendant la tempête. Elle avait vécu les longs jours d'emprisonnement en étrangère, sans se soucier de ceux dont elle partageait l'abri. Pendant que le vent éparpillait la neige, elle avait renoué avec les siens, tous ces loups et Presque Loups qu'elle avait tenté d'oublier dans les bras de Natak. Maïna s'était isolée dans son propre nuage de neige et de vent pour s'inventer des histoires au pays des siens.

Elle avait plongé dans la forêt d'épinettes comme dans une rivière pour y allumer un immense feu de branches aux flammes couleur d'automne et de sang. Elle avait dévoré des viandes grillées au fumet étourdissant et rapporté au campement des caribous gigantesques avec l'aide de Mishtenapeu. Elle avait rejoint Tekahera sur son île et découvert une tanière immense où l'attendait Manutabi. Ils avaient dormi ensemble sur un lit de fougères et marché longtemps, pieds nus dans la rosée, pour voir le soleil surgir des entrailles du monde.

Cette tempête, Maïna l'avait vécue bien loin du pays de glace et quand les vents s'étaient tus, elle n'avait pas vraiment quitté la forêt d'épinettes. Elle avait presque oublié Natak, leurs nuits et leurs chasses. Elle avait vu le chagrin d'Aalasi avec des yeux d'étrangère et c'est de ce même regard, brouillé par le souvenir des légendes sur les Hommes des glaces, qu'elle avait jugé Kango, insensible à sa douleur et à son impuissance.

Maïna se remit à songer à sa quête, à se creuser la tête pour comprendre ce que les loups attendaient d'elle. Repartir ? Mais alors, et encore, pourquoi l'esprit du loup l'avait-il attirée jusqu'ici ? Malgré son corps durement éprouvé par la faim et le froid et meurtri par les coups de Natak, malgré la certitude que tous approuvaient que Natak se réfugie dans les bras d'une autre, Maïna sentait que les loups ne l'avaient pas encore abandonnée et elle avait l'impression que sa quête, quelle qu'elle soit, était au moins un peu liée à ce Natak tendre et cruel.

Après la tempête, Maïna réfléchit longuement aux deux grands territoires qu'elle connaissait. Perdue dans ce désert de glace, elle ressentait plus que jamais son appartenance aux Presque Loups. Mais ce Natak à qui elle devait la vie exerçait sur elle une fascination étrange. Et malgré tous les drames survenus, Maïna savait que le peuple des glaces était bien moins redoutable que ce qu'enseignaient les légendes des Presque Loups. Elle avait déjà appris beaucoup au pays de Natak et sans doute lui restait-il d'autres découvertes à faire.

Maintenant qu'il l'avait rejetée, Natak la laisserait peut-être fuir, mais à quoi bon partir pour mourir en chemin ? Maïna avait aussi des choses à dire à l'homme qui l'avait sauvée. Elle resterait encore, juste un peu. Au printemps, elle partirait. Les hommes d'ici savaient construire d'étranges bateaux avec du bois flotté, des os et la peau du phoque. Natak l'aiderait peut-être malgré tout. Dans son embarcation de fortune, elle remonterait la rivière où Natak l'avait trouvée. En prenant soin d'éviter les rapides et en utilisant parcimonieusement les vivres, elle parviendrait peut-être à rejoindre les Presque Loups avant les grandes chasses d'automne.

Maïna se leva et sortit. La lune était ronde, les étoiles nombreuses. Elle se dirigea vers la tente où dormait Natak. En avançant sur la neige durcie qui craquait sous ses pas, Maïna chercha les paroles qu'elle offrirait à Natak, mais les rares mots connus lui semblèrent impuissants. Elle se promit de maîtriser la langue de Natak avant de repartir vers les siens, de percer le secret de ses mots pour lui raconter la forêt des Presque Loups et lui inventer des légendes. Peut-être alors parviendrait-il, aux prochaines tempêtes, à s'évader de cette sinistre tente pour voguer parmi les étoiles ?

Natak écarquilla les yeux en l'apercevant. Elle s'était arrêtée au seuil de l'abri après avoir franchi le tunnel d'entrée. Maïna avait préparé une poignée de mots, mais en découvrant Natak dans les bras de Mikiju, elle avait éprouvé une douleur vive qui lui avait fait oublier ses paroles. Elle allait repartir, abandonnant Natak à cette autre femme, lorsqu'elle crut reconnaître un cri venu de très loin. La plainte s'approcha et s'amplifia jusqu'à ce qu'un hurlement déchire le silence de la toundra. Les loups étaient revenus. Ils étaient là, tapis dans l'ombre, encore fidèles.

Maïna dut rassembler tout son courage pour avancer jusqu'à Natak. Elle prit sa main et l'obligea à la suivre. Il mit ses bottes sans dire un mot. Elle le guida vers leur tente, s'étendit sous les fourrures puis se tourna vers lui encore debout, et soutint longuement son regard d'eau noire.

Natak avait l'impression de poursuivre une des images flottantes de ses rêves anciens. Mikiju avait disparu. D'un coup, elle avait été chassée de son corps, de son cœur, de ses pensées. Maïna occupait de nouveau tout l'espace. Il avait presque réussi à oublier combien il l'aimait, mais voilà qu'elle lui revenait, lumineuse et obsédante dans cette étrange nuit de fin d'hiver. Natak s'allongea à côté de Maïna et de ses bras qui avaient assommé, éventré et charrié tant de bêtes, il enlaça Maïna avec une tendresse infinie et frotta amoureusement son nez sur ses joues.

En la regardant, il comprit que quelque chose avait changé. Maïna ne plongeait plus ses yeux dans les siens comme pour atteindre, loin derrière, un monde qui lui échappait. Elle plantait son regard dans celui de Natak comme si c'était lui qu'elle cherchait, lui qu'elle avait espéré.

CHAPITRE 9

Le soleil était de feu. L'hiver n'était pas fini, mais le ciel annonçait déjà le printemps. Sans les lunettes d'ivoire que lui avait sculptées Natak, Maïna n'aurait pas pu s'aventurer sur la banquise, car la neige brillait avec trop d'éclat. Ceux qui négligeaient de se protéger risquaient de ne plus jamais voir la lune mourir et les oiseaux voler.

Chez les siens, Maïna avait déjà porté un bandeau de cuir troué de minces fentes pour les yeux. C'était la seule protection connue des Presque Loups pour ces jours où la neige est trop lumineuse. Natak avait utilisé une défense de morse pour fabriquer des lunettes dont le contour était gravé de fins entrelacs. Maïna n'avait jamais rien vu d'aussi beau qui ne fût pas l'œuvre du Manitou. Les splendeurs du ciel, du vent, de la rivière ou des arbres l'avaient souvent émue, mais elle n'avait jamais été troublée par un objet. Natak semblait avoir transformé l'ivoire, cette matière lisse, pâle et inerte. L'objet ne perdait rien de son utilité, mais il semblait paré de pouvoirs nouveaux. Maïna songea que pour réussir à graver ces minuscules dessins dans le dur, Natak devait faire preuve d'une volonté étrange et d'une patience inouïe. Lui qui passait ses jours à chasser ou à fabriquer des armes, il avait sans doute voulu prouver qu'il n'était pas né simplement pour survivre, que d'autres désirs couvaient dans son ventre.

Depuis la tempête, Natak et Maïna avaient souvent
chassé le phoque au trou, attendant, immobiles, des
heures durant, malgré le froid atroce et le vent glacé,
que les phoques viennent respirer dans l'un des minuscules orifices obstrués par le frimas. Natak était expert.
Dès qu'il avait repéré un trou, il y déposait un minuscule flotteur, quelques poils d'ours attachés à un éclat
d'os, et au moindre frémissement annonçant l'arrivée
du phoque, il était prêt à brandir le harpon. Natak perdait
rarement ses proies. Deux fois seulement, Maïna avait
réussi à surprendre l'infime mouvement et à plonger le
harpon juste à temps. Son premier phoque avait réussi
à se sauver malgré la blessure infligée, mais elle avait
assommé le deuxième et, avec l'aide de Natak, elle l'avait
sorti de l'eau.

Cette fois, ils marchèrent longtemps sans que Natak
cherche des trous. Ils avancèrent sur la neige amollie
jusqu'à ce que leur parvienne la rumeur des phoques
grognant joyeusement sous le soleil. Ils étaient nombreux
à se prélasser sur la banquise, jamais trop loin du trou
qu'ils avaient agrandi en grattant la neige pour se hisser
hors de l'eau. D'un geste, Natak signala à Maïna de
l'attendre, car elle n'avait jamais encore chassé le phoque
à l'affût. Il s'allongea sur la neige mouillée et rampa
lentement en surveillant le phoque le plus près de lui. La
bête semblait dormir, mais elle levait régulièrement la
tête pour s'assurer que rien ne la menaçait.

Les phoques voient mal, avait expliqué Natak, mais
ils entendent tout. Aussi s'était-il muni d'un grattoir
d'ivoire et, pour apaiser le phoque, pour lui faire croire
que la masse mouvante, recouverte de la même fourrure
que lui, n'était qu'un autre phoque griffant la neige, Natak

grattait la surface dure tout en avançant. Maïna assistait, stupéfaite, à cette chasse rusée. Natak était maintenant si près du phoque qu'il pourrait bientôt le toucher. Maïna remarqua alors qu'il avait laissé son harpon derrière lui. Le phoque souleva la tête, inquiet. Maïna retint son souffle. Natak avait tenu compte du vent. L'animal ne huma pas l'odeur de l'homme, sa tête retomba paresseusement sur la neige fondante. Natak bondit sur l'animal et lui trancha la gorge d'un coup de couteau.

C'était un phoque annelé d'assez petite taille. Son beau pelage gris à reflets bleutés était paré de larges anneaux pâles. Tout à sa joie de cette prise obtenue sans trop d'efforts, Natak se choisit une autre bête et, au terme d'une progression prudente, il réussit encore à égorger l'animal. Il céda ensuite son couteau à Maïna, qui n'avait pour toute arme que le harpon de Tadlo. Sous le regard amusé de Natak, elle s'approcha lentement d'un phoque, imitant assez bien l'animal, mais à la dernière seconde, comme elle allait l'abattre, le phoque l'aperçut et se glissa prestement dans son trou.

Natak riait à gorge déployée, les mains pressées sur son ventre, comme si, de sa vie, il n'avait rien vu d'aussi drôle. Après un premier mouvement de colère, Maïna se laissa gagner par la bonne humeur de son compagnon et elle rit à son tour. Natak ressemblait à un petit garçon espiègle et moqueur et Maïna se demanda comment son compagnon avait pu lui inspirer tant de frayeur aux premiers jours de leur rencontre.

Un autre phoque se laissa prendre par Natak, mais, après, les bêtes semblèrent deviner la menace et plongèrent dans leur trou pour retourner à la mer. Natak chercha alors des niches sous la banquise. La saison où les phoques avortent était passée. Les femelles nourrissaient maintenant leurs petits dans des abris creusés sous la neige près des trous de respiration. Natak utilisa son harpon pour sonder la surface. De temps à autre, il frappait dans ce qu'il espérait être une niche et qui, aux yeux de Maïna, n'était qu'un lieu parmi tant d'autres sur la banquise. Soudain, à la surprise même de Natak, son harpon s'enfonça dans la chair d'une femelle invisible sous la neige. Il entendit les plaintes des petits et replongea hardiment son harpon à coups répétés.

Ils grattèrent ensemble la neige et découvrirent une grosse femelle maculée de sang. Deux boules de fourrure blanche pendaient encore à son ventre. La mère et ses bébés étaient morts. Maïna pourrait coudre des empiècements blancs à sa prochaine tunique. Natak se pencha et détacha les petits de la femelle inerte puis il pressa ses lèvres sur les mamelles encore chaudes et but le bon lait gras, bien épais. Maïna l'imita, heureuse de ce repas imprévu, car ils n'avaient rien mangé depuis les restes de phoque cru avalés rapidement avant de partir. Pendant qu'elle buvait, Natak s'éloigna en cherchant d'autres niches.

C'est en relevant la tête que Maïna aperçut l'ours. Il avançait d'un pas nonchalant, son épaisse fourrure d'un blanc doré ballottant autour de lui comme un vêtement trop grand. C'était une bête énorme mais si pataude qu'elle paraissait inoffensive. L'ours atteignit un des phoques que Natak avait abattus. Il promena son gros museau sur l'animal, puis l'éventra d'un simple coup de patte. Maïna émergea de sa torpeur et cria, mais Natak était déjà loin. L'ours secoua la tête puis s'arrêta, alerté par le bruit. Ses narines humèrent alors le sang frais qui coulait de la femelle et des petits aux pieds de Maïna et il fonça vers elle.

Maïna eut tout juste le temps de récupérer son harpon, l'animal était déjà devant elle, grognant sourdement en la fixant de ses yeux noirs. Maïna retint son souffle, hypnotisée. Soudain, l'immense bête se dressa sur ses pattes de derrière. Une montagne rugissait devant Maïna. L'ours s'élevait, haut et large, monstrueux. Ses pattes de devant colossales, suspendues dans le vide, griffaient d'invisibles proies et sa gueule découvrait des crocs atroces. Maïna fut prise d'un effroyable vertige et le harpon faillit glisser de sa main.

Des corbeaux croassèrent au-dessus de sa tête. Elle émergea alors de son envoûtement et lança le harpon. L'ours poussa un cri presque humain et retomba sur ses pattes, l'arme enfoncée dans sa gorge. Mais presque aussitôt, il poussa un grognement furieux et se remit en position d'attaque. Cette fois, Maïna n'avait rien pour l'affronter.

Elle sentit alors une poussée brutale. Son corps fut projeté sur la banquise. Natak s'était rué sur elle, il avait semblé surgir de nulle part, animé d'une rage démente. L'ours lui était apparu non pas comme un agresseur mais comme un rival prêt à lui ravir Maïna. Natak n'eut même pas peur en enfonçant son harpon dans la fourrure blanche. Il sentit l'haleine âcre de l'ours puis la brûlure dans sa propre chair lorsque l'animal retomba sur ses pattes, lacérant son dos au passage, avant de s'éloigner en chancelant pour aller mourir un peu plus loin.

Natak resta debout devant l'immensité vide. Il ne ressentait pas vraiment la douleur. Il revoyait Maïna, si petite devant l'ours géant. Et pourtant, elle avait brandi

l'arme et frappé. L'étrangère avait affronté le regard de
l'ours, celui qui partage les vrais hommes des faux. Des
amis de Natak, chasseurs habiles et courageux, étaient
restés pétrifiés devant la bête rugissante, qui les avait
éventrés d'un coup de patte. Maïna avait réussi à attaquer, elle avait osé.

Natak demeura silencieux pendant qu'ils débarras-
saient l'ours de sa fourrure. Maïna tremblait comme
une feuille d'automne. Il n'y avait rien à dire, que la
peur à dompter. Même mort, même écorché, l'ours
semblait redoutable. Il gisait maintenant dans la neige,
comme nu, sa fourrure étendue tel un compagnon à
côté de lui. Sa gueule était restée ouverte, ses pattes
menaçantes, on l'aurait dit simplement assoupi. Il y
avait quelque chose d'humain, de grave et de noble
surtout, dans cette masse imposante de chair et de
muscles : l'ours avait rendu l'âme en chassant, comme
en rêvent tous les hommes.

— L'ours est comme l'homme, dit simplement Natak
dans sa langue chantante alors qu'ils retournaient au
campement.

Il venait de confirmer ce que Maïna avait déjà
deviné à une multitude de détails, de mots, de regards
et de gestes : l'ours était au peuple des glaces ce que le
loup était à sa tribu. Natak avait offert de l'eau à la bête,
puis il avait lancé son foie à la mer et chanté pour que
son âme erre librement. Avant de le dépecer, il avait
arraché des lambeaux de viande à chacune des pattes
et les avait offerts à la maîtresse des mers.

Sur le chemin du retour, Natak découvrit qu'il était
hanté par l'animal et il sut que ses rêves seraient per-
turbés. Il gardait en lui l'image du monstre devant

Maïna, et cette scène le paralysait d'horreur. Lui qui s'était vanté de ne jamais trembler en songeant à l'ours blanc, il venait de perdre sa formidable assurance. L'étrangère qu'il avait prise pour femme continuait à bouleverser son existence et à le pousser aux limites de ce qu'il savait faire, comprendre et endurer.

À leur arrivée au campement, la nuit était tombée, tout semblait silencieux. Pourtant, en approchant de leur tente, Natak et Maïna perçurent des plaintes et des gémissements. Aalasi gisait nue sur une fourrure de phoque, son énorme ventre secoué par des contractions sauvages. L'eau ruisselait à ses tempes et ses yeux cherchaient désespérément quelque chose ou quelqu'un à quoi s'accrocher. Kuitsé et Tadlo avaient déserté l'abri dès le début du travail pour se réfugier dans une autre tente, car ce n'était pas une affaire d'hommes. Aputik voulut chasser son fils mais en apercevant, à la faible lumière du feu, la tunique déchirée dans son dos et les chairs meurtries, elle hésita. Natak décida lui-même de partir et Maïna voulut le suivre pour l'aider à soigner cette blessure, mais Aputik la réclama à ses côtés. Elle savait que Natak guérirait, mais le sort d'Aalasi était plus incertain.

Les trois femmes se retrouvèrent seules. Aputik massa le ventre d'Aalasi avec des gestes sûrs. Entre deux contractions, Aalasi plongeait dans un monde comateux. Maïna n'avait jamais assisté à une naissance, elle était surprise par la violence des douleurs d'accouchement. Aputik lui expliqua que ce qu'endurait Aalasi n'était pas habituel. Elle souffrait depuis le début du jour. Son tunnel s'était dilaté mais pas assez et il semblait ne pas vouloir s'ouvrir davantage.

Maïna comprit qu'Aputik lui témoignait une réelle confiance en la réclamant à ses côtés pour cette tâche difficile. Elle fut touchée par cette preuve d'acceptation. Aux yeux d'Aputik, elle appartenait donc véritablement à la tente de Tadlo, elle était bel et bien la compagne de Natak. La gorge serrée, Maïna se demanda jusqu'où l'entraînerait son aventure au pays sans arbres.

Aalasi se tordit de douleur, emportée par une contraction d'une intensité stupéfiante. La peau de son ventre était si tendue que Maïna craignit qu'elle n'éclate. La sœur de Natak semblait en proie à des souffrances atroces. Ses yeux agrandis roulaient en tous sens. Maïna craignit de ne pas savoir deviner les gestes qu'on attendait d'elle. En songeant qu'Aalasi pouvait sans doute mourir, elle découvrait combien elle était attachée à cette jeune femme. L'idée de la perdre lui parut intolérable. Et pourtant, au printemps ne devrait-elle pas la quitter quoi qu'il advienne?

— Si c'est une fille, je la donne aux chiens, cracha soudain Aputik en défiant Maïna du regard.

Et elle ajouta :

— Les filles valent moins que la crotte des chiens.

Aputik voulait la provoquer, Maïna en était sûre. Sous ses airs bourrus, la mère de Natak n'était pas mauvaise, elle avait simplement besoin d'exprimer sa rage. Il ne manquait pas de nourriture, il n'y aurait donc pas de raison d'éliminer un bébé fille. Les Presque Loups n'abandonnaient les fillettes qu'en période de famine. Mais à la grande surprise de Maïna, Aputik défendit vivement son projet de ne pas garder vivante une autre fille.

— Les filles mangent mais ne rapportent pas de bêtes, dit-elle.

Maïna protesta, mais Aputik refusa d'envisager la possibilité qu'une fille puisse chasser. Kuitsé avait besoin d'un fils à ses côtés, poursuivit-elle, et pendant toutes les années où Aalasi devrait allaiter l'enfant fille, elle serait empêchée de faire pousser un garçon dans son ventre, car les femmes ne gonflaient presque jamais tant qu'un enfant tétait leur sein.

— Si c'est un garçon, je le sauverai, promit Aputik. Si c'est une fille, je lui enfoncerai un bout de fourrure dans la bouche pour qu'elle cesse de respirer.

Elle avait, disait-elle, mis au monde de nombreux enfants. Elle savait comment tirer sur la tête ou même sur les pattes lorsque la petite chose restait bloquée dans le tunnel entre les cuisses d'une femme en travail. Elle avait aussi appris à détortiller le cordon autour du cou d'un bébé presque bleu. Mais, surtout, elle était parmi les meilleures pour simplement convaincre la petite chose de venir respirer une première bouffée d'air glacé. Aputik connaissait tous les chants sacrés.

Les gémissements étouffés et les plaintes aiguës d'Aalasi ponctuaient les paroles d'Aputik. Celle-ci semblait insensible aux douleurs de sa fille, parfois même elle laissait échapper un rire entendu comme pour dire qu'elle avait vu bien d'autres femmes se tordre de douleur devant elle. Mais Maïna savait qu'Aputik tentait de s'étourdir avec ses propres paroles et qu'elle craignait pour sa fille.

« Qui vaut plus qu'une crotte de chien ? » eut envie de demander Maïna.

Aputik allait de plus en plus souvent fourrer sa tête entre les jambes d'Aalasi pour tâter de ses doigts la peau distendue autour du tunnel. Aalasi s'évanouit une première fois pendant que sa mère massait savamment son ventre trop dur en murmurant un chant monotone.

— Mauvais signe, tonna Aputik, pleine de colère. Si la chose vit, son existence sera aussi pénible et dangereuse que cet accouchement.

Maïna songea soudain qu'elle n'avait jusque-là servi qu'à absorber le flot de paroles d'Aputik. Elle se demanda ce qu'aurait fait Tekahera. Dans cette tente, il n'y avait ni herbe, ni feuille, ni branche, mais les enseignements de Tekahera n'étaient pas que cataplasmes, baumes et tisanes. Tekahera disait que le mal envahit aussi le cœur et qu'il ronge l'âme peu à peu. Les meilleures tisanes ne peuvent rien parfois. Il faut des gestes, des paroles. Et, surtout, l'assistance des esprits.

Maïna s'approcha doucement. Elle trempa un duvet d'oiseau dans de l'eau tiède et, tout doucement, elle rafraîchit les tempes d'Aalasi. Puis, elle humecta ses lèvres en les caressant du bout de ses doigts mouillés. Aalasi grelottait maintenant entre les contractions. Maïna la couvrit d'une bonne fourrure de caribou souple et chaude. Ces gestes semblèrent apaiser Aalasi, les contractions cessèrent, mais pendant un très bref moment seulement, avant de reprendre avec une violence inouïe. Heureusement, le tunnel s'élargit davantage cette fois, et bientôt une fourrure sombre apparut dans la cavité. Maïna étouffa un cri de joie et loua les esprits. Mais les contractions reprirent à une allure folle et avec une intensité fulgurante, sans que le tunnel s'ouvre davantage. Aalasi hurlait de douleur. Maïna avait l'impression de tenir un phoque, son bout de museau déjà hors de l'eau, sans pouvoir le hisser sur la glace.

Aalasi s'évanouit de nouveau. Elle avait atteint un état d'épuisement extrême. Lorsqu'elle rouvrit enfin les yeux, Maïna vit les larmes rouler sur ses joues. Aputik sembla perdre courage. Elle s'assit dans un coin, abattue, et chantonna sans grande conviction des airs tristes et graves. Maïna imagina le bébé pourrissant dans le ventre d'Aalasi. Elle aussi se sentait tellement impuissante. Il fallait pourtant agir avant qu'Aalasi glisse entre leurs mains. Maïna chercha du regard un objet, une chose. La tente contenait si peu de trésors. Le couteau d'Aputik accrocha le regard de Maïna. L'outil avait souvent tranché des chairs. De phoque, de morse, de caribou. Maïna le prit dans ses mains et caressa doucement la pointe de pierre acérée.

Aputik se tourna vers Maïna. Elle semblait accepter que l'étrangère s'empare de son arme. Maïna déposa quand même le couteau, indécise, et à ce moment même Aalasi poussa un cri hallucinant. Maïna sentit son cœur s'affoler. Elle prit le couteau et s'agenouilla aux pieds d'Aalasi. Les cheveux sombres et humides du bébé bloquaient toujours le tunnel. Tout autour la peau était très distendue. Maïna pressa fermement la pointe du couteau contre le bord de l'orifice, effleurant au passage la tête de l'enfant.

Le sang jaillit en même temps que le cri d'Aalasi. Maïna ne voyait plus que du rouge. Aalasi eut une nouvelle contraction foudroyante. Une masse poisseuse émergea entre ses cuisses. Maïna déposa le couteau qui avait servi à élargir l'ouverture et elle tendit les mains vers la tête. Aputik la bouscula et prit la relève. Quelques secondes plus tard, un bébé inerte sortit du ventre d'Aalasi. Aputik se jeta sur le petit paquet barbouillé de sang et, sans même chercher le sexe de la minuscule chose, elle lui lécha le visage, aspira les muqueuses du nez et de la bouche et les cracha. Puis, elle massa rapidement le petit animal et le secoua jusqu'à ce qu'il pousse un hurlement extraodinaire. Un aboiement merveilleux. Maïna eut l'impression de renaître.

— C'est un garçon, clama finalement Aputik.

Elle massa le ventre de sa fille jusqu'à ce que le placenta soit expulsé. La masse spongieuse échoua sur la fourrure de phoque.

— Tu le donneras aux chiens, ordonna Aputik, qui avait retrouvé toute son assurance.

Elle noua une lanière de cuir autour du cordon ombilical près du ventre de l'enfant et mordit d'un coup sec, rompant le lien qui avait uni l'enfant à sa mère.

Maïna se faufila hors de la tente et, à peine debout dans la nuit, elle cria de toutes ses forces :

— C'est un garçon ! Il est vivant !

Puis elle courut, ses longs cheveux battant l'air, les pieds glacés car elle avait oublié d'enfiler la double botte de phoque. Elle courut jusqu'à la côte et revint, le visage mouillé, les mains bleues, des algues plein les bras. Elle en aurait besoin pour soigner les chairs entaillées d'Aalasi et les griffures dans le dos de Natak.

Dans la tente, Aalasi tenait déjà le petit dans ses bras et la drôle de bête cherchait furieusement à s'emparer de son sein. Aputik rit et guida le bec vers la mamelle.

Manutabi luttait contre d'invisibles ennemis, tordant la peau de caribou qui lui servait de couverture, comme pour l'étrangler. Il lâcha finalement la fourrure, la repoussa, puis la saisit à deux mains en tirant de toutes ses forces pour la déchirer. Il s'arrêta soudain, haletant, la gorge sèche, le visage baigné de sueurs, et resta longuement immobile. Puis, tout doucement, il ramassa la peau dans ses bras et l'étreignit tendrement comme s'il s'agissait d'une chose rare et fragile.

— Manishkuesh ! souffla-t-il douloureusement.

Il s'éveilla devant le regard de Mastii, triste et silencieuse. Manutabi eut pitié de cette petite femme inquiète étendue à ses côtés, qui semblait prête à tout pour l'aider à vaincre ses fantômes. Malgré les gestes tendres de Mastii, malgré son corps chaud et docile, ses nuits restaient peuplées de cauchemars, toujours les mêmes. Manutabi soupira. Comment pourrait-il un jour chasser ces horribles souvenirs ?

Depuis cette nuit où il avait plongé son arme dans le corps de Saito, les Presque Loups avaient mis bien peu d'efforts à trouver un coupable, sans doute parce que Saito leur avait toujours inspiré des sentiments confus. Manutabi savait que plusieurs le soupçonnaient de s'être vengé. Il n'y avait pas eu d'allusions. Que des regards, des silences, plus lourds de questions que de reproches.

Mais sans chef, sans chaman, les Presque Loups étaient soudain plus fragiles, plus démunis. Aucun homme ne semblait prêt à prendre la relève et un certain désœuvrement avait gagné la tribu. Les tâches étaient accomplies plus lentement, les hommes traquaient les bêtes sans ferveur. Manutabi était sensible au désarroi des Presque Loups. C'était comme un poids nouveau, ajouté à un fardeau déjà énorme de regrets, de honte, de culpabilité. Souvent, Manutabi rêvait aux grandes îles où il était né. Là-bas, le sang n'avait jamais jailli dans la fureur. Il n'y avait eu, depuis toujours, que des hommes affamés chassant bravement les bêtes. N'eût été de Maïna qui brillait comme un soleil de printemps au cœur des dernières saisons, Manutabi aurait souhaité tout recommencer, effacer les pas qui l'avaient mené de son ancien territoire jusqu'à celui des Presque Loups.

Mastii s'approcha et lui mordilla gentiment le cou. Manutabi songea à la prendre, mais un désir encore plus impérieux s'imposa soudain. Il eut brusquement envie d'exorciser les images qui le hantaient et il décida à cet instant de livrer son lourd secret.

— Je veux que tu saches, annonça-t-il soudainement à Mastii.

Il venait de décider de lui révéler la vraie histoire des hommes des îles, celle qu'il aurait tant voulu que Maïna connaisse mais n'avait pas osé lui dire de crainte qu'elle ne les méprise, lui et les siens, comme les Presque Loups méprisaient le peuple des glaces.

— Cet hiver-là, on aurait dit que le vent lui-même avait chassé tous les animaux, commença-t-il. Qu'ils étaient tombés dans la grande eau et qu'ils avaient tous sombré au fond.

Le peuple des îles n'avait jamais connu pareille famine. Tout le gibier important avait disparu. Beaucoup d'hommes et encore plus de femmes et d'enfants étaient morts affamés. La faim abrutissait les autres, elle voilait leur regard et leur tordait les entrailles. S'ils n'avaient pas enfin décidé de quitter ces îles où ils étaient tous nés, les derniers survivants auraient sans doute péri comme les caribous. Aussi se mirent-ils en route, laissant derrière eux les paysages qu'ils avaient pourtant si bien apprivoisés. Manutabi dit que son père savait dessiner sur la plage de sable chaque petite baie, chaque lac, chaque rivière de l'île qu'ils avaient toujours habitée.

Ils franchirent à pied la grande eau glacée et longèrent la côte à la recherche d'une rivière qui leur ferait une bonne route d'eau au printemps. En attendant la débâcle, ils vécurent presque uniquement de lièvres et de lagopèdes. Lorsque la glace craqua enfin, ils étaient maigres et épuisés.

Leur vie avait changé. Les hommes se battaient souvent entre eux, malgré leur évidente faiblesse. On eût dit qu'en quittant leurs îles ils avaient perdu le meilleur d'eux-mêmes. Un matin, l'un d'eux sortit un cadavre de sa tente. Il avait tranché la gorge de son compagnon, qui était leur chef à tous. Le meurtrier s'appelait Kuakush. Il réclama immédiatement le statut de chef. Les esprits lui avaient commandé de tuer pour le bien de tous, disait-il, et ils l'avaient désigné, lui, Kuakush, pour être celui qui décide.

Au printemps, dès qu'apparut l'eau libre de sa rivière, la tribu des îles se gava de longs poissons brillants. Ils n'avaient pas de canots, mais ils en trouvèrent dans des caches le long du cours d'eau et s'en emparèrent. Kua-kush voulait qu'ils suivent l'étoile du Grand Caribou, celle qui mène vers le froid, car c'est là, disait-il, que se cachent les meilleurs troupeaux de caribous. Le long des premiers portages, ils croisèrent quelques caribous, mais ces bêtes étaient maigres et leur pelage criblé de trous creusés par d'innombrables larves ; aussi pour-suivirent-ils leur route. Les insectes apparurent avec la chaleur. Ils envahirent la forêt en nuages si denses que le peuple des îles craignit une malédiction des esprits.

En route vers le nord, ils croisèrent quelques tribus et, de l'une d'elles, ils apprirent qu'il existait sur la côte, plus loin encore vers le froid, une petite baie aux flancs escarpés où des hommes étranges, au visage plat et rond, arrachaient au sol des pierres extraordinaires. Ils les taillaient pour fabriquer des armes magiques qui ne rataient presque jamais leur cible ; aussi souffraient-ils moins que d'autres de la faim et du froid. Kuakush décida que les esprits les avaient guidés vers ce territoire prometteur. Ils devaient s'y rendre.

Un peu avant la saison des petits fruits, ils fran-chirent la ligne de partage des eaux, là où de nouvelles rivières prennent naissance et courent vers d'autres grandes étendues. Il y eut d'interminables portages, les hommes croulaient sous le poids des canots et les femmes s'épuisaient à transporter armes, enfants et peaux. Kuakush cherchait la rivière qui coulait jusqu'à la baie des pierres.

Ils descendirent longtemps le cours d'eau choisi par leur chef et il faisait déjà froid lorsqu'ils atteignirent un mur de montagnes aux sommets enneigés. Le peuple des îles n'avait jamais vu de flancs aussi escarpés et hauts.

C'était une barrière infranchissable. Un vent de révolte souffla parmi les hommes et les femmes, mais il était trop tard. S'ils avaient su s'opposer à Kuakush plus tôt, tout aurait été différent, mais renier leur chef, à cette étape, aurait été admettre que tous ces mois de misère avaient été inutiles. Kuakush annonça qu'il fallait contourner ces montagnes, ce qui représentait des portages exténuants entre les rivières, mais ils le suivirent malgré tout.

Et Kuakush avait raison. Au bout de leur route, ils aperçurent une baie ensoleillée et y découvrirent une pierre blanche, presque transparente et parcourue d'ombres qui, selon Kuakush, recelaient des propriétés secrètes.

Des hommes différents, parlant une langue étrange, campaient là. Ils étaient peu nombreux et leur installation semblait temporaire. Ils travaillaient cette pierre et tiraient de la mer des phoques énormes et d'autres bêtes plus gigantesques encore qu'ils mangeaient crus. L'arrivée de la tribu des îles ne sembla pas les inquiéter et lorsque les nouveaux venus se mirent eux aussi à extraire la pierre du sol, les hommes vêtus de phoque ne s'alarmèrent pas. Pourtant, Kuakush affirma qu'ils étaient dangereux, que les esprits leur conseillaient de s'en méfier.

La mer gela peu après l'arrivée du peuple des îles. Les vents glaciaux mordaient la chair des arrivants, moins bien nantis que les autres pour lutter contre le froid. Il n'y avait pas l'ombre d'un caribou et les hommes n'avaient pas les armes nécessaires pour arracher des phoques à la mer. Plusieurs suggérèrent qu'ils se joignent à ceux qu'ils appelaient la tribu du phoque. Ils semblaient pacifiques et possédaient le savoir et les outils pour survivre dans ce nouveau territoire.

Kuakush fit ériger une tente tremblante sur la banquise et, au terme d'un long conciliabule avec les esprits au cours duquel ses cris dramatiques et les mouvements saccadés de la tente impressionnèrent beaucoup, il annonça qu'ils avaient pour mission de se battre. Cela n'avait sans doute aucun sens, mais le peuple des îles avait beaucoup souffert et une rage sourde mêlée de peur grugeait les hommes. Ils acceptèrent donc cette curieuse proposition.

Pour refaire leurs forces avant l'attaque, ils pillèrent, comme des charognards, les carcasses de phoque échouées sur la plage et ils épièrent attentivement l'autre peuple afin d'apprendre ses techniques de chasse, car il faudrait survivre après la bataille. En secret, ils préparèrent l'affrontement, utilisant les nouvelles pierres pour améliorer leurs armes.

Sans Kuakush, ils auraient peut-être tous péri au cours de cette horrible bataille, mais ce dernier eut l'idée d'une armure qui les protégerait des coups de ceux qu'il nommait les ennemis. Les hommes trempèrent leur tunique dans de l'huile de phoque puis ils se glissèrent sous la banquise et se roulèrent dans le sable. Le soleil et le froid fit raidir leur vêtement, le transformant en une cuirasse si dure qu'une pointe de couteau ne pouvait la traverser.

Ils attaquèrent de nuit. Armés de couteaux et de lances, ils écartèrent les peaux de phoque recouvrant les tentes de l'ennemi et plantèrent sauvagement leurs armes dans les corps endormis.

— Le sang semblait jaillir de partout, dit Manutabi.

Dans l'obscurité, ils ne voyaient pas le visage de leurs victimes. La pointe de leurs armes atteignait aussi bien le cœur que le ventre ou la tête. Les enfants poussaient des cris épouvantés. Après un premier moment de panique, les hommes du peuple des glaces saisirent leurs armes et contre-attaquèrent. C'étaient des guerriers redoutables. Ils étaient forts, vifs et impitoyables.

— J'avais une femme... Manishkuesh... dit Manutabi. Elle n'avait pas de cuirasse. Ils l'ont ouverte comme un animal, sans même l'assommer avant. Elle remuait encore lorsqu'ils ont dévoré ses entrailles.

Manutabi venait de tuer plusieurs hommes et sa lance allait crever la poitrine d'un enfant à ses pieds lorsqu'il aperçut Manishkuesh. Elle était là, tout près. Le sang coulait déjà de son ventre. Manutabi resta figé de stupeur. Son arme tomba de sa main et l'enfant à ses pieds s'enfuit. D'un coup, il se sentit vidé de toute la violence qui l'habitait. Il eut l'impression de s'éveiller brusquement au milieu d'un cauchemar, découvrant, écœuré, le massacre auquel il avait participé.

Il courut, abandonnant tout derrière. Une poignée d'hommes le rejoignit à la rivière au fond de la baie. Sans un mot, ils fuirent sur cette route gelée. Deux d'entre eux moururent pendant l'hiver. Les autres survécurent en endurant de terribles supplices. Plusieurs fois, Manutabi songea que s'ils n'avaient pas connu pire, s'ils n'avaient pas échappé à l'atroce tuerie, ils auraient peut-être succombé à la faim et au froid. Mais ces souffrances leur semblaient moins effroyables après le massacre de la baie des pierres. Les hommes des îles n'avaient jamais connu la guerre, ce qu'ils venaient de vivre les avait tranformés à jamais. Ils ne verraient plus jamais le ciel, ni la forêt, ni l'eau de la même manière.

Manutabi arrêta son récit. Il était heureux que l'abcès soit crevé, que la douce Mastii de la tribu des

Presque Loups connaisse la véritable histoire des hommes de la tribu des îles. Mais une pointe d'inquiétude le taraudait. La pierre blanche leur avait porté malheur. Aurait-il mieux valu enterrer cette histoire, oublier les morts, ne rien dire de cette baie secrète afin que nul, jamais, ne s'y aventure? L'histoire ne risquait-elle pas de se répéter? Qui sait si d'autres avant eux n'avaient pas déjà tué pour conquérir cette même pierre?

Mastii resta encore un long moment suspendue aux lèvres de Manutabi. Puis, elle soupira. Elle aurait tant souhaité que Manutabi ne s'arrête pas. Son histoire lui semblait aussi extraordinaire que les légendes de Tekahera peuplées de personnages effroyables et immenses. Mastii effleura de ses doigts le collier de coquillages à son cou. Elle s'imaginait déjà parée de quelques éclats de cette pierre précieuse.

Quelques jours après la naissance de son fils, Aalasi sortit de la tente avec Kuitsé et retira le bébé endormi dans son capuchon. Le faux printemps s'était évadé, il faisait de nouveau très froid. Maïna, qui s'était prise d'affection pour le petit être, eut brusquement peur qu'Aalasi et Kuitsé ne l'abandonnent au vent glacé. Pourtant, depuis sa naissance, il avait semblé leur procurer beaucoup de joie.

Kuitsé étendit une fourrure de renard sur la neige dure et y coucha l'enfant nu. Aalasi et lui retournèrent alors à la tente. Affolée, Maïna supplia Aalasi de remettre l'enfant dans son capuchon.

— Il doit prouver qu'il est homme, répondit doucement Aalasi, et Maïna soupçonna qu'il s'agissait d'un rituel auquel tous les bébés étaient soumis.

Le tout-petit hurlait, seul sur la banquise, et à mesure qu'augmentaient ses cris, le sourire sur les lèvres de Kuitsé et d'Aalasi s'élargissait. Ils étaient fiers de leur fils qui luttait bravement, pour la première fois, contre le froid. Maïna observa aussi Natak, Tadlo et Aputik. Ils semblaient tous transformés depuis l'arrivée du bébé. Natak le prenait souvent dans ses bras et il lui chantait des histoires où il était beaucoup question de phoques et de morses. La veille, Kuitsé et lui avaient chassé longtemps pour rapporter un renard argenté. Ils s'étaient donné tout ce mal simplement afin de pouvoir déposer un morceau d'intestin sur chacun des pieds de l'enfant. Aalasi avait expliqué que les tripes de renard permettraient à l'enfant de courir vite.

Aputik prétendait être insensible aux hurlements du petit dans la neige, mais Maïna remarqua que ses mains s'impatientaient. Elle, si habile à travailler duvets et fourrures, piquait de travers en grommelant. Elle confectionnait un bonnet en peau de corbeau pour l'enfant, ce qui, assurait-elle, ferait de lui un chasseur rusé, mais l'ouvrage n'avançait guère depuis que son petit-fils s'époumonait à tous vents.

Les hurlements cessèrent brusquement. Maïna réussit de justesse à étouffer un cri d'alarme. Ils accueillirent tous ce silence avec inquiétude, mais nul ne se leva. Attendraient-ils que le petit cesse de bouger avant de le secourir? s'alarma Maïna. Fallait-il le laisser souffrir jusqu'à ce que disparaisse le soleil? L'angoisse de chacun semblait palpable. Ils attendaient quelque chose, Maïna le sentait, mais quoi? Soudain, après un moment qui parut interminable, l'enfant se remit à crier et ils bondirent tous hors de la tente.

C'était le signe attendu. Il avait fallu que l'enfant souffre, qu'il s'épuise et qu'il prouve ensuite qu'il lui restait assez de force et de courage pour lutter encore.

Kuitsé fit valser son fils dans les airs. Puis l'enfant voyagea de l'un à l'autre dans un concert d'effusions joyeuses jusqu'à ce que Aputik, après une brève hésitation, le tende à Maïna, que ce geste émut profondément. En secret, elle supplia l'esprit des loups de veiller sur ce petit garçon.

Ce jour-là, ils donnèrent à l'enfant le nom du père d'Aputik, Ugliuk. Ainsi, l'âme d'Ugliuk cesserait d'errer dans la toundra et de gémir les soirs de tempête. Ugliuk pourrait enfin revivre dans ce corps de petit homme. Aputik en fut soulagée et, pendant que Tadlo faisait l'éloge d'Ugliuk, elle admit à Maïna que sans son aide elle n'aurait sans doute jamais entendu crier son petit-fils.

Pour célébrer les premières prouesses d'Ugliuk, ils mangèrent de la viande faisandée d'une puanteur incroyable. Maïna refusa la part qu'on lui tendit, ce qui déplut à tous, mais Natak remarqua que les joues de sa compagne étaient pâles et son regard fiévreux. Il le dit à Aputik, qui pardonna plus facilement à Maïna de ne pas participer pleinement à la fête.

Tout le reste du jour, la tente de Tadlo fut envahie par les visiteurs. Il s'était écoulé suffisamment de jours depuis la naissance, Aalasi n'était plus impure, les hommes des autres tentes pouvaient l'approcher sans que cela nuise à leurs chasses futures. Ils avaient entendu les cris du petit et venaient féliciter les parents. Pour manifester leur admiration et leur joie, les visiteurs frottaient leur nez sur les joues d'Aalasi et de Kuitsé.

Les hommes s'approprièrent l'avenir de l'enfant. Ils discutèrent longuement de tout ce qu'il faudrait enseigner au petit homme pour qu'il réussisse un jour à rapporter du phoque.

— Je lui fabriquerai un arc et des flèches à sa taille, promit Tadlo. Il pratiquera son tir en visant des ours sculptés dans la neige.

— Il apprendra à avancer sans bruit sur la banquise et à parler tout bas pour ne pas alerter les mauvais esprits, ajouta Natak.

— Au prochain phoque tué, nous lui donnerons du foie cru. Aalasi mâchera la viande avant d'en cracher un peu dans la bouche du petit, décida Kuitsé.

— À son premier hiver, il apprendra la faim. Au suivant, il marchera et à l'autre encore, nous lui donnerons une petite charge à porter, dit encore un autre.

Maïna entendit toutes ces promesses dans un brouillard de sons. Elle s'endormit dans un coin pendant que les hommes parlaient de plus en plus fort et que les femmes riaient doucement chaque fois que l'enfant gazouillait, remuait ou ouvrait un œil.

Cette nuit-là, le vent souffla fort sur les tentes de peau. Maïna grelotta, incapable de se réchauffer, même blottie contre Natak. Au matin, elle eut du mal à se lever. Depuis la naissance d'Ugliuk, elle était chargée d'allumer le feu avant que les hommes partent chasser. Natak eut envie d'elle lorsqu'il la sentit remuer sous les fourrures. Il voulut la mordiller un peu pour qu'elle sache son désir, mais Maïna tourna vers lui un regard vide et Natak n'eut pas envie de poursuivre.

Elle se leva, mais à peine eut-elle commencé à remuer les cendres de la veille qu'elle sentit son estomac se soulever. Elle se précipita hors de la tente et Natak l'entendit vomir. Une joie insensée monta en lui alors qu'il imaginait déjà une minuscule chose vivante dans le ventre de Maïna. Peu de temps après, il sut qu'il s'était réjoui pour rien. Aputik pétrissait le ventre de Maïna de ses mains expertes à déceler ces changements et elle ne sentait rien.

— Je t'avais averti. Cette femme ne pourrait même pas enfanter un pou, dit-elle.

Natak grogna, heurté par ces paroles. Il avait peur, terriblement peur qu'Aputik n'ait raison. Et si Maïna était incapable de lui faire un fils ? Natak rejeta cette crainte d'un grand geste de la main avant de s'approcher de Maïna. Le visage de celle-ci était brûlant, ses yeux noyés dans un brouillard d'eau. Natak oublia le petit être auquel il avait rêvé pour ne plus penser qu'à Maïna. Elle venait de se rendormir sous les fourrures, mais des lamentations troublaient son sommeil comme si elle souffrait d'un mal obscur. Elle se mit bientôt à délirer, dans cette langue que Natak n'avait pas entendue depuis longtemps. Il se souvint de leurs premières nuits, des mots tendres qu'elle semblait adresser à un autre. Il se rappela aussi la fragilité de Maïna et cette crainte effroyable qu'il avait eue de la voir mourir.

Il partit chasser quand même. Ce n'était pas le premier matin que Maïna ne l'accompagnait pas. Elle devait souvent rester pour coudre des peaux mais, cette fois, Natak sentit plus que d'habitude son absence et il chassa distraitement, sans grand succès. À son retour, Maïna n'allait pas mieux. Elle avait encore vomi et son corps refusait même l'eau. La fièvre avait diminué un peu pendant le jour, mais elle venait de reprendre avec plus de vigueur encore. Aputik se plaignit de ne pas avoir eu d'aide depuis le matin, visant ainsi Maïna. Natak vit sa mère s'approcher de celle qu'elle appelait encore souvent l'étrangère. Aputik chercha les battements de cœur en promenant ses gros doigts sous la tunique de Maïna, puis elle approcha l'eau de ses lèvres et décolla les mèches noires plaquées sur son front. Natak comprit qu'Aputik soignerait bien la femme qu'il aimait.

Il neigea un peu, puis le froid se fit encore plus mordant. Maïna semblait incapable de livrer bataille à ce dernier morceau d'hiver. Elle n'avait rien avalé depuis des jours et son corps était tour à tour couvert de sueurs puis glacé. Elle semblait étrangère aux activités dans la tente sauf parfois au retour de Natak. Un triste sourire illuminait alors faiblement son visage, ce qui signifiait qu'elle l'avait reconnu.

Parfois aussi, les petits chiens réussissaient à tirer Maïna de sa torpeur. Le jour où elle avait vomi pour la première fois, le frère de Kuitsé s'était présenté à leur tente avec deux chiots. Ils étaient nés presque en même temps qu'Ugliuk, seuls survivants d'une triste portée, les autres étant sans doute trop faibles, car la mère avait beaucoup faibli pendant la longue tempête. Les chiots risquaient de mourir à leur tour, car la chienne ne pouvait plus les nourrir, son maître ayant oublié de protéger ses mamelles avec un morceau de fourrure la veille. Les tétines avaient gelé, durci et crevassé, et le lait ne coulait plus. La tribu avait grand besoin de chiens pour la chasse au trou ; aussi Aalasi accepta-t-elle de laisser boire les chiots à son sein le temps qu'ils grossissent un peu.

Parfois, en émergeant de sa fièvre, Maïna contemplait ces deux boules de fourrure qui trottaient dans la tente. Celui dont le pelage était plus sombre et le regard presque doré venait parfois dormir dans son cou et Maïna l'accueillait avec une joie évidente. Natak le remarqua. Il songea alors que Maïna avait peut-être surtout mal à l'âme, un peu comme lui avant de la rencontrer. Il avait tant de fois déjà surpris le regard de sa compagne errant sur la banquise.

— C'est trop immense, lui avait-elle déjà confié.

Maïna semblait désemparée par l'absence de frontière. Son regard fuyait, incapable de s'accrocher à quoi que ce soit. Elle avançait souvent sur la neige dure sans entendre les bruits multiples qui trouent le silence du pays sans arbres. Natak aurait voulu lui expliquer ce territoire de pierres, de mousse et de glace, le lui faire aimer et comprendre. Il ressentait une véritable urgence de parler, car il craignait que le mal du pays ne la ronge, mais elle était trop enfoncée dans ses songes pour l'entendre. Il eut souvent envie de l'arracher à ses fourrures et de la charger sur son dos, de l'entraîner plus loin encore dans ce désert de glace pour lui faire contempler les paysages avec ses yeux à lui, Natak.

Il se serait agenouillé sur la banquise, à côté d'elle, et il aurait tracé un soleil dans la neige, comme son père l'avait fait pour lui. Il serait resté silencieux à ses côtés pendant qu'elle aurait exploré lentement pendant tout un jour, comme il l'avait fait enfant, l'univers secret contenu dans ce soleil de neige, ses cristaux aux couleurs extraordinaires, ses bruits, ses ombres, tout ce qui le peuplait. Elle devrait découvrir le jaune, le bleu, le vert, le gris, le noir aussi, dans la fausse blancheur de la neige et coller son oreille contre ce sol froid pour écouter le concert de craquements et de gémissements, de plaintes et de soupirs, ce chant magnifique et grave qui le chavirait tant. À l'entendre, on ne pouvait s'empêcher de croire que Sedna, la maîtresse des mers, gardait une foule de prisonniers dans sa longue chevelure emmêlée. C'étaient leurs voix enchevêtrées qui parvenaient jusqu'aux oreilles de ceux qui savaient écouter.

Mais Maïna venait peut-être d'un pays trop différent. Elle ne réussirait peut-être pas à voir, à entendre et à deviner tout ce que la banquise et la toundra recèlent. Qu'à cela ne tienne, pour l'aider à mieux vivre, il lui révélerait encore d'autres visages du pays de glace.

Les fjords, plus loin, leurs falaises étourdissantes et leurs cours d'eau tortueux. Ou, encore, ces vallées étroites où poussent des fleurs qui n'existent sans doute pas ailleurs. Et même, si tel était son vœu, il referait avec elle le voyage jusqu'aux redoutables montagnes qui barrent le chemin vers la baie des pierres.

Natak souffla doucement dans les cheveux de Maïna. Elle émit quelques bruits sans véritablement quitter ses songes et Natak se sentit terriblement impuissant. Pris d'une soudaine colère, il cria :

— GUÉRIS !

Aputik s'approcha avec un gobelet en peau de phoque. Elle avait fait fondre de la graisse pour que Maïna en boive.

— Sans graisse, nous mourrions tous, expliqua Aputik à son fils d'un ton sévère. Ta femme n'en prend jamais. N'as-tu pas remarqué ? Il faut beaucoup de graisse et beaucoup d'eau pour faire descendre la viande de phoque. Sinon, on s'empoisonne. Les mères le savent, elles guettent leurs enfants. Si tu veux que ta femme vive, fais descendre du gras dans son ventre.

Pendant toute cette nuit, Natak fit couler lentement l'huile entre les lèvres de Maïna, à si petites gouttes qu'elle s'en aperçut à peine. Au matin, elle avait tout avalé.

— Aputik a sûrement un peu raison, songea Natak.

Maïna n'avait pas l'habitude de leur nourriture. Lorsqu'il l'avait recueillie dans la neige, elle ne réussissait même pas à avaler le phoque, mais son estomac acceptait la viande de caribou, surtout lorsqu'elle était cuite.

Il partit après avoir allumé un feu pour les siens et marcha pendant deux jours, s'arrêtant seulement pour sommeiller quelques instants dans la neige. Le soleil brillait plus longtemps désormais, les nuits étaient moins obscures. Natak finit par trouver des traces de caribou. Il sut alors que les esprits l'accompagnaient, car en cette saison il aurait pu marcher des semaines sans croiser cette bête.

Au campement, tous furent surpris de le voir revenir en tirant un demi-caribou. Pourquoi chasser cet animal quand les phoques étaient nombreux? À l'automne seulement, ils tuaient le caribou parce que sa fourrure était supérieure à celle du phoque pour les protéger du froid la nuit.

Natak abandonna le caribou devant leur tente et il repartit tout de suite. Kuitsé l'accompagna cette fois. Ils ramassèrent tout ce qui pourrait nourrir un feu : mousse, branches, brindilles et excréments. Ce soir-là, Maïna eut du caribou grillé à se mettre sous la dent. L'odeur de viande l'éveilla et, pendant quelques secondes, elle eut l'impression d'être de nouveau dans la forêt des Presque Loups. Puis elle vit Natak, fourbu, gelé, ravagé par l'inquiétude. Les flammes de leur feu étaient bien plus chaudes et hautes que d'habitude. Il avait même fallu éloigner quelques fourrures de crainte qu'elles ne prennent feu. Un bout de bois à la main, Aputik faisait griller un morceau de viande pour la compagne de Natak.

Maïna connaissait assez le pays de Natak pour savoir ce qu'il lui en avait coûté pour ramener cette viande et allumer ce feu. Elle imagina les gestes, les efforts, la fatigue, le froid. Elle vit, comme dans un songe, Natak fouillant la toundra, tirant la bête, et brusquement, quelque chose en elle, comme un barrage, céda, libérant l'eau. Des larmes coulèrent lentement sur ses joues.

Elle se redressa péniblement. Aputik lui offrit la viande juteuse et chaude. Maïna sentit quand même son estomac se révolter, car elle n'avait rien avalé depuis trop longtemps. Elle mastiqua très lentement et fut vite gagnée par le sommeil, mais Aputik la força à rester assise pour boire de l'eau tiède et avaler de la graisse fondue. Maïna n'eut pas le courage de protester tant Aputik semblait décidée.

Le lendemain, à son réveil, Maïna avait faim. Elle mangea du caribou puis Aputik lui servit encore de l'eau, de la graisse et un petit morceau de phoque cru afin qu'elle s'habitue. Maïna réussit ensuite à se lever et à marcher un peu. Elle s'approcha d'Aalasi et vit qu'Ugliuk suçait un morceau de phoque, visiblement heureux.

Natak repoussa une peau pour entrer dans la tente. Kuitsé avait démoli le tunnel d'entrée car le soleil était chaud, la neige allait bientôt fondre. Natak s'approcha de Maïna. Elle posa sur lui son regard de mousse, de roc et de sable. Ses yeux paraissaient immenses dans son visage amaigri. Natak se pencha pour frotter son nez contre sa joue et lui mordiller tendrement le cou, mais Maïna le repoussa gentiment. Elle avait vu quelque chose bouger sous la tunique de Natak. Il rit de sa surprise et Aputik, Tadlo, Aalasi et Kuitsé se joignirent à lui. Maïna voulut fouiller sous le vêtement, mais Natak fit durer l'attente, trop heureux de la découvrir de nouveau si vivante, pleine de curiosité et de désirs. Finalement, Maïna se jeta sur lui et extirpa une boule de fourrure sombre au regard doré de sous sa tunique.

— C'est à toi, dit Natak.

Maïna sentit son cœur danser. Elle cueillit le petit chien, ébouriffa son pelage et l'admira longuement.

— Il y a du loup en lui, parvint-elle seulement à dire, la voix tremblante d'émotion.

Ils quittèrent la banquise pour installer un nouveau campement non loin de la côte, au bord d'un lac où poussaient des saules bas et des bouleaux nains dont les bourgeons perçaient timidement la neige. Iktu, le petit chien de Maïna, la suivait partout, éternellement affamé et joyeux. Elle pêcha pour lui, dans un bassin d'eau libre à la source du lac, et lui prêta sa peau de loup pour qu'il n'ait pas froid la nuit. Le soir, Iktu hurlait à la lune, comme les loups.

Un matin, très tôt, il trotta derrière elle jusqu'à la banquise et hésita un peu avant de la suivre dans une fissure pour aboutir sous la glace, dans une sorte de caverne humide et bleue. Maïna cueillit des coquillages et dégusta la chair moelleuse, puis elle s'assit sur une grosse pierre noire. Depuis qu'elle y était venue une première fois arracher des algues pour les pieds de Tadlo, elle avait envie de mieux connaître cet espace fascinant. En se glissant dans ce trou sous la banquise, elle avait l'impression de plonger dans le pays de Natak, ce royaume de glace, à la fois redoutable et attirant. Elle resta longtemps immobile à apprivoiser les bruits, les couleurs, les odeurs aussi, d'eau, de sable, de sel, de poissons, de coquillages et d'algues.

Iktu aboya soudain et Maïna vit surgir Natak. Il était venu trouver refuge dans ce ventre glacé si près de la mer, sans savoir que Maïna s'y trouvait déjà. Natak caressa

Iktu. Il s'assit près de Maïna et resta longtemps silencieux, bercé par le ronflement de la marée montante. Puis, sans préambule, il raconta la légende de Sedna, la maîtresse des eaux, celle qui dormait dans les profondeurs noires de la mer.

— Elle est née bien avant les phoques, les baleines, les narvals et les morses, commença Natak.

Le jour où elle était devenue femme, Sedna s'était éprise d'un cygne siffleur qui parcourait inlassablement le ciel. Devinant sa fille prête à le quitter pour un oiseau enchanteur, Anguta, le père de Sedna, partit avec elle dans un petit bateau de bois, espérant ainsi l'éloigner du cygne qui avait ravi son cœur. Mais des jours plus tard, l'oiseau magnifique les suivait toujours et Sedna gardait les yeux rivés au ciel. Alors Anguta se fâcha et il décida d'abandonner sa fille à la mer plutôt que de la laisser partir avec cette créature ailée qui, à l'arrivée de l'hiver, fuirait vers d'autres cieux.

Anguta jeta sa fille par-dessus bord, mais la pauvre s'accrocha désespérément à l'embarcation, alors Anguta lui trancha les doigts et elle sombra dans l'eau noire. Ses phalanges se transformèrent en animaux de mer, phoque, morse, béluga, narval, orque... Ils rejoignirent Sedna et se multiplièrent. Les hommes apprirent alors à chasser ces créatures.

— Sedna sait que les descendants de son père se nourrissent de la chair de ses seuls compagnons ; aussi parfois, pour se venger, elle retient les bêtes prisonnières dans ses longs cheveux qui sont très emmêlés car elle n'a plus de doigts pour défaire les nœuds. Nous sommes esclaves des humeurs de la maîtresse des mers. Il faut apprendre à apaiser ses colères.

Natak se tut. Maïna s'arracha lentement aux profondeurs marines où il l'avait entraînée. Puis, sans réfléchir, comme mue par un secret instinct, Maïna ouvrit la pochette à son cou et elle raconta à Natak l'origine de chacun de ses trésors : le bout de cordon, le morceau d'oreille de caribou, la plume de corbeau... Pour qu'il comprenne, elle dut décrire la forêt des Presque Loups et la grève de pierres noires au bord de la grande eau. Elle lui parla de Tekahera, de Mishtenapeu, de Mastii, et de Saito aussi. Lorsqu'il ne resta plus, dans sa main, que la pierre blanche qu'il lui avait déjà arrachée, cette pierre que Manutabi lui avait donnée avant qu'elle aille s'allonger dans la fosse où les loups l'avaient appelée, Maïna hésita. L'eau sombre était calme dans les yeux de Natak. Maïna plongea.

En cherchant parfois les mots, elle lui raconta l'arrivée de la tribu des îles et l'émotion qu'elle avait ressentie en découvrant Manutabi. Elle lui expliqua leur projet de fuite et la décision soudaine de Manutabi de ne pas l'accompagner tout de suite. Elle ne dit rien de l'appel des loups, car nul ne devait connaître son esprit tutélaire, mais elle décrivit sa marche devant les hommes avant l'initiation et ce moment magique où Manutabi avait fait rouler la pierre jusqu'à ses pieds.

Maïna remarqua l'extrême pâleur de Natak et elle fut prise d'inquiétude. Il lui demanda si elle avait déjà visité la baie où dorment ces pierres. Trois fois, il lui fit répéter sa réponse et au dernier « non » de Maïna, il sembla si heureux qu'elle éclata de rire et voulut comprendre ce qu'il savait de ce roc. Mais Natak refusa de répondre. Il étreignit Maïna, la serrant si fort dans ses bras qu'elle finit par protester et Iktu se porta à sa défense en aboyant furieusement.

Natak retira sa tunique de phoque et son pantalon d'ours. Les fourrures tombèrent sur les pierres glacées. Maïna sentit une sève chaude sourdre de son ventre et irriguer tous ses membres. Elle ne ressentait ni l'humidité, ni le froid et ne songeait plus à l'étrange pierre. Seul comptait désormais le corps dur et chaud de Natak. Elle retira ses vêtements et s'allongea sur le petit paquet de fourrures. Ils s'aimèrent sauvagement pendant que la mer continuait d'enfler.

Les jours suivants, le printemps s'installa définitivement et au silence de l'hiver succéda le vacarme des oiseaux de mer. La neige fondit, révélant le vrai visage de la toundra, ce chatoiement de gris, d'ocre, de sable et de bistre que Natak redécouvrait sans cesse dans le regard de Maïna. Les oies s'éparpillèrent, semant une multitude de taches blanches sur le sol désert, et les goélands inondèrent le ciel de leurs cris furieux. Les fulmars se remirent à planer au-dessus de la mer et les sternes à traverser le ciel, de la terre à l'eau, leur bec rouge sang tel un flambeau guidant leur vol.

Maïna assista, éblouie, à cet extraordinaire spectacle d'un pays aux transformations si brutales. Elle avait l'impression d'avoir migré, comme les oiseaux, dans un territoire nouveau. Des rages soudaines ébranlèrent la banquise qui, dans un fracas de tonnerre, se détacha de la côte. La glace franche se tordit et se lézarda, les phoques vinrent respirer dans ces larges fentes et Natak fulmina lorsqu'il les vit se chauffer au soleil sur de larges glaces flottantes trop éloignées pour qu'il les atteigne.

Le soleil incendia la toundra, ses pierres devinrent brûlantes. Les jours s'allongèrent et la lumière crue, chaude et aveuglante, fit fondre les dernières glaces des rivières, qui se remirent bientôt à courir vers la mer. Le peuple des glaces redevint, pour quelque temps seulement, le peuple de la toundra. Hommes, femmes et enfants se laissaient étourdir par les parfums capiteux de terre humide, de pourriture, d'eau salée et de plantes naissantes. Une sorte de folie, exubérante et joyeuse, s'emparait de l'univers.

Trop occupés à s'accoupler en caquetant bruyamment, les lagopèdes se laissèrent bêtement capturer à mains libres et les querelles des goélands autour des femelles emplirent le ciel de cris stridents. Les lièvres, dont la fourrure était encore blanche, s'immobilisaient à l'approche des humains, attendant le moment propice pour filer sur ce sol où ils n'arrivaient plus à se camoufler. Les femmes abandonnèrent les aiguilles d'os et les peaux pour chercher des œufs dans la toundra. Les enfants couraient devant en éclaireurs, criant de plaisir lorsqu'ils découvraient un nid d'eider aux coquilles striées de vert enfouies sous des plumes duveteuses. Tous gobaient de grandes quantités d'œufs crus.

Maïna et Aalasi suivirent Natak et Kuitsé dans une longue expédition jusqu'à d'extraordinaires falaises noires envahies par les mouettes, les fulmars et les guillemots. De loin, Maïna entendit le tapage infernal des oiseaux, mais elle fut quand même surprise de les découvrir si nombreux. Le roc disparaissait sous les plumes et la multitude d'ailes brouillait le ciel au-dessus de l'eau.

Aalasi dénicha un œuf de fulmar, creva la coquille du bout d'un doigt et fit goûter l'épaisse substance aigrelette au petit Ugliuk qui se trémoussait dans son capuchon. Maïna fouilla elle aussi les fentes, les saillies et les creux dans la falaise jusqu'à ce qu'elle ne puisse plus avaler un autre œuf. Elle chercha alors Natak mais découvrit plutôt Kuitsé, debout sur un éperon rocheux à une hauteur qu'elle jugea fort téméraire. Aalasi, que ces prouesses n'émouvaient guère, se moqua un peu de Maïna qui l'avait alertée et pointa un doigt vers le sommet de la falaise. Maïna distingua une forme mouvante, comme un gros oiseau accroché au roc. Elle poussa un cri. C'était Natak.

Il avançait en équilibre précaire, suspendu dans le vide sur une corniche très étroite. Maïna lui hurla de revenir pendant qu'Aalasi riait de bon cœur. Mais la frayeur de Maïna devint si grande qu'Aalasi eut pitié et, avec des mots que Maïna ne connaissait pas, elle réclama que son frère redescende. Natak obéit, mais à mi-chemin, alors qu'il était encore beaucoup plus haut que Kuitsé, il balança un bras et une jambe dans un geste de bravade destiné à faire trembler Maïna. Elle cria si fort cette fois que des nuées d'oiseaux foncèrent vers le ciel.

Lorsque Natak sauta enfin sur le sol moussu, elle le roua de coups, ce qui déclencha un concert de rires. Natak, Aalasi et Kuitsé se calmèrent finalement et Maïna ravala sa colère, mais des éclairs dorés fusaient encore dans ses yeux de sable. Natak comprit qu'elle avait eu peur, terriblement peur de le perdre, lui, Natak. Cela lui sembla si merveilleux qu'il se sentit submergé par un bonheur fou. Il prit son élan et courut comme un enfant en faisant de grandes pirouettes dans la toundra. Et parce que cela ne suffisait pas, parce qu'il avait encore du mal à contenir sa joie, Natak s'arrêta et poussa des cris tellement aigus, tellement puissants, que les falaises elles-mêmes en furent secouées.

En quelques semaines, le sol se couvrit de minuscules fleurs aux corolles frêles et duveteuses. Les couleurs éclataient, somptueuses sous le soleil vibrant. Saxifrages et rhododendrons, anémones, pavots et épilobes participaient au même court enchantement. Sachant combien ce paysage était éphémère, les habitants de la toundra s'agenouillaient parfois et enfouissaient leur visage dans un bouquet pour s'imprégner de cette beauté exubérante aux parfums excitants.

Pour Natak et d'autres jeunes chasseurs, l'apparition de délicates fleurs roses aux branches des saules annonçait la migration des morses vers le soleil levant. Les mastodontes nageraient parmi les glaces flottantes au large des baies peu profondes en cherchant les îles où, chaque année, ils s'arrêtaient pour se reposer. C'est là qu'il fallait les attendre. Les chasseurs inspectèrent leurs fragiles embarcations en peau de phoque conçues pour les transporter jusqu'aux îles des morses. Ils travaillèrent aussi plusieurs jours à améliorer leurs harpons, tressant de solides lanières, affûtant une pointe ou solidifiant la hampe. Maïna n'avait jamais vu de morse, car les Presque Loups ne fréquentaient pas la côte l'hiver, mais elle jugea à ces préparatifs que l'animal devait être énorme.

Un soir, pendant que Natak façonnait la pointe de son harpon, Aputik raconta, sans doute pour inciter les chasseurs à la prudence, comment son père, le très respecté Ugliuk, avait perdu son plus jeune fils, Akpa, d'une horrible manière alors qu'ils chassaient le phoque le long d'une crevasse. Le temps était mauvais, le vent rugissait si fort que les chasseurs hurlaient pour se faire entendre. Akpa vit soudain une grosse tête noire aux yeux injectés de sang émerger de l'eau. Pour d'obscures raisons, le morse s'était éloigné du troupeau établi beaucoup plus loin à cette saison. Akpa cria sans doute, mais le vent enterra sa voix. Il lança son harpon et toucha l'animal, mais connaissant mal les morses, il oublia de planter immédiatement la hampe dans la glace et d'y enrouler la lanière pour s'assurer une bonne prise. Le morse se débattit, entraînant Akpa dans la mer.

— Le morse est féroce dans l'eau. D'un coup de défenses, il peut mettre un homme en morceaux, avertit Aputik.

C'est ce que le morse avait fait de son frère, déchiquetant son corps dans une grande giclée de sang. La tuerie fut sans doute brève. Quelques instants avant d'apercevoir une masse sombre, de la taille d'un très petit phoque, remonter à la surface de l'eau, Ugliuk avait vu son fils penché par-dessus la crevasse. Ugliuk lança son harpon pour prendre ce qu'il croyait être un phoque et découvrit, horrifié, la pointe de son arme enfoncée dans le torse de son fils. Au même moment, le morse fit surface puis plongea de nouveau dans les profondeurs de la mer en emportant les restes de son enfant.

Étrangement, l'histoire d'Aputik ne fit qu'accroître l'impatience de Maïna. Elle avait confiance en Natak et elle avait très hâte de voir une de ces bêtes sortir de l'eau. Mais l'histoire d'Aputik avait fini de convaincre Natak : Maïna resterait au campement. Il s'embarquerait seul avec les hommes pour rencontrer le morse.

Maïna le surprit, prêt à partir sans elle, bien avant l'aube. Elle fit semblant de dormir, attendit qu'il ait quitté la tente, attacha Iktu pour qu'il ne la suive pas et partit à son tour. Des lueurs jaunes et roses tremblaient doucement à l'horizon, annonçant le jour. Maïna rejoignit les chasseurs au bord de la mer. Toutes les têtes se tournèrent vers elle et le regard de Natak s'enflamma.

La colère de Natak ne réussit pas à émouvoir Maïna, car d'immenses troupeaux de morses s'ébattaient déjà dans son imagination. Elle devinait les yeux injectés de sang, le regard défiant des bêtes, et une énergie sauvage irriguait tous ses membres. Elle avait hâte de partager l'ivresse d'une victoire, de se sentir de nouveau fabuleusement vivante, plus forte que la veille, plus invulnérable encore. Maïna avait besoin de prouver que les loups avaient eu raison de hurler pour elle.

Natak hésitait. Les autres chasseurs étaient impressionnés par le silence quasi redoutable de la petite femme. Ils ne voulaient pas qu'elle se joigne à eux, mais l'intensité du désir inscrit dans son regard les touchait.

Natak n'eut rien à décider. Maïna s'approcha doucement du bateau, aida son compagnon à pousser l'embarcation et monta à bord sans dire un mot. Le visage de Natak s'était fermé.

Avant même d'atteindre les îles, ils découvrirent les énormes créatures mugissantes sur une vaste plaque de glace à la dérive. Une fois leurs bateaux remontés sur ce fragment de banquise, ils s'approchèrent sans bruit, mais les morses disparurent vite dans l'eau. Alors débuta un long guet.

Maïna avait réussi à observer un des morses d'assez près avant qu'il fuie. C'était un animal grotesque. On aurait dit un asticot géant ou un rocher mouvant. Une masse informe de chair sombre et plissée, sans fourrure, flanquée d'une tête ridicule avec une moustache drue sous les yeux et des narines rondes, frémissantes. Seules ses défenses lui conféraient une certaine noblesse. Maïna regarda les morses ramper lourdement jusqu'à l'eau pour échapper aux chasseurs et elle fut surprise de les voir nager avec une grâce surprenante. Leur corps s'étirait dans l'eau, ondulant comme celui des baleines dans ce qui ressemblait tant à une danse.

En fin d'après-midi, un jeune homme réussit à planter son harpon dans l'une de ces immenses créatures venue respirer trop près de la glace. Furieux, l'animal frappa aveuglément, fracassant la glace de ses puissantes défenses. Tous les chasseurs accoururent et ils s'acharnèrent longtemps sur la bête enragée. Maïna crut qu'ils devraient l'abandonner, mais le morse finit par céder.

La chasse était finie. Le morse était énorme, les hommes ne pouvaient rapporter davantage de viande dans leurs embarcations. Ils travaillèrent dur pour hisser la bête hors de l'eau. Maïna ne fut pas inutile. Elle tira comme les autres, prête à se rompre le dos pour arracher le morse à la mer. Puis, elle aida les hommes à dépecer l'animal.

Ce fut une incroyable boucherie. Le sang semblait couler d'une source intarissable, se répandant en larges flaques cramoisies sur la neige. Des montagnes de chair s'élevèrent bientôt, dégageant une odeur musquée vaguement écœurante. Maïna n'avait jamais vu tant de viande de sa vie. Ce morse lui rappelait les bêtes gigantesques, surgies d'une autre époque, qui peuplaient les légendes de Tekahera sur les Premiers Hommes.

Lorsque vint le temps de charger les bateaux, Maïna découvrit que Natak avait honte. Tenu de ramener sa passagère clandestine, il ne pouvait prendre avec lui qu'une part ridicule de viande. Lui, Natak, un des meilleurs chasseurs du pays de glace, ne jouerait donc qu'un rôle minable dans cette victoire contre un des plus grands monstres de la mer.

Natak pagaya en silence et Maïna sentit le poids du jour écraser ses épaules. Jamais de sa courte vie n'avait-elle participé à une chasse aussi extraordinaire et étrange. Et, pourtant, elle ne ressentait pas l'habituelle euphorie. Toute trace de joie l'avait désertée.

CHAPITRE 14

Tekahera avait vu les derniers îlots de glace sombrer dans la mer et les oies voler au-dessus de son île. Elle avait inspecté son canot et préparé ses ballots, mais elle ne s'était pas encore embarquée sur la grande eau.

L'hiver avait été difficile. Ses plaies guérissaient mal, tous ses membres lui élançaient et, parfois encore, des liquides sombres suppuraient de quelque blessure trop profonde. Elle qui s'était toujours sentie plus forte que les loups, les renards et les caribous, s'était laissé terrasser par de violentes fièvres et une lourde fatigue l'avait envahie. Seule sur son île, sans force pour chasser, Tekahera avait passé de longs jours sans manger.

Elle avait souvent fait le même rêve. Mishtenapeu revenait. C'était lui, cette fois, qui pagayait vers elle dans son canot. Il remontait l'embarcation sur la plage de sable à la grande pointe de l'île et marchait lentement vers elle. Le ciel était toujours plein d'oiseaux et le vent faisait battre les branches des épinettes. Mishtenapeu portait une petite fille dans ses bras. Arrivé devant elle, il lui confiait l'enfant et Tekahera observait longuement la minuscule fillette aux yeux de braise.

— Elle te ressemble, soufflait Mishtenapeu.

— C'est vrai, et pourtant elle n'est pas de mon ventre, constatait Tekahera.

À son réveil, Tekahera cherchait toujours Maïna autour d'elle. Et souvent, pendant le jour, elle parlait à sa fille adoptive comme si elle était là, à côté d'elle. Mais Maïna était loin, très loin, Tekahera le savait trop bien.

Elle cessa de fouiller l'horizon comme si elle aurait pu y voir, là, tout au bout, la silhouette de Maïna. Elle arrêta aussi de lancer des omoplates de caribou dans les braises pour interpréter les ombres et les craquelures. L'horizon était toujours vide et les os racontaient sans cesse la même histoire. Maïna avait pénétré dans un pays redoutable, mais elle était vivante et, parfois encore, la joie dansait dans son ventre. C'était là une réalité étonnante qui échappait totalement à l'entendement de Tekahera.

Tekahera avait deviné que Maïna ne l'attendrait pas ce printemps, au bord de la grande eau. Elle savait aussi que l'homme pour lequel Maïna avait fui dormait dans les bras de sa meilleure amie. Et que l'autre, l'ennemi, avait péri, transpercé par une lance. Elle avait vu défiler maintes images et percé bien des mystères lors de ses longs jours de jeûne dans l'immobilité. Tekahera pardonnait aux esprits de lui avoir ravi sa presque fille, qui était son ombre et son soleil aussi. Elle savait combien il est vain d'emprisonner ceux qu'on aime ailleurs que dans les secrets de son cœur.

Même au plus fort de sa solitude, pendant toutes ces saisons sur son île, Tekahera n'avait jamais douté de sa valeur. Elle savait qu'aux yeux du Manitou elle était demeurée, malgré ses chasses, ses exils, une Presque Loup véritable. Mais voilà qu'elle avait craint, au cours de ce malheureux hiver, d'être soudain devenue faible et lâche, car elle ne tenait plus guère à la vie. Pour y voir clair, pour comprendre ce qui la rongeait, Tekahera avait navigué au plus profond d'elle-même en quête de vérités. Au prix de durs efforts, elle s'était creusé une fosse et y était restée allongée plusieurs jours. Elle avait réussi à émerger de ce long périple l'âme légère et le cœur en paix.

Son aventure touchait à sa fin. Elle avait accompli ce que les esprits attendaient d'elle. Et elle avait arraché à ces mêmes esprits des permissions qu'autrement ils ne lui auraient jamais consenties. Elle avait connu la douleur et la liberté, la félicité et l'angoisse. Elle avait cultivé, dans les secrets de son âme, des trésors de force, de sagesse, de douceur, de volonté, de fidélité et d'amour. Elle avait vécu, de jour en jour, dans l'horreur et la joie.

Il était presque temps de mourir maintenant. Tekahera venait de découvrir qu'elle n'avait plus à naviguer sur la grande eau comme tous les printemps. Et n'eût été de Maïna dont elle attendait encore un signe, un dernier, un seul, Tekahera se serait couchée une dernière fois dans la fosse, au cœur de son île, et y aurait attendu que son cœur s'immobilise lui aussi.

Tekahera scruta l'eau, puis la côte au loin et enfin l'horizon, plus loin encore. Elle se hissa sur la pointe des pieds, projetant son corps vers l'avant comme pour plonger, et lança au vent d'étranges paroles.

— Je t'accorde jusqu'au prochain printemps. Après, il sera trop tard.

Sur le rivage, une oie secoua ses plumes et prit son envol. Tekahera sut que si Maïna n'avait pas encore compris que sa presque mère attendait d'elle un dernier signe avant de mourir, l'oiseau lui porterait son message, par-delà la frontière des arbres.

CHAPITRE 15

Les rares feuilles roussirent ou s'empourprèrent. Les fleurs s'étiolèrent et la toundra s'enflamma pendant que les derniers petits fruits mûrissaient. Natak avait pardonné à Maïna de l'avoir suivi, mais il avait ramené de cette chasse au morse une tristesse indéfinissable qui l'étouffait sans prévenir.

L'émotion pouvait le gagner alors qu'il observait simplement Ugliuk mâchonnant avec beaucoup d'ardeur un morceau de poisson séché. Ou lorsque Iktu courait à toute allure pour rejoindre Maïna, qui riait de le voir filer dans la toundra comme si un ours était à ses trousses. Ou encore quand Tadlo laissait errer son regard sur le sol de pierres et de mousse comme si ce pays qui était le sien s'était vidé depuis qu'il avait perdu ses pieds. L'imprévisible mélancolie s'abattait comme une grêle sur Natak sans qu'il sache comment se protéger. Il finissait toujours par réussir à s'en extirper mais restait habité par un sentiment de fragilité.

Natak avait longtemps poursuivi un rêve et il avait fini par le capturer, mais voilà qu'il découvrait combien les saisons du cœur sont fragiles et éphémères. Il s'était senti si complètement heureux de posséder l'étrangère puis de la voir progressivement tourner vers lui un regard qui ne cherchait plus à courir ailleurs. Et ce jour de soleil sur les falaises, alors qu'elle avait crié parce qu'elle avait peur qu'il tombe, il avait eu l'impression qu'un oiseau s'éveillait quelque part en lui et dans un élan souverain fonçait vers le ciel, telle une sterne mue par la formidable énergie des grands migrateurs.

Mais Natak sentait désormais que ses rêves pouvaient s'effondrer, s'évanouir ou mourir. Que malgré sa force à lui, malgré sa volonté et l'intensité de ses désirs, il n'était qu'une brindille soumise aux caprices du vent dans l'immense toundra. Il pouvait tout perdre comme il avait tout reçu. Cela ne dépendait sans doute que des esprits. Or, Natak savait que même les chamans parfois ne peuvent rien contre les esprits.

Maïna avait découvert que les gens du pays des glaces construisaient des barrages de pierres, comme les Presque Loups, pour capturer les poissons à marée basse alors qu'ils remontaient les rivières, longs et dodus après un été en mer, et prêts à affronter l'hiver. Elle avait été surprise de voir une multitude de petits fruits éclater parmi les collines et les vallons éparpillés dans ce désert et tous les jours elle s'émerveillait de la tendresse dont était entouré le petit Ugliuk. Elle découvrait encore combien le territoire et les habitants du pays sans arbres ressemblaient peu à ce que les siens avaient imaginé dans leurs légendes autour du feu.

Il lui arrivait pourtant souvent de se sentir perdue, d'être choquée ou surprise. Comme ce jour où des hommes avaient raclé les grosses larves grises collées à la peau d'un caribou du printemps pour ensuite déguster tranquillement ces affreuses bestioles qui détruisent les plus belles fourrures. Liitsia et Mikiju, qui épiaient souvent Maïna, avaient surpris son regard dégoûté et elles s'étaient empressées de le signaler, car elles aimaient rappeler aux autres que Natak avait pris pour compagne une étrangère.

— Une épouse sans marques au visage, sans courage, disaient les femmes.

Elles reprochaient à Maïna de ne pas être tatouée, comme elles lui reprochaient de ne pas comprendre tous les interdits, de ne pas savoir coudre des bottes avec des semelles de morse, du phoque gris en empeigne et du blanc en bordure. Elles ne lui pardonnaient pas d'être elle-même, unique, différente. Et, surtout, elles n'acceptaient pas qu'elle, l'étrangère, ait conquis Natak, un chasseur brave et fort. Certaines racontaient même que Maïna l'avait ensorcelé et qu'un jour elle l'abandonnerait. Natak mourrait d'ennui, seul dans la toundra. Maïna s'était presque habituée au regard éternellement lourd de reproches des autres femmes, elle savait que plusieurs d'entre elles avaient convoité Natak, mais elle avait quand même senti ses entrailles se nouer lorsqu'Aalasi lui avait rapporté ces paroles.

Malgré cette animosité sournoise qui trop souvent refaisait cruellement surface, Maïna s'était laissé séduire par l'étonnante gaieté du peuple des glaces. Les femmes riaient sans cesse en travaillant, et le soir, le moindre événement amusant – une étourderie, un geste d'enfant –, raconté d'une tente à l'autre, déclenchait de nouvelles explosions de franche hilarité. Pourtant, les mêmes hommes, les mêmes femmes, qui riaient comme des enfants, savaient se montrer impitoyables et pouvaient commettre des gestes d'une rare et extrême cruauté.

Maïna apprit que pendant le dernier automne ils avaient tué un des leurs. L'homme obligeait les autres chasseurs à nourrir sa femme et ses enfants. Il n'apportait que des peaux pour fabriquer ses vêtements à lui, jamais pour sa compagne ou ses petits. Les gens de la tribu de Natak n'avaient rien dit pendant toute une saison, puis une autre. Maïna les imaginait, riant encore, malgré leur agacement puis leur indignation. Un jour, des hommes entrèrent sans avertir dans la tente du coupable et le découvrirent mangeant devant les siens, qui attendaient les restes. Ils lui ouvrirent le ventre et le livrèrent encore vivant aux corbeaux de la toundra.

Lorsque disparurent les petits fruits, Maïna se rappela sa promesse. Au cours de l'hiver, alors que Natak dormait dans une autre tente et semblait prêt à la laisser fuir, elle avait décidé de rester jusqu'au printemps. Parce que l'hiver était dur et dangereux, parce qu'elle était curieuse de découvrir le pays de Natak, parce qu'elle avait envie d'apprendre les mots de sa langue pour un jour lui dire ce qui l'animait, l'enchantait, la révoltait. Pour lui raconter des légendes qu'elle inventerait juste pour lui. Pour toutes ces raisons et d'autres encore qu'elle n'osait s'avouer, Maïna était restée. Or, voilà que l'été fuyait. Elle connaissait maintenant assez bien la langue chantante de Natak, mais elle ne lui avait encore presque rien dit et elle ne s'était pas préparée à repartir.

Pourtant, elle n'avait pas oublié les siens. De Manutabi, qu'elle avait tant aimé, qu'elle aimait encore, elle conservait des images enchanteresses qui défilaient souvent dans son esprit. Ce n'étaient pourtant que des miettes de vie, comme ces minuscules éclats que les hommes arrachent aux pierres. Des échos, magnifiques et intenses, de ce qu'ils avaient partagé. Une caresse, un regard, un désir, une promesse, un élan, un projet... Et puis, plus rien. Il avait promis de la rejoindre mais n'était jamais revenu et elle n'avait pu se mêler aux gens de sa tribu, car ils avaient déserté leur ancienne rivière. Souvent encore, Maïna se sentait prête à tous les sacrifices simplement pour savoir si Manutabi était toujours vivant.

Le souvenir de Tekahera et de Mishtenapeu était resté gravé dans sa mémoire. Comme les loups, ils l'accompagnaient partout. Et lorsqu'elle hésitait devant une parole, une attitude ou un geste, Maïna leur parlait secrètement et elle entendait leur voix au cœur de longs et profonds silences. Seul le visage de Saito avait fini par s'effacer, comme s'il avait lui-même disparu. Maïna était heureuse d'être enfin libérée du souvenir de ses petits yeux cruels. Elle avait presque oublié qu'il était à l'origine de sa fuite tant cette époque lui semblait lointaine. Elle sentait aussi que sa périlleuse traversée ne tenait pas uniquement à Saito. Les esprits savaient sans doute depuis toujours qu'elle partirait. Malheureusement, ils ne lui avaient pas encore révélé pourquoi et elle se sentait souvent prisonnière de cette quête mystérieuse.

À mesure que la saison froide approchait, Maïna luttait, chaque jour davantage, contre l'angoisse et le déchirement. Elle avait vu les hommes construire un bateau avec les os d'une baleine pourrie échouée plus haut sur la côte et elle avait étudié comment font les femmes pour recouvrir cette carcasse de peaux de phoque avant de la faire flotter. Elle possédait un bon couteau maintenant, un harpon, une lance, un arc d'andouiller et des flèches. Natak lui avait montré comment bander l'arc, viser et laisser siffler le projectile. Maïna aurait pu partir.

Un soir, après une journée de pêche exténuante, le corps à demi enfoncé dans la rivière glacée, Maïna marcha vers la mer et s'assit, seule sur la côte, loin du campement, pour contempler l'incendie du ciel, ses larges traînées de feu, rouges et dorées, à l'horizon. Le soleil de fin d'été ensanglantait l'eau avant de mourir. Maïna songeait à la forêt et aux siens lorsque Natak s'approcha doucement. Il avait été pris de mélancolie à l'approche de la nuit et il avait erré jusqu'à ce que ses pas, presque malgré lui, le mènent à elle.

Maïna lui demanda, dans cette langue qu'elle avait si bien apprivoisée, s'il accepterait qu'elle fuie, s'il la laisserait retourner à sa forêt et aux siens. Elle dit forêt dans sa langue à elle, car eux n'avaient pas de mots pour désigner pareil bouquet d'arbres. Natak s'accrocha à ce détail, à ce mot qui lui manquait pour saisir et décrire le monde de Maïna. Elle insista, répétant plusieurs fois sa question en fixant des yeux l'eau rougeoyante.

Natak ne dit rien. Il se leva et partit. Son regard erra longuement dans la toundra mais, pour la première fois de sa vie, il ne trouva rien à quoi s'accrocher. Natak sentait une morsure au ventre. Une douleur sourde, brûlante, qui irradia bientôt tout son corps. Cela devint insoutenable. Il étouffait de peur, d'impuissance, de rage aussi. Natak fouilla encore la toundra. Son regard affolé s'arrêta sur une pierre. Il la cueillit et la frappa contre son crâne.

Maïna ne dit rien lorsqu'elle vit le sang séché dans ses mèches noires. Elle l'attendait sous les peaux de phoque et de caribou, comme s'il n'y avait pas eu toutes ces paroles, comme si rien n'était changé. Natak se laissa tomber à ses côtés. Il reconnut alors, dans ses yeux à elle, la même douleur, la même rage qui le terrassaient. Ils s'aimèrent sans retenue, prêts à tout pour tuer les bêtes qui glapissaient dans leur ventre.

Natak promit qu'il la laisserait partir et Maïna jura de rester.

Bien avant que les chasseurs se mettent à épier le vol des corbeaux et des huards et les formations de mouettes charognardes dans le ciel, bien avant qu'ils guettent les déplacements des renards et des rares loups afin de deviner l'arrivée des caribous, Maïna s'était longuement entraînée à projeter sa lance sur des cibles de fourrure tendues dans la toundra. Avec du jus de baies rouges, elle dessinait un petit soleil sur ces cibles et courait inlassablement en brandissant sa lance pour atteindre, fois après fois, le cœur du soleil écarlate. Elle s'habituait aussi à bander son arc puis à décocher la flèche, qui sifflait dans un parcours d'une grande précision. Bien avant que les caribous s'assemblent pour regagner le couvert d'épinettes, bien avant que leur fourrure soit à son meilleur, douce, épaisse et pleine, Maïna était prête à chasser le caribou.

Natak avait beaucoup travaillé la pierre pour que les lances et les flèches soient efficaces, mais il ne sentait pas monter en lui cette fièvre du caribou qui brûlait Maïna. Les siens se préparaient simplement à tuer en nombre suffisant pour récolter la fourrure nécessaire. Maïna rêvait de caribou. Elle les imaginait, défilant en grandes vagues, le mufle relevé, les andouillers hauts et larges, leur somptueux pelage flottant dans le vent, et elle avait l'impression d'entendre le froissement des fourrures et le cliquetis des sabots.

Les caribous arrivèrent à la fin de la saison des petits fruits. La tribu déménagea rapidement tout ce qu'elle possédait. Ils ne laissèrent derrière eux que les poissons et les phoques qui vieillissaient lentement sous des pierres, et s'installèrent près du lieu de passage des grandes bêtes annoncé par les éclaireurs.

Ces derniers avaient vu juste. Peu après l'arrivée des chasseurs, une rivière de caribous coula sur les collines basses puis roula en vagues sombres dans un étroit vallon en cherchant à rejoindre un long bras d'eau. Ce n'était pas la première fois que les bêtes choisissaient cette route. Longtemps avant, des chasseurs avaient construit des tumulus de pierre, ces amas de roches représentant vaguement un humain, pour effrayer les bêtes, les forçant ainsi à défiler en bande serrée jusqu'à l'eau. C'est là qu'ils en abattaient le plus grand nombre.

Les chasseurs avancèrent vers un point d'étranglement du cours d'eau, un passage peu profond et étroit, pendant que les femmes et les enfants dirigeaient les caribous vers eux. Depuis la chasse au morse, Maïna avait moins chassé, mais Natak savait qu'elle tuerait elle-même ses caribous. Il ne fut donc pas surpris de la voir galoper parmi les hommes, rapide et agile, son carquois sur le dos, sa lance à la main.

À la grande surprise des chasseurs, Maïna abattit la première bête. Elle avait beaucoup couru mais ne s'arrêta pas comme les hommes pour reprendre son souffle. Elle visa à bonne distance et frappa juste. Pendant les heures que durèrent cette chasse, les compagnons de Natak furent témoins de son adresse, de son acharnement et de sa résistance. Rien ne semblait pouvoir l'arracher à cette rive où, sans relâche, elle décochait ses flèches ou enfonçait sa lance.

Les caribous étaient nombreux et gras, leur duvet soyeux. Lorsque les premières pointes de lances et de flèches pénétrèrent dans les cous et les dos, les bêtes s'affolèrent, lançant des regards de détresse en cherchant désespérément à gagner l'autre rive. Plusieurs caribous se noyèrent, quelques-uns seulement réussirent leur courageuse traversée, la plupart succombant aux attaques répétées des chasseurs. Kuitsé visa quelques faons pour qu'Aalasi confectionne une tunique souple à son fils et Natak tua sa bonne part de bêtes, mais il fut plusieurs fois parcouru de frissons lorsqu'une femelle tournait vers lui des yeux immenses aux reflets mouvants. Sa lance restait suspendue dans le vide quelques secondes et parfois la bête lui échappait parce qu'il avait, stupidement, l'espace d'un instant, confondu son regard avec celui de Maïna.

Le troupeau cessa finalement de défiler. Les femmes, qui s'affairaient depuis longtemps à dépouiller les caribous de leur peau, abandonnèrent ce travail aux hommes afin d'installer le campement et de préparer les feux. Maïna sentait le regard des chasseurs peser sur elle. Elle était restée avec eux mais n'osait trop relever la tête, car elle redoutait leurs reproches muets. Elle avait tué autant de bêtes que les meilleurs chasseurs, autant que Natak même sans doute.

Maïna chercha son compagnon. En découvrant ses yeux d'eau noire, elle sentit son cœur se gonfler. Natak posait sur elle un regard tendre et fier. C'était trop de bonheur d'un coup. Sans réfléchir, Maïna courut vers lui et enfouit son nez dans son cou. Surpris par le geste de Maïna, les hommes s'écartèrent de Natak et quelqu'un chuchota des paroles qui déclenchèrent des rires bruyants. Les hommes s'esclaffèrent en tapant très fort sur leurs cuisses.

— Natak aime un autre chasseur, finit par rugir un des hommes, tordu de rires.

Ceux qui n'avaient pas entendu la première fois croulèrent en apprenant la blague. Une telle hilarité avait gagné les hommes que les femmes et les enfants s'approchèrent pour rire eux aussi.

— Natak aime un chasseur, clamèrent alors les hommes à tue-tête.

Ils s'amusaient ferme en raillant Natak, mais il n'y avait pas de méchanceté, ni même de reproche dans la voix des hommes. On aurait dit au contraire qu'ils enviaient un peu leur compagnon. Natak les laissa rire et, lorsqu'ils furent enfin calmés, il lança d'une voix claire et triomphante :

— Natak aime le meilleur de tous les chasseurs !

CHAPITRE 17

Les visiteurs arrivèrent un jour de brouillard. Ils appartenaient eux aussi au grand peuple des glaces, mais leur tribu campait dans les fjords d'une mer intérieure un peu plus loin, du côté du soleil couchant. Ils n'étaient pas venus à la fin du dernier été, comme à leur habitude, et les femmes de la tribu de Natak s'étaient plaintes de manquer de couleurs pour décorer les tuniques. Les deux tribus échangeaient depuis long-temps des pierres dures qui servaient à façonner des armes contre d'autres plus tendres dont on extrayait des couleurs.

Les hommes des fjords avaient laissé leurs femmes au campement pour avancer plus vite et régler leur commerce avant la chasse au phoque. Les visiteurs étant rares, tous voulurent entendre leurs histoires et raconter les leurs. Ils sortirent donc un gros caribou de sous les pierres ainsi qu'une grande peau de phoque dans laquelle mûrissaient depuis des semaines quantité d'oiseaux. Les femmes apportèrent beaucoup de mousse sèche et ils firent un grand feu, ce qui était possible en cette saison.

L'un des visiteurs, Tuktu, était né dans la tribu de Natak. Natak et lui avaient le même âge et ils avaient partagé de nombreuses chasses. Tuktu avait pris femme du côté des fjords, mais il était toujours heureux de revenir. Il expliqua à Natak pourquoi, au cours du dernier été, lui et les siens n'étaient pas venus. Malgré les avertissements de leurs amis, ils avaient décidé d'accomplir le voyage jusqu'à la baie des pierres. Ils avaient pourtant entendu les membres de la tribu de Natak raconter l'horrible bataille. Ils avaient été surpris et révoltés de découvrir que les hommes du pays des arbres tuaient des gens qu'ils ne connaissaient même pas et uniquement pour conquérir des pierres, ce qui était tout aussi étonnant. Eux-mêmes avaient appris à tuer mais pour se nourrir seulement ou encore pour maintenir l'ordre dans leur tribu. Tuer était un geste intime, aussi n'auraient-ils jamais songé à porter atteinte à la vie d'un étranger.

Les gens de la tribu des fjords savaient aussi que le chaman de leurs amis avait péri dans cette bataille et que plusieurs femmes avaient été retenues prisonnières. Ils savaient que les hommes du pays des arbres qui avaient envahi la baie des pierres étaient cruels et redoutables, qu'ils se battaient lâchement en protégeant leur corps sous des tuniques presque aussi dures que les pierres qu'ils convoitaient.

Maïna écoutait, fascinée, sans se douter que Tuktu parlait d'une pierre qu'elle connaissait, sans comprendre que ces gens cruels qu'il décrivait étaient de la même tribu que Manutabi. Natak prit la parole à son tour, visiblement ébranlé par le souvenir de cette cruelle bataille. Il avait deviné depuis longtemps que l'homme qu'avait aimé Maïna, et qu'elle aimait peut-être encore, avait été là, parmi les envahisseurs, la nuit de l'affrontement. C'était peut-être lui qui avait tué leur chaman, semant la panique parmi les siens. Natak ne dit rien de tout cela, mais il raconta comment il avait lui-même découvert leur chaman au bord de l'eau, prêt à être avalé par la marée, la gorge tranchée mais encore vivant. Lui, Natak, ne pouvait rien. Il fallait un chaman pour guérir un autre chaman. Aussi s'était-il contenté d'éloigner l'homme de la mer et d'attendre patiemment qu'il meure au risque de tomber lui-même sous la lance des ennemis.

— On n'abandonne pas un chaman, dit simplement Natak comme si cela résumait tout.

Et pour rendre hommage au disparu, Natak rappela comment leur chaman pouvait tuer sans toucher, juste avec sa volonté, deviner les rêves des hommes, libérer les âmes, appeler les phoques, arrêter le sang et négocier avec Sedna. Parfois même, sans quitter sa tente, il plongeait dans la mer et nageait dans les profondeurs pour aller démêler l'épaisse chevelure de la maîtresse des mers, libérant ainsi les phoques et les morses prisonniers.

Tuktu écouta gravement puis il reprit son récit. Lors du dernier été, lui et d'autres hommes avaient contourné les hautes montagnes dont Natak et les siens leur avaient parlé et, au terme d'un épuisant voyage, ils avaient atteint la baie des pierres, une nuit, juste avant le lever du jour. Les hommes du pays des arbres qui campaient encore là dormaient profondément, leur femme entre les bras, les petits autour. Ils ne les tuèrent pas mais volèrent leurs armes, obtenant du même coup la vengeance pour leurs amis et les pierres qu'eux-mêmes convoitaient. Des pierres déjà longuement travaillées, prêtes à servir.

— Il n'y a pas eu de morts, conclut Tuktu.

Mais Maïna vit dans les yeux de Natak qu'il désapprouvait quand même cette audacieuse équipée.

Ils rejoignirent les autres autour du feu. La chair de caribou grillée rendit à Maïna sa bonne humeur. Les récits de Tuktu et de Natak l'avaient assombrie. Toutes ces batailles l'inquiétaient. Les affrontements avaient eu lieu dans de lointains territoires et contre des tribus dont elle avait ignoré l'existence, mais Maïna comprenait que ces luttes opposaient le peuple des glaces à celui des arbres. Son peuple contre celui de Natak.

Avant la nuit, ils échangèrent des pierres. Maïna reconnut, parmi divers minerais, des pierres comme celle de Manutabi. Un doute terrible s'immisça dans son esprit. Natak fut inquiet en la voyant porter une main à son cou et couvrir de ses doigts minces la pochette de peau renfermant la pierre que l'autre homme lui avait offerte. Il ne voulait pas que Maïna sache la vérité, il ne voulait pas qu'elle souffre, il n'avait même pas envie de noircir le souvenir de son ancien amoureux. Natak parla beaucoup, multipliant ses récits de chasse comme pour étourdir Maïna, pour l'empêcher de réfléchir aux batailles qui avaient été livrées et aux pierres qui en avaient été l'enjeu.

Ils mangèrent longtemps et chantèrent beaucoup. Des lueurs tendres restèrent longtemps accrochées dans le ciel d'automne. Les enfants s'assoupirent devant le feu et les vieillards s'endormirent assis. Peu à peu, les hommes et les femmes se retirèrent dans leurs tentes. Natak semblait vouloir repousser ce moment. Avant de partir derrière Kuitsé, Aalasi jeta un regard impuissant à Natak et elle invita Maïna à venir dormir tout de suite, mais Maïna refusa, car elle n'avait pas compris ce qui l'attendait.

Tuktu était très déçu et un peu gêné d'avoir à demander. Mais la route avait été longue et c'était l'usage. Il n'avait pas eu de femme depuis bien des jours et Natak était son meilleur ami. Si Natak avait voyagé jusque chez lui, il lui aurait offert ses deux femmes avec joie, car il en possédait deux maintenant. Tuktu avait remarqué que l'épouse de Natak était étrangère. Elle n'avait pas de marques au visage. Sans doute venait-elle du pays des arbres. Son corps, étonnamment délicat, était gracieux et invitant. Elle semblait plus ardente que tendre et cela lui plaisait.

— Je la prends? demanda Tuktu en s'emparant déjà de la main de Maïna.

Natak sentit la rage monter en lui et il en eut honte, car Tuktu était son ami et ce qu'il demandait était normal. Les hommes prêtaient souvent leurs femmes aux visiteurs, surtout aux amis, ainsi étaient-ils assurés de pouvoir eux aussi goûter à des femmes pendant leurs voyages. Les femmes ne s'en plaignaient pas. Elles aimaient bien, comme leur compagnon, connaître d'autres corps, d'autres caresses.

— Viens, murmura Tuktu dans les cheveux de Maïna, qui ne semblait pas comprendre. Viens dormir avec moi, reprit-il en découvrant soudain, dans les yeux de Maïna, toutes les couleurs de la toundra.

Natak se leva et partit, le cœur ravagé, l'esprit en déroute. Dans sa tente, il surprit les gémissements d'Aalasi sous les fourrures et se mit à imaginer le ventre de Tuktu contre celui de Maïna, ses grosses mains sur sa poitrine et son sexe dur entre ses cuisses. Natak marcha toute la nuit dans ce pays qui lui sembla désert. À l'aube, n'y tenant plus, il se dirigea vers la tente de la tribu des fjords et entra, sachant qu'il ne pourrait taire son ressentiment s'il surprenait Maïna livrée à des gestes intimes.

Il découvrit Tuktu, seul dans un coin de la tente, le visage sauvagement griffé et l'humeur mauvaise. Natak ne put s'empêcher de sourire.

Dans sa tente à lui, Maïna faisait semblant de dormir, Iktu à ses pieds. La rage de sa compagne n'était pas éteinte, elle se demandait encore si elle devait mordre Natak ou simplement le quitter. Pour toujours. Le prêt de femmes était peut-être une coutume de leur peuple, mais cela n'avait rien changé à sa honte et à sa déception. Elle s'était sentie abandonnée par l'homme même pour qui elle avait renoncé à tant de choses.

Maïna ouvrit les yeux et elle vit Natak. Il avait ce regard profondément amoureux qui la chavirait.

— Tu n'as pas dormi avec Tuktu... chuchota-t-il en déguisant sa question en une affirmation timide.

— Non, répondit Maïna. Je l'ai griffé comme j'aurais voulu te griffer, toi, Natak.

Il y eut un long silence. Puis l'eau enveloppa la toundra. Des larmes roulèrent sur les joues de Maïna.

— Je ne te prêterai plus jamais, promit Natak.

Il faillit ajouter qu'il tuerait plutôt, mais les mots restèrent prisonniers dans sa gorge, alors il se glissa sous les fourrures pour reprendre possession de Maïna.

Les esprits manifestèrent plusieurs fois leur colère. Des pluies froides et torrentielles s'abattirent sur la toundra et Maïna vit pour la première fois les pierres rouler, poussées par le vent. Pourtant, et bien que l'hiver soit proche, elle sentait encore le printemps sous sa peau.

Elle était habitée par une joie tranquille. Iktu la suivait partout, fidèle et joyeux, et l'eau était enfin redevenue calme dans les yeux de Natak. Maïna lui cousait une nouvelle tunique en peau de phoque qui ferait l'envie de tous les autres chasseurs. Elle avait soigneusement gratté la peau puis l'avait traitée avec un mélange d'urine et de cervelle. Elle avait découpé de grands morceaux et les avait habilement assemblés en pratiquant le point double qu'Aalasi lui avait enseigné. Ce ne serait pas une simple tunique qui garde chaud mais un vêtement magnifique qui charmerait les esprits et les prédisposerait envers Natak. Maïna avait patiemment ajouté des empièrements de formes variées et de fourrures diverses : du phoque blanc pour contraster avec la principale fourrure qui était grise mais aussi du renard roux, du renard argenté et du lièvre. Elle avait incrusté des plumes, solidement maintenues par des lanières de cuir colorées, trempées dans des pierres broyées, de la graisse et du jus de petits fruits. L'effet était saisissant. Maïna avait finalement ajouté en tremblant, sur le devant de la tunique, une mince bande de fourrure taillée dans sa peau de loup afin que son esprit tutélaire veille aussi un peu sur Natak.

Elle se sentait en paix avec elle-même. Un soir, elle prit Natak par la main et l'entraîna au bord de l'eau. Les nuits étaient redevenues sombres et les lumières du nord vinrent danser dans le ciel. Maïna dit à Natak que l'esprit de son père était là, quelque part parmi ces lueurs flottantes. Elle l'entendait parfois chuchoter à son oreille lorsque les couleurs tournoyaient en émettant un faible chuintement.

La lune était pleine. Maïna se sentit attirée par l'astre pâle et, pendant un bref instant, elle crut voir un homme galoper dans ce cercle doré. Elle ferma les yeux pour mieux se laisser envahir par les images naissantes. Le don de parole que lui avait légué Tekahera s'éveillait en elle et elle sentait que les mots de la langue de Natak sauraient porter cette nouvelle légende.

— Regarde la lune, chuchota Maïna. Il y a long-temps, très, très longtemps, c'était un homme.

Natak la dévora des yeux. Il avait deviné que ce récit qu'elle lui offrait n'était pas, comme tous ceux qu'il connaissait, une histoire héritée des vieux. Maïna inventait, juste pour lui, un récit d'homme et de lune.

Elle décrivit d'abord une femme, très jeune, dont les cheveux étaient longs et lumineux. Toutes les nuits, un homme venait la visiter et goûtait à son corps pendant qu'elle sommeillait. Comme elle s'éveillait, il disparaissait. Elle se plaignit à ses parents, qui ne la crurent pas. Alors, pour confondre le coupable, la jeune fille aux cheveux de lumière enduisit son corps de suie avant de dormir. Au matin, elle vit que son frère avait la bouche et les mains barbouillées de noir. Elle l'accusa, mais il nia devant leurs parents et pendant la nuit il revint encore ; alors la jeune fille s'enfuit. Furieux, son frère la poursuivit. Pour lui échapper, elle se cacha dans la carcasse d'une baleine échouée sur la côte et y resta dissimulée de longs jours en se nourrissant des restes de ce poisson géant. Lorsqu'elle émergea enfin de sa cachette, sûre d'avoir échappé à son frère, elle fut prise de panique en découvrant qu'il la guettait encore au loin. Alors, elle réunit ses forces, arracha tout ce qu'elle pouvait aux esprits et, dans un formidable saut, bondit jusqu'au ciel.

Incapable de vivre sans elle, son frère l'y rejoignit et depuis, sans cesse, il la poursuit. C'est lui désormais qui se dissimule dans l'obscurité. Elle, sûre de ne pas être attrapée, laisse sa chevelure dorée briller au grand jour. Elle est devenue le soleil et lui la lune. Parfois, ayant pitié de lui, elle le laisse l'étreindre pendant un bref moment.

— Ces jours-là, tu l'as vu, Natak, le soleil disparaît brusquement derrière la lune et le ciel noircit.

Natak était hypnotisé. Il sentait encore son cœur accroché quelque part entre soleil et lune. Jamais encore n'avait-il ainsi voyagé. Avec les mots de son pays à lui, elle avait inventé une histoire merveilleuse, une sorte de navire volant dans lequel il s'était embarqué. Maïna était bien, tel que ses premiers rêves le lui avaient annoncé, cette chose rare et fuyante, étrange et mystérieuse, qui brillait désormais dans son ciel à lui.

Les jours suivants, Natak sembla pensif. Il avait pourtant beaucoup à faire pour se préparer à la chasse au phoque. Pendant que Maïna travaillait les peaux, il partit quelques jours à la recherche de pierres dures qu'il pourrait tailler en pointes. Il trouva ce qu'il cherchait dans une baie peu profonde où pourrissaient deux cadavres de caribous, leurs bois emmêlés, prisonniers à jamais de leur désir de dominer. De cette expédition, Natak rapporta aussi un bon morceau de pierre verte, beaucoup plus tendre. Il caressait un projet étrange : transformer cette pierre. Natak était déjà habile à façonner des pointes, qu'il ne se contentait pas de rendre tranchantes et perçantes. Il en ornait les contours, arrachant d'infimes éclats. Il avait décoré de manière semblable un arc et la hampe d'un harpon, creusant cette fois des lignes et des formes minuscules. Ainsi rendait-il hommage à l'esprit des bêtes qu'il chassait. Mais il avait aussi gravé joliment les lunettes protectrices de Maïna. Tous ces travaux avaient exigé un temps inouï. Souvent, pendant qu'il maniait son burin, ses paupières s'alourdissaient et il devait lutter pour éloigner le sommeil.

Natak réfléchit longuement aux dessins qu'il avait patiemment sculptés dans les lunettes d'ivoire. Il dut admettre que c'était là un travail sans aucune utilité. Mais cela, étrangement, ne le rebuta pas. Il eut au contraire plus que jamais envie d'amorcer son projet. Un soir, pendant que les autres dormaient, il commença à travailler à la faible lueur du feu mourant. Si Maïna ne lui avait pas fabriqué un bateau avec des mots, peut-être n'aurait-il jamais entrepris cet ouvrage. Mais l'écoutant raconter avec des paroles soudainement devenues si puissantes, Natak avait senti que Maïna accédait à un autre état, qu'elle se rapprochait des esprits. Il voulait connaître, lui aussi, un semblable enchantement.

Le vent, songeait-il, sculpte la neige, même durcie, transformant les paysages. Il dessine des formes souples et mouvantes sur le sol d'hiver, un peu comme les lumières miroitantes dans le ciel obscur. Le vent creuse et ronge, il réorganise, réinvente, reconstruit. Il fait naître des formes dans le désert blanc, il le peuple et l'habite. Pour rien. Ou peut-être simplement pour manifester sa grandeur. Natak aimait contempler ces dessins du vent. Il était parfois lui-même étourdi par le grand vide blanc de la banquise d'hiver. Son regard fouillait alors le sol et s'accrochait à ces sculptures dans la neige, ces extraordinaires paysages que le vent avait arrachés au néant. Natak caressait ce rêve fou d'imiter le vent.

Le premier soir, il ne réussit qu'à tourner et retourner la pierre verte entre ses doigts. Il dormit mal, déçu et inquiet. Le lendemain fut pareil et Natak eut envie de mordre dans la pierre, de l'avaler pour qu'elle disparaisse, pour qu'elle cesse de le hanter. Il était si fatigué le soir suivant qu'il ne s'aperçut même pas qu'il avait commencé à creuser la pierre comme s'il la débarrassait de morceaux inutiles, comme s'il n'avait pas à chercher la forme à sculpter puisqu'elle était déjà inscrite dans les entrailles du roc. Natak découvrit qu'il pouvait travailler dans la paix, sans acharnement. Il n'avait qu'à observer patiemment ce que révélait peu à peu la pierre.

Il travailla plusieurs nuits avant de connaître un premier moment d'enchantement. Ce soir-là, le feu était presque éteint. Natak avait froid, mais ses mains creusaient quand même tendrement la pierre. Il l'éleva doucement pour que les maigres flammes illuminent cette masse qu'il croyait informe et c'est alors qu'il découvrit, dans un grand frisson, que la pierre était vivante. À la prochaine lune peut-être, ou l'autre encore, la pierre rugirait et elle serait parée de fourrure. Elle aurait des griffes redoutables, des crocs terribles, une gueule géante. Et, pourtant, elle ne serait pas simplement inquiétante. La pierre aurait quelque chose de triste, d'humain, et de noble aussi.

Natak avait un ours entre les mains.

Pendant que Natak était allé ramasser des pierres, Maïna avait subi les sarcasmes de Mikiju. Les femmes cousaient autour d'un même feu, Ugliuk gazouillait dans le capuchon de sa mère. Une femme annonça alors aux autres que son père allait bientôt mourir.

— Il ira dans le bon paradis. Là où il y a plus de phoques que d'étoiles dans le ciel, dit-elle.

Maïna voulut connaître l'autre paradis, aussi Aalasi lui expliqua-t-elle que les chasseurs maladroits et les femmes dont le ventre ne gonflait pas étaient condamnés à errer dans une sombre caverne, enfouie très creux sous la croûte de la toundra, où il n'y avait que des moustiques et des papillons à manger. Mikiju en profita pour ajouter que les femmes dont le visage n'était pas brodé échouaient elles aussi dans le territoire des rejetés.

— Des femmes comme Maïna dont le manque de courage porte ombrage à leur époux, dit encore Mikiju.

Maïna fixa Mikiju de ses yeux presque dorés à la lueur du feu.

— Où sont tes marques ? lui demanda-t-elle.

Mikiju rougit sous l'insulte. Comme si ces marques qui l'avaient tant fait souffrir ne paraissaient même pas ! Elle se planta devant Maïna et approcha son visage du feu. Les lignes gravées dans la peau de Mikiju prenaient naissance sous les ailes du nez et traçaient des demi-lunes jusqu'aux commissures de ses lèvres. Le visage de Mikiju n'était ni plus ni moins brodé que celui d'autres femmes.

Maïna fit semblant d'admirer les marques de Mikiju. Elle lui demanda si son corps était aussi dessiné ailleurs. Mikiju se rembrunit, mais sa sœur, Ali, releva sa tunique. Une ligne sombre, encore gonflée parce que récente et pas entièrement guérie, traversait son ventre. Les femmes furent impressionnées par le courage d'Ali, qui avait enduré le supplice plus longtemps que d'autres.

Maïna songea longuement à cette coutume du peuple des glaces. Quelques semaines plus tard, elle parla à Aputik et Aalasi. Elles érigèrent ensemble une petite tente au bord de l'eau et Maïna y entra un matin à l'aube. Elle voulait que le travail sur sa peau se fasse en secret. Aputik dit à Natak que Maïna souffrait d'un mal de femme qui n'avait rien d'inquiétant mais qui la faisait saigner inexplicablement alors même qu'elle venait tout juste de perdre du sang pendant plusieurs jours. Natak voulut la voir, mais Aputik s'y opposa.

— Tu ne rapporteras rien de la chasse pendant des jours si tu y vas, menaça-t-elle, et cela suffit à convaincre Natak, qui se consola de l'absence de Maïna en sculptant sa pierre tous les soirs.

Les autres femmes crurent que Maïna avait perdu un bébé mal accroché dans son ventre, ce qui la couvrait de honte.

Maïna savait exactement l'effet qu'elle recherchait. Aputik eut charge des lignes, Aalasi des points. Les femmes du peuple des glaces avaient l'habitude de graver des traits sur leur visage, mais Maïna connaissait une autre technique, utilisée par les hommes de la montagne aux couleurs, une tribu amie des Presque Loups. Là-bas, les chasseurs faisaient trouer et colorer la peau de leurs bras. Maïna souhaitait marier ces deux méthodes.

Le premier jour, Aputik dessina une longue ligne courbe, du coin de l'œil jusqu'à la pointe du menton, comme le réclamait Maïna. Aputik avait déjà brodé plusieurs visages, dont celui de sa fille, mais jamais encore n'avait-elle tracé une marque aussi importante. Elle utilisa une mince aiguille d'os dont la tête était traversée d'un fil de cuir enduit de graisse et de suie. Pour que la broderie soit jolie, elle dessina des traits réguliers très rapprochés. Aputik enfonça d'abord l'aiguille sous la peau de l'œil et la ressortit un peu plus loin. Maïna sentit un filet de sang tiède couler lentement sur sa joue. Aputik tira très délicatement pour que le fil glisse bien sous la peau et elle repiqua la chair jusqu'à ce qu'elle ait ainsi traversé presque tout le visage.

Aputik fut impressionnée par le silence de Maïna. La sueur ruisselait sur ses tempes et, chaque fois que l'aiguille bougeait sous sa peau, Maïna se raidissait, ses narines frémissaient et ses lèvres tremblaient, mais elle ne se lamentait pas. Le lendemain, la ligne était rouge et bouffie, comme Aputik s'y attendait, aussi travailla-t-elle l'autre côté du visage. Elle revint au premier côté le jour suivant, traçant une autre série de longs traits parallèles aux premiers. Le travail d'Aputik dura huit jours, au terme desquels Maïna était méconnaissable tant la peau de son visage était rougie, bleuie, tuméfiée. Aputik voulut convaincre Maïna d'arrêter là. Elle portait déjà plus de marques que n'importe quelle femme de la tribu et Natak s'inquiétait de son absence. Il passait une bonne partie de ses nuits à rêvasser devant le feu en s'amusant d'une pierre et chassait mal. Quant à Iktu, il hurlait à la lune comme un possédé. Même le petit Ugliuk semblait la chercher.

Maïna pressa Aputik de convaincre Natak qu'elle allait bien, puis elle réclama Aalasi. Pendant qu'Aputik avait marqué son visage, Maïna avait beaucoup songé à son initiation, ces longs jours immobiles à attendre l'appel des loups. Elle avait réfléchi à cette mission obscure dont elle s'était souvent sentie investie. Pourquoi les loups l'avaient-ils choisie? Qu'attendaient-ils d'elle? Elle n'avait pas encore trouvé la réponse et elle n'avait pas encore aperçu les loups du pays de Natak, mais elle les avait entendus hurler. Elle sentait parfois leur présence et devinait aussi leur approbation silencieuse. Maïna était persuadée que les loups eux-mêmes avaient décidé, depuis longtemps, qu'elle, Maïna, accomplirait une partie du périple de sa vie aux côtés de Natak. Parfois, lorsqu'elle marchait seule dans la toundra, Maïna s'entendait dire à haute voix, dans la langue des Presque Loups :

— Les loups n'ont pas abandonné Maïna.

Elle le croyait profondément et cela lui semblait d'ailleurs évident chaque fois que son regard tombait sur Iktu. Le petit chien était visiblement issu du croisement d'un loup et d'une chienne. Lorsqu'arriverait l'hiver, il aurait la taille et l'allure d'un loup.

— Un Presque Loup, songea soudain Maïna, stupéfiée par cette découverte.

Aalasi découvrit Maïna perdue dans ses pensées. Elle lui avait apporté un morceau de phoque cru, le premier phoque rapporté par Natak en cette saison. Maïna fut surprise de trouver cette viande aussi délicieuse. Elle prit aussi un morceau de gras et but de l'eau. Puis elle enleva sa tunique et le froid la saisit.

— Tu peux commencer, dit-elle à Aalasi.

Aalasi suivit les instructions de Maïna. Elle prit une tige d'ivoire très pointue qui servait d'alène et l'enfonça dans la poitrine de Maïna. Elle martela ainsi, inlassablement, ses seins et son ventre, crevant la peau et faisant jaillir le sang chaque fois. Lorsqu'elle repartit, plutôt inquiète car elle n'avait jamais vu faire ce genre de marques, Maïna avait la peau ravagée. Le lendemain, Aalasi trempa une mince cheville de bois dans un mélange bleuté de suie et de pierre broyée. Elle appliqua la couleur dans chacun des petits trous creusés la veille et refit les mêmes gestes pendant quatre jours, jusqu'à ce que la couleur soit bien enfoncée et que les plaies commencent à cicatriser.

Le dernier soir du travail, Natak put visiter Maïna. Elle le rassura et promit de retourner bientôt à leur tente. Maïna avait éteint le feu pour que Natak ne voie pas ses marques, mais il put deviner les traits sombres sur son visage lorsque le vent fit trembler les peaux en laissant la lune se faufiler dans l'obscurité.

Trois jours plus tard, Aputik et Aalasi organisèrent une fête pour célébrer le retour de Maïna. Natak rapporta deux phoques et Kuitsé aussi. Il y aurait assez de viande pour que toute la tribu défile sous leur tente. Natak alla lui-même chercher Maïna. Elle avait allumé un beau feu, aussi vit-il tout de suite les marques permanentes sur ses joues. Natak regarda longuement la petite femme qu'il avait découverte un an plus tôt dans la neige. Une lueur sauvage brillait dans ses yeux aux couleurs de la toundra d'été. Elle possédait encore, quelque part en elle, cette source vive, cette force indomptable qui chavirait Natak. Son visage, par contre, était transformé. Maïna portait désormais l'empreinte du peuple des glaces.

Il la prit par la main, car il avait hâte que les autres soient témoins de son courage et de sa beauté, mais Maïna l'arrêta et, à la lumière du feu, elle se dévêtit pour montrer à Natak ce qu'elle avait fait dessiner pour lui. Natak fut ébloui par ce paysage incroyable sur la peau de sa compagne. On eût dit que les lumières du nord y dansaient. Il eut envie de poser sa tête sur ce ciel velouté où des étoiles sombres brillaient d'une étrange lumière.

Les femmes dévorèrent Maïna des yeux et Mikiju sembla profondément blessée lorsqu'Ootek, son nouvel époux, un homme venu d'une autre baie, dit tout haut ce que tous pensaient déjà.

— Maïna est la femme la plus marquée.

Le compliment toucha à peine Maïna. Elle avait voulu des marques pour faire taire Mikiju, pour prouver aux femmes du pays de Natak que les Presque Loups étaient un peuple fort et fier, mais en route, comme au temps de son initiation, sa quête s'était transformée. Elle émergeait de ces longs jours de douleur avec l'impression de s'être surtout rapprochée de Natak et cela lui semblait bon.

Elle sut qu'elle avait raison lorsqu'avant de poser sa tête sur sa poitrine marquée Natak sortit de sous les fourrures un objet comme elle n'en avait jamais vu. C'était un ours de pierre, immobile et vivant. Il suffisait de tendre l'oreille pour l'entendre grogner, de l'observer attentivement pour voir battre son cœur sous l'épaisse fourrure. Ce n'était pas un ours et c'était plus qu'un ours. C'était une bête que Natak lui-même avait arrachée aux esprits. Et lorsqu'il déposa l'ours dans sa main, Maïna comprit que Natak se donnait à elle.

CHAPITRE 20

La mer se ressouda à la côte et les oiseaux s'enfuirent. Natak apprit à Iktu, qui avait désormais la taille et l'allure d'un loup, à dénicher les trous de respiration des phoques sur la banquise. Maïna partageait son temps entre la chasse et le travail des peaux. Grâce à Aalasi, et surtout au petit Ugliuk, elle n'était pas trop triste de rester sous la tente certains jours pour coudre des bottes ou assembler une tunique. Ugliuk avançait à quatre pattes maintenant, comme Iktu. Ils se poursuivaient inlassablement, enfant et chien, sur la banquise balayée par le vent. Les cris de joie et les aboiements se mêlaient joliment dans le silence de l'hiver. Aalasi et Maïna riaient de trouver leurs protégés endormis l'un contre l'autre dans un coin de la tente et parfois même dehors sous une mince couverture de neige.

Maïna n'avait pas terminé sa nouvelle tunique, un vêtement unique. Elle avait longuement réfléchi avant d'en choisir la fourrure. La tunique des Presque Loups était toujours de caribou, mais les gens du pays de Natak taillaient leurs vêtements dans des peaux de phoque. Maïna décida finalement de marier les deux fourrures en ajoutant encore, comme elle l'avait fait pour la tunique de phoque de Natak, des empiècements de diverses fourrures en guise de décorations. Maïna avait interrompu son ouvrage au moment d'y coudre un capuchon. Les Presque Loups portaient un couvre-tête discret mais au pays de Natak, toutes les femmes en âge d'enfanter ajoutaient au dos du vêtement un immense sac qui servait tout à la fois de nid, de tunique et de tente à leur enfant.

Au retour d'une chasse, Natak vit la tunique incomplète et il interrogea Maïna. Le lendemain, il lui remit une griffe de renard, une autre d'ours et un bec de corbeau.

— Pour que notre fils soit vif et fort et qu'il résiste au froid, dit Natak.

Maïna cousit une pochette pour les amulettes et ajouta un vaste capuchon à sa tunique. Natak n'avait jamais parlé d'avoir un enfant. Les hommes des glaces, pas plus que ceux de la tribu des Presque Loups, ne discutaient de ces choses. Mais, en cousant son capuchon, Maïna y avait longuement réfléchi et elle avait senti qu'avec ses amulettes et son nouveau vêtement elle était réellement femme maintenant. Elle songea aussi qu'elle dormait à côté de Natak depuis plusieurs saisons déjà sans que son ventre ait gonflé. Maïna n'avait pas oublié les paroles d'Aputik.

— Elle est trop maigre pour enfanter un pou !

L'hiver avança, ni plus ni moins cruel que les précédents. Il y avait presque toujours du phoque à manger. Maïna s'habituait aux longues nuits glacées et aux jours presque sans soleil. Il n'y eut pas de réelle famine mais plusieurs très longues tempêtes. Maïna chassa le phoque souvent. Ses proies ne lui échappaient plus. Elle trouva un certain équilibre entre la chasse et le travail des peaux. Natak aussi semblait en paix. Il entreprit de faire vivre une autre pierre, qui se transforma en morse dans le dos duquel Natak enfonça un minuscule harpon d'ivoire. Le travail sembla interminable. À la fin, il s'acharna des nuits et des nuits à percer délicatement l'immense bête avant d'y planter presque tendrement l'arme meurtrière. Lorsqu'il offrit l'animal de pierre à Tadlo, celui-ci fut ému aux larmes.

Son fils avait réussi à capturer le monstre responsable de sa misère et il l'avait tué. Natak s'était enfin racheté. Tadlo lui pardonna son voyage insensé et il tenta dès lors d'accepter l'étrange femme que Natak avait choisie. Tadlo apprit à dormir avec le morse entre ses mains, persuadé qu'ainsi les fantômes de ses nuits n'oseraient plus le tourmenter, car ils craindraient d'être pétrifiés à leur tour.

Les jours finirent par s'allonger et le soleil de fin d'hiver souleva d'épaisses nappes de brume sur la banquise. Un matin, Natak suggéra à Maïna de laisser son chien dans la tente. Il désirait chasser à l'approche, espérant voir les phoques se chauffer au soleil, et il redoutait qu'Iktu ne les effraie.

Ce fut une journée merveilleuse. La glace crissait et craquait, le soleil incendiait la banquise et les phoques semblaient avoir oublié qu'il existait d'étranges bêtes rampantes armées de couteaux et de harpons pour les tuer. Maïna et Natak revinrent exténués en traînant deux phoques de bonne taille.

De retour au campement, Maïna chercha Iktu. Aalasi suggéra en riant qu'il s'était sans doute endormi au soleil avec Ugliuk. Mais Ugliuk s'amusait avec une fillette qui prétendait être sa mère. Maïna interrogea Liitsia. La jeune femme parut troublée, mais elle lui assura qu'elle n'avait pas vu le chien de la journée. Maïna sentit un goût amer monter dans sa bouche. Elle courut d'une tente à l'autre en cherchant son chien. Tous disaient ne pas l'avoir vu, mais Maïna reconnaissait souvent en eux la même gêne que chez Liitsia.

Elle aperçut Iktu allongé dans la neige, la gueule ensanglantée. Près de sa tête, sur la neige rougie, Maïna découvrit un os fin, extrêmement tranchant, et visiblement travaillé par l'humain. Iktu respirait avec difficulté, sa langue n'était plus qu'un amas de tissus lacérés saignant encore abondamment. Le chien reconnut sa maîtresse et, d'instinct, il bougea la tête comme pour lécher son bras. Maïna pleurait comme une enfant. Iktu était condamné. Toutes les plantes de la forêt, toutes les herbes du monde, ne pourraient le sauver.

Elle n'avait pas de lance, ni de harpon, ni de couteau. Elle n'avait pas de lanière, ni de pierre. Alors elle caressa doucement le sombre pelage de loup d'Iktu et, en lui chuchotant des paroles tendres et apaisantes, elle serra ses doigts autour de son cou jusqu'à étrangler l'animal, qui ne hurla même pas. Puis, Maïna ramena la bête encore chaude sur son dos. Si Mishtenapeu avait été là, s'il avait vu la scène d'assez loin, il aurait cru reconnaître sa petite fille qui venait de tuer un loup. Mais cette fois Maïna n'avançait pas, radieuse et fourbue, son trophée sur le dos, elle flottait sans but, le cœur éclaté et l'âme à la dérive.

Natak expliqua à Maïna que l'os trouvé près d'Iktu servait à tuer les loups. Il avait dû être enfoncé dans un morceau de suif. Le loup léchait la graisse et l'os très effilé lui tailladait la langue. Excité par le goût et l'odeur du sang, la bête léchait davantage en se blessant encore plus cruellement. Le loup perdait beaucoup de sang, s'épuisait, et glissait lentement vers la mort. C'était un piège ingénieux et cruel inventé par les hommes du pays sans arbres pour se débarrasser des meutes affamées qui rôdent parfois autour des campements et pourraient s'attaquer aux chiens ou aux enfants.

Maïna dit qu'elle n'avait pas vu de loups et qu'elle n'en avait pas entendu non plus. Natak admit qu'elle disait vrai. Il avait honte des siens et il se sentait impuissant. Quelqu'un avait attiré Iktu au loin et lui avait offert un morceau de graisse. Quelqu'un avait voulu qu'il meure afin que Maïna souffre.

Natak resta éveillé toute la nuit, Maïna aussi. Le vent les harcela sans répit, il fit froid à fendre les pierres. Dès que la lumière du jour fut suffisante pour lui permettre de bien travailler, Maïna écorcha Iktu et elle prépara sa fourrure. Lorsqu'elle fut bien nettoyée, elle la tendit entre deux morceaux d'andouiller qu'elle alla planter au centre du campement, bien en vue. Maïna attendit que la peau ait suffisamment séché au soleil puis elle la découpa en larges bandes dont elle se servit pour border l'immense capuchon de son nouveau vêtement. Le jour même, Maïna enfila le vêtement puis elle fit le tour des tentes en invitant hommes, femmes et enfants à la rejoindre au centre du campement. Lorsqu'ils furent à peu près tous assemblés, Maïna grimpa sur une pierre et elle prit la parole.

— Ma tunique est de phoque et de caribou, commença-t-elle d'une voix fêlée par l'émotion. Elle est de mon peuple et du vôtre.

Sa voix s'affermit peu à peu et prit de l'ampleur.

— Nos peuples se sont entre-tués pour des pierres. Je n'étais pas là. J'ai quitté les miens parce que l'un d'eux, qui se disait chef, avait le cœur noir et du sang plein la tête. Natak m'a trouvée dans la neige et il m'a sauvée.

Le vent lui-même s'était tu. Tous écoutaient l'étrangère au visage marqué qui disait des choses graves et vraies.

— Ma tunique est de phoque et de caribou, répéta Maïna, mais j'y ai aussi réuni un peu de toutes les bêtes de la toundra qui est votre pays et qui aurait pu être le mien aussi.

Un loup hurla au loin. Tous l'entendirent. Maïna tressaillit et ses yeux se voilèrent.

— Ma tunique est de phoque et de caribou, mais autour de mon capuchon j'ai cousu l'âme et la fourrure de mon chien. Celui ou celle qui l'a tué est parmi vous. Osera-t-il se montrer ? J'ai gardé pour lui un morceau de la fourrure d'Iktu et je voudrais le coudre à son vêtement pour qu'il n'oublie jamais.

Ce territoire de glaces n'avait jamais été aussi silencieux. On aurait dit que toutes les bêtes qui volaient, rampaient, couraient, nageaient, s'étaient immobilisées pour écouter Maïna.

— Ma tunique est de phoque et de caribou, dit-elle encore, comme si ces paroles constituaient un chant, et même si les mots tremblaient dans sa gorge comme les feuilles de son pays. Je suis différente mais je porte sur mon corps les marques du peuple des glaces. Et j'aime Natak.

Maïna se tut, mais, longtemps après, ses paroles résonnaient encore dans le silence de la toundra.

Un soir, vers la fin de l'hiver, Noha, le vieil ami de Tadlo, vint partager le feu de leur tente. Ils lui offrirent le peu qu'ils avaient : du phoque et de l'eau tiède. L'hiver avait laissé de profondes empreintes sur le visage de Noha. Il avait vieilli de plusieurs années en une seule saison, comme cela arrive parfois. Lutter contre le froid avait soudain représenté un travail au-dessus de ses forces et il s'était épuisé à tenter de garder un peu de chaleur dans son corps. Chaque jour avait été un supplice.

Noha n'avait plus d'enfant vivant. Il partageait la tente d'Ootek, son petit-fils, le mari de Mikiju. Ootek s'était plaint, tout au long de l'hiver, que Noha ne voyait plus clair. Il visait des roches en croyant voir un phoque et les rares fois où il plantait son harpon dans quelque chose de vivant, il n'avait plus la force de hisser la bête hors de l'eau et encore moins de la ramener au campement. Un matin, Noha n'eut même plus la force de partir avec les autres chasseurs. Il était devenu un corps inutile, une simple bouche à nourrir.

— Au retour des oiseaux, je serai mort, annonça Noha à Tadlo en buvant à petites gorgées l'eau tiède dans son gobelet de peau de phoque.

Ils comprirent tous que le vieil ami de Tadlo n'attendrait pas que les esprits le réclament, il déciderait lui-même de sa fin. Noha était venu parce qu'il avait ressenti le besoin de dire cela tout haut et aussi parce qu'il désirait exprimer un vœu. Malheureusement, Tadlo, avec ses pieds arrachés, ne pouvait guère aider son ami à exaucer ce souhait. Noha désirait revoir, une dernière fois avant de mourir, la petite baie au pied des falaises où il avait grandi et tué ses premiers phoques. C'est là aussi qu'il voulait achever de vivre. L'endroit était à deux jours de marche, trois tout au plus, en longeant la côte. Au printemps, par contre, il faudrait deux fois plus de temps, car la toundra gorgée d'eau rendrait la marche pénible.

— Je veux voir les mouettes attaquer la falaise et les entendre s'égosiller au-dessus de la mer, dit Noha.

Maïna reçut ces paroles comme un coup. Elle comprenait bien ce que Noha voulait dire. Il ressentait, dans sa chair même, comme elle si souvent, l'appel insistant de son territoire. Il existait, non loin de leur campement, une baie semblable à tant d'autres mais qui pour lui était unique. Noha en connaissait chaque pierre, chaque colline, il pouvait dessiner dans sa tête les saillies et les creux des falaises et savait d'avance où fleuriraient les pavots couleur de soleil et les anémones aussi bleues que le ciel.

— J'irai avec toi, dit Natak au vieil homme, qui espérait sans doute cette promesse mais n'en fut pas moins ému.

Maïna fut touchée, comme si ces paroles lui étaient destinées, et elle songea que Natak comprenait sans doute ce à quoi elle avait renoncé pour lui.

Natak craignait que le soleil ne chauffe vite et fort, que la glace n'amollisse subitement et ne devienne sournoise. Il suggéra qu'ils partent dès le lever du jour. Kuitsé chasserait pour tous en son absence, Maïna pourrait l'accompagner. Tadlo veillerait sur Ugliuk pendant qu'Aalasi et Aputik se chargeraient du feu, car il fallait beaucoup marcher pour ramener du combustible, les réserves de mousse sèche étant épuisées.

Les corbeaux poussèrent des cris alarmants pendant que Natak roulait ses peaux et découpait quelques repas dans les restes d'un phoque. Le ciel était clair, le vent glacé. Avant de partir, Natak frotta son nez contre les joues de Maïna, puis il chercha son regard afin de mieux graver dans sa mémoire les couleurs mêlées de terre et de pierre. Il fut surpris et inquiet de découvrir tant d'angoisse dans ses yeux.

Maïna observa les silhouettes de Natak et de Noha rapetisser lentement puis disparaître. Elle dut lutter très fort pour ne pas courir vers Natak et le supplier de revenir. Ce matin-là, elle s'était réveillée avec une peur sourde au ventre. Elle sentait qu'un mal étrange rôdait, prêt à bondir. Elle avait entendu les croassements incessants des corbeaux et aurait tout donné pour entendre plutôt hurler les loups.

La journée fut pourtant radieuse et la chasse bonne. Kuitsé sembla apprécier la présence silencieuse de Maïna et il fut impressionné par son adresse, sa patience et sa force. Elle avait appris à pressentir les bêtes et réussissait, comme tous les bons chasseurs, à se transformer en phoque pour mieux le chasser. Maïna avait compris depuis longtemps ce que le rendez-vous avec une proie avait d'intime et d'absolu. Elle savait que ce corps à corps d'apparence brutale n'était en réalité qu'une étreinte où l'un, finalement, s'abandonnait à l'autre.

Ils revinrent tard, mangèrent en silence, puis se glissèrent sous les fourrures. Ugliuk, qui courait désormais partout, tenta en vain d'attirer l'attention de Maïna avec des cris et des pitreries, mais elle ne sembla même pas le voir. Pendant la nuit, une fine poudre blanche tomba du ciel. Le vent enfla et s'amusa à faire tournoyer la neige, soulevant des gerbes vite démantelées. Les flocons s'infiltrèrent dans les tentes et se répandirent sur les paupières closes des hommes, des femmes et des enfants trop épuisés pour se réveiller.

Maïna avait les yeux grand ouverts, son cœur cognait dans sa poitrine. Elle sentait encore cette menace d'orage dans son ventre et savait que ce qu'elle redoutait tant n'avait rien à voir avec la rage soudaine du ciel. Un drame se préparait, elle en était sûre. Au matin, le vent soufflait si fort que les hommes n'allèrent pas chasser. Par précaution, ceux qui sortirent de leur tente pour se soulager attachèrent une lanière de harpon à leur poignet afin de retrouver leur route, car on ne voyait pas le bout de son pied.

Dans la tente de Tadlo, tous s'inquiétaient sans le dire. Natak s'était-il creusé un abri assez vite dans la neige ? Maïna craignait qu'il ne lui arrive malheur en travaillant dur pour aider Noha, qui aurait du mal à se débrouiller dans cette tempête. Dans les autres tentes, le sort de Natak était moins au cœur des préoccupations mais tous, hommes, femmes et enfants, se sentaient écrasés par cette nouvelle offensive de l'hiver. Ils avaient faim et soif de vie, de lumière et d'oiseaux, de sons, de couleurs et de fleurs. Aussi, lorsqu'à la fin de ce long jour le vent s'éclipsa soudain, chacun fut heureux de sortir de sa tente ou de recevoir la visite de quelqu'un. Ils finirent tous par s'entasser dans quelques abris pour chanter autour du feu, lancer des osselets ou s'adonner à des jeux de ficelles, inventant des dessins compliqués en tortillant un mince cordon de cuir entre leurs doigts.

Maïna suivit Aalasi et Kuitsé, mais elle ne réussit pas à se mêler aux paroles, aux chants et aux rires. Elle retourna à sa tente, ralluma le feu et se pelotonna sous les fourrures. L'absence de Natak lui pesait beaucoup mais, surtout, elle n'arrivait pas à se débarrasser d'un grave pressentiment, une vague terreur, comme une impression de fin du monde. Elle finit quand même par s'endormir et rêva d'un oiseau immense, comme un corbeau géant aux serres redoutables, qui parcourait le ciel, très bas, au-dessus de la banquise. Il frôlait souvent la neige dure et y répandait chaque fois de longues traînées de sang. On aurait dit que la banquise était vivante et que l'oiseau lui labourait le ventre, faisant jaillir au passage ces ruisseaux écarlates.

Dans les autres tentes, la soif de printemps et de renouveau avait mené à l'idée d'éteindre les feux pour favoriser l'échange de partenaires. Kuitsé et Aalasi s'étaient livrés de bon cœur à ce jeu et Aputik aussi sans doute, mais Tadlo se sentait diminué depuis que son corps était amputé et qu'il ne chassait plus ; aussi se livrait-il plus difficilement à ces échanges. Ce soir-là, en plus, il s'inquiétait pour son vieil ami Noha et, surtout, pour son fils Natak.

Tadlo quitta la tente sans prendre femme. Il avança péniblement dans la nuit glacée sur ses moignons auxquels étaient fixés des semblants de pieds, ridicules plates-formes d'os et de fourrures réunis qui l'aidaient malgré tout à marcher en équilibre. Le concert de rires et de cris jaillissant déjà des tentes assombrit davantage son humeur, aussi n'eut-il pas envie de retourner à sa tente, car il devinait que le sommeil ne viendrait pas.

Maïna s'éveilla brusquement, encore habitée par des rêves d'oiseau noir et de sang. Elle sentit l'air froid s'engouffrer dans la tente et comprit qu'un ou plusieurs de ses compagnons venaient de rentrer. Pour mieux s'arracher à ses cauchemars, elle se releva et fut surprise de ne pas reconnaître immédiatement l'homme qui avançait vers elle. Il fit quelques pas encore et Maïna sentit le sang se figer dans ses veines.

— Saito !

Le cri s'étrangla dans sa gorge. Pendant un bref moment, elle avait cru reconnaître Saito. C'étaient les mêmes petits yeux cruels, sournois, le même regard glouton. Sa tête de carcajou.

— Montre-moi les dessins sur ton corps, dit l'homme qu'elle reconnaissait maintenant.

C'était Ootek, le compagnon de Mikiju.

— Choisis une autre femme, dit Maïna. Je ne veux pas dormir avec toi.

Le visage d'Ootek se tordit en un sourire mauvais.

— L'étrangère croit qu'il n'y a que Natak ? Attends...

Ootek s'approcha de Maïna et tenta de lui arracher sa tunique, mais elle se débattit en déployant une force surprenante. L'obscure angoisse qui couvait en elle depuis le départ de Natak venait de crever, elle savait enfin contre quoi elle devrait lutter. La colère remplaça la peur. Maïna était résolue à ne pas laisser Ootek la dominer. Elle était prête à se défendre comme une louve, à tenir bon quoi qu'il advienne jusqu'à ce qu'Ootek retourne à sa tente.

Maïna n'eut pas tout de suite conscience de l'importance que prenait ce combat, qui était bien plus qu'une lutte contre le mari de Mikiju. C'était un corps à corps avec son passé, avec son destin. Maïna voulait résister à Ootek non seulement parce qu'elle avait choisi d'appartenir à Natak, mais aussi parce qu'Ootek lui rappelait Saito. Elle ne voulait pas seulement échapper à l'étreinte d'un homme qui lui répugnait, elle se battait au nom de sa longue traversée, de la forêt jusqu'à la banquise, au nom des Presque Loups qu'elle avait dû fuir, au nom de Manutabi que ce périple lui avait ravi, au nom de Tekahera qu'elle avait dû abandonner, parce que c'était le prix à payer pour ne pas appartenir à Saito.

Elle griffa Ootek, le mordit et le roua de coups, mais ses attaques à lui étaient bien plus efficaces et brutales. Excité par la fureur de Maïna, il semblait prêt à tout pour atteindre son but. Il l'assomma presque avant de briser sa belle tunique de phoque et de caribou, ce vêtement auquel elle avait si longuement travaillé et qu'elle avait conçu comme un lieu de rencontre de ses deux pays. En entendant les coutures lâcher, Maïna sentit quelque chose se briser en elle et une rage sans bornes l'envahit.

Elle vit, près du feu, le couteau que Natak lui avait donné. L'arme était trop loin pour qu'elle puisse l'atteindre en étirant un bras. Pour réussir à s'en emparer, il lui fallait échapper à Ootek pendant quelques instants au moins. Alors elle conçut un plan qui la révoltait mais qui lui sembla le seul à pouvoir réussir. Elle cessa de se débattre et inventa des gestes pour convaincre Ootek qu'elle s'abandonnait à lui. D'abord étonné, il grogna bientôt de plaisir. Il prit le temps d'admirer le paysage fascinant sur la poitrine et le ventre de Maïna et caressa sa peau qui était tendre et soyeuse. En levant les yeux, il surprit son regard, calculateur et froid, un regard qui aurait dû lui glacer le dos, mais Maïna comprit le danger à temps et elle lui prodigua des caresses qui lui firent tout oublier. Ootek se redressa pour retirer son lourd pantalon en peau d'ours.

Maïna se tortilla, étira le bras, toucha enfin la pointe de pierre du bout de ses doigts, s'empara du couteau et le glissa prestement sous sa cuisse. Elle crut que son cœur allait exploser. L'arme était là, contre sa peau, mais elle ne se sentait plus la force de la brandir. Une douleur vive martelait ses tempes et elle avait envie de vomir. Elle ne songeait déjà plus à tuer Ootek, elle se sentait seulement affreusement triste et épuisée.

Ootek n'avait rien vu. Il était nu maintenant. Il s'allongea sur la fourrure d'ours qui servait de lit et Maïna respira son haleine âpre, écœurante. Elle sentit son membre gonflé sur son ventre et comprit qu'il avait gagné. Bientôt, il planterait son sexe entre ses cuisses et il la posséderait contre son gré. Cette réalité s'ancra en elle. Après toutes ces luttes, toutes ces souffrances, Saito ou l'un de ses semblables pouvait encore la poursuivre et la réduire à rien. Maïna sentit une volonté implacable prendre forme et des forces nouvelles l'envahir.

— Va-t'en, Ootek! Laisse-moi, sinon je te tue, cria-t-elle.

Ootek fut surpris de découvrir qu'elle lui résistait encore. Il avait cru conquérir la femme de Natak. Il s'était senti si fier lorsqu'elle s'était enfin laissée glisser dans ses bras. N'avait-elle fait que prétendre pour l'humilier davantage en se refusant ensuite?

— Sale étrangère, cracha Ootek en enfonçant ses ongles dans les frêles épaules de Maïna.

Il se mit à la secouer sauvagement, ivre de désir et de rage. Maïna sentit sa tête heurter plusieurs fois le sol dur. Ootek finit par lâcher prise et elle retomba brutalement sur les fourrures. Il la fixa alors de ses petites prunelles rondes, chargées de haine, puis il se pencha comme pour frotter son nez contre sa joue mais, au lieu, il enfonça ses dents dans son cou et la mordit cruellement. Maïna hurla de douleur. Il y eut ensuite un court moment d'immobilité et de silence. Maïna sentit le sang couler sur son cou. Elle crut qu'Ootek avait abandonné, qu'il s'était enfin dégoûté de cette lutte, mais il était plus que jamais décidé à la prendre. Il cracha du sang puis s'écrasa contre Maïna.

Tadlo entendit le cri de Maïna. Il courut, en tombant souvent et en pestant contre ses pieds ridicules. Lorsqu'il pénétra dans la tente, il vit la pointe de pierre s'enfoncer dans le dos nu d'Ootek puis encore et encore. Ootek était déjà mort pourtant. Son corps gisait, inerte et sanglant, sur Maïna qui continuait à le frapper avec un peu moins de force chaque fois. Soudain, devant le regard horrifié de Tadlo, le cadavre sembla s'animer, mais il ne fit que rouler à côté de Maïna qui continuait à planter son couteau. La pointe de pierre pénétra dans la chair de la jeune femme cette fois et le sang gicla sous la cage thoracique.

Tadlo émergea de sa torpeur et se rua sur Maïna, lui arrachant le couteau des mains. Elle semblait égarée, comme si elle n'arrivait pas à s'extirper d'un cauchemar. Tadlo eut alors pitié de cette étrangère indomptable qui refusait d'appartenir à un autre que son fils. Il assomma Maïna d'un coup de poing puis, au prix d'efforts surhumains, il traîna le corps d'Ootek loin du campement. Parce que ses jambes n'étaient pas assez solides pour le soutenir dans cette tâche, Tadlo rampa, lentement, péniblement, tirant le cadavre jusqu'à lui avant de se traîner à nouveau, répétant les mêmes gestes, encore et encore. Lorsqu'il n'eut plus de forces, il livra le corps d'Ootek aux corbeaux.

Au retour de Tadlo, Maïna délirait et perdait beaucoup de sang. Aalasi et Aputik s'affairaient autour d'elle. Elles firent un pansement avec du cuir et des fourrures, réparèrent rapidement sa tunique et la vêtirent, dissimulant ainsi ses principales blessures. Seules quelques égratignures au visage, un œil gonflé et une coupure à la lèvre témoignaient encore de sa lutte contre Ootek. Aputik avait déjà nettoyé le couteau et les fourrures rougies. Tadlo décida qu'ils garderaient Maïna cachée dans la tente jusqu'à ce que son visage soit comme avant. Ils inventeraient une maladie, une fausse couche, n'importe quoi.

Ils finirent tous par s'endormir, épuisés et inquiets. À leur réveil, Maïna avait disparu.

CHAPITRE 22

Au début, Maïna voulait seulement fuir la tente où elle avait tué. Sa tête était lourde, ses pensées brumeuses et ses blessures la faisaient cruellement souffrir.

Elle avait traversé des vallons, escaladé quelques buttes et collines, pour finalement atteindre la rivière qui l'avait menée au pays de Natak quelques saisons plus tôt. Elle s'était alors arrêtée une première fois pour dormir dans un trou mal abrité du vent. Avant de quitter la tente de Tadlo, elle avait pris sa peau de loup, un bon morceau de phoque, une petite outre, des pierres à feu, deux peaux de caribou, son arc, ses flèches et son couteau. Elle gardait à son cou sa pochette sacrée ainsi qu'un autre petit sac dans lequel dormait l'ours de Natak.

À peine eut-elle fermé les yeux, Maïna bascula dans un sommeil pesant. Elle s'éveilla au lever du jour en cherchant Natak à ses côtés. De monstrueux souvenirs l'assaillirent. Elle reprit donc sa route en mâchonnant un morceau de phoque cru. Maïna marcha pendant trois jours, mue par le seul désir de s'éloigner du lieu où elle avait tué. Au quatrième matin, elle ne se remit pas en route. Elle chercha des branches de saule, creusa la neige pour trouver de la mousse, fit un feu et s'assit pour contempler les flammes.

Natak était revenu au campement, elle en était sûre. Il ne lui était rien arrivé de grave durant la tempête.

Tadlo avait sans doute annoncé à son fils que sa compagne avait fui après avoir tué Ootek et Natak avait eu honte d'elle encore une fois.

Après ce meurtre, Maïna ne pourrait vivre parmi eux. Elle deviendrait pire qu'une étrangère : une proscrite. Et tous ceux qui conserveraient des liens avec elle seraient eux aussi bannis. Maïna avait entendu des hommes et des femmes raconter autour du feu l'histoire de certains des leurs ainsi condamnés.

Elle pourrait toujours s'entêter, rester, mais ce serait courir vers la mort. Les gens du peuple des glaces acceptaient que l'un d'eux tue, au nom de l'honneur, l'homme qui avait emprunté une femme sans permission ou la femme qui s'était accouplée à un autre sans l'accord de son mari. Natak aurait peut-être lui-même tué Ootek si elle ne l'avait déjà fait. Alors, tout aurait été différent, car Natak était un homme et il n'était pas un étranger.

Mais après, Natak aurait senti l'ombre de la mort planer au-dessus de sa tête, car la famille d'une victime devait se venger. Un jour, peu après le meurtre ou des années plus tard, la femme, le père, le frère ou le fils de la victime fondait sur le meurtrier et l'abattait de la plus terrible manière afin que l'esprit de leur mari, de leur fils, de leur frère ou de leur père soit libéré de la honte d'avoir péri comme une bête sous l'arme d'un humain. Maïna pourrait toujours s'entêter, rester, mais elle vivrait alors dans l'angoisse perpétuelle d'être assassinée pendant son sommeil.

Et Natak. Que deviendrait Natak ? S'il s'entêtait à dormir auprès de Maïna, il perdrait l'amitié des siens. Au début, ils le plaindraient peut-être de s'être laissé ensorceler par une femme qui à leurs yeux avait toujours semblé mauvaise mais à force de le voir revenir de la chasse avec l'étrangère et se glisser sous la tente avec elle, ils le détesteraient comme ils la détestaient elle aussi.

— Mon pays n'est pas ici, dit Maïna tout haut en observant les dernières flammes qui mouraient.

Elle avait quitté son propre pays, cette forêt qui chantait en elle, pour échapper à Saito. Sa route n'avait pas été ce qu'elle attendait mais elle l'avait poursuivie malgré tout, croyant que les loups exigeaient qu'elle suive l'étoile du Grand Caribou. Mais voilà que soudain les loups s'étaient tus. Le jour où Natak était parti avec Noha, Maïna avait senti que les loups l'abandonnaient.

Elle avait quitté son propre pays, cette forêt qui dansait en elle, pour s'attacher à des paysages de neige, de pierre, de mousse et de glace, pour apprivoiser les brusques changements de lumière, les ombres mouvantes, le vent bondissant sur les pierres et les plaintes langoureuses de la glace qui ondule, se tord et craque. Mais voilà que soudain ce pays la rejetait.

Elle avait quitté son propre pays, cette forêt qui plongeait ses racines en elle, et au bout d'une longue route, Natak était apparu. Elle avait découvert que les légendes de Tekahera n'étaient pas toutes vraies. Les hommes du pays de glace n'étaient pas tous cruels et sans pitié. Ils avaient parfois le corps chaud et le cœur immense. La mer noire dormait dans leurs yeux et des rêves foudroyants les habitaient. Certains d'entre eux savaient même inventer la vie. D'une roche, ils faisaient un ours, et qui sait s'ils ne pouvaient aussi transformer le vent en pierre et le ciel en eau.

— J'aime Natak, dit Maïna tout haut avant d'ajouter d'un même souffle : les loups m'ont abandonnée.

Il n'y avait pas d'autre explication. Elle avait fait tout ce chemin pour atteindre un gouffre. Pour perdre Natak comme elle avait perdu, un à un, tous ceux qu'elle aimait.

CHAPITRE 23

Natak avait craint que Noha ne meure au fond du trou de neige où ils étaient blottis. Dès que s'était levée la tempête, le vieil homme avait semblé perdre tout espoir de revoir un jour la petite baie où il avait souhaité mourir. Mais Natak s'était senti fouetté par ce brusque abattement de l'homme dont il avait la charge. Il avait décidé de mener Noha jusqu'au pied des falaises dont il rêvait, dût-il le porter sur son dos.

Au plus fort de la tempête, pendant que le vent sifflait en éparpillant furieusement la neige, Natak dut lutter pour maintenir le vieil homme en vie et après de longues heures de veille, il finit par s'endormir malgré lui. Il s'éveilla, le souffle court, le cœur transi. Noha était vivant, mais Natak ne parvenait pas à s'en réjouir. Le souvenir du regard anxieux de Maïna et des cris des corbeaux juste avant son départ le hantait. Natak comprit qu'il devait vite rentrer au campement. Pourtant, il ne pouvait se résoudre à abandonner Noha.

Il observa le vieil homme. Son visage était aussi plissé que la peau d'un morse, ses prunelles presque éteintes et son corps rabougri. Natak se leva, secoua la neige de sa tunique, but de l'eau, puis tendit l'outre à Noha. Il chargea ensuite le vieil homme sur son dos et se mit en route, étranger à ce poids, songeant seulement au moment où il retrouverait enfin Maïna.

Natak se promit alors de ne plus jamais se séparer d'elle, de l'emmener partout, où qu'il aille. Il marcha très longtemps, malgré la fatigue et le froid, jusqu'à ce qu'il aperçoive au loin la baie ceinturée de falaises que recherchait Noha.

Toutes traces de campement avaient disparu. Le vieil homme dit que c'était bien ainsi. Il n'avait pas accompli cette route pour revoir des humains mais un territoire où il voulait tranquillement achever de vivre. Natak le mena à une butte, tout près des falaises. Il lui laissa ses fourrures, son outre et le dernier morceau de phoque.

Il repartit les mains vides et ne s'arrêta plus, profitant d'une lune à moitié pleine pour poursuivre sa route jusqu'au campement. Au moment où il distingua enfin sur la banquise les taches sombres représentant les tentes des siens, Natak trébucha sur une masse dure. Il se pencha, balaya la neige, et ses yeux s'agrandirent lorsqu'il reconnut le cadavre d'Ootek, le dos criblé de blessures.

Natak écouta attentivement le récit de Tadlo. Il tentait vainement de s'intéresser à cette multitude d'informations éparses : l'assaut d'Ootek, le couteau au poing de Maïna, la blessure à son cou, l'autre à son ventre, les pansements de fourrure, le corps d'Ootek que Tadlo avait traîné si loin, en rampant. Mais toutes ces paroles glissaient sur lui comme l'eau de mer sur le dos d'un phoque. Natak ne retenait qu'une seule poignée de mots : Maïna avait disparu.

Tadlo l'empêcha de repartir. Maïna pouvait être n'importe où.

— Même si tu la retrouvais, Natak, tu la perdrais ensuite. Ils croient tous qu'Ootek a fui avec elle.

Lorsqu'ils retrouveront le corps, ils devineront que Maïna a tué. Et ils la tueront. Demain ou à la prochaine saison.

Natak ne dit rien. Il s'enfouit sous les fourrures et ferma les yeux.

CHAPITRE 24

Maïna allait repartir. Elle avait froid, les cendres de son feu étaient presque tièdes.

— Le printemps ne reviendra donc jamais ? songea-t-elle.

Elle avait décidé de refaire le long trajet jusqu'à la forêt des Presque Loups. Elle avancerait sur la rivière gelée jusqu'à ce que la glace crève. Alors, elle construirait un bateau. Les gens du pays sans arbres parvenaient à faire flotter une fragile embarcation avec presque rien. Sur ce bateau de fortune, elle remonterait la rivière jusqu'à la ligne de partage des eaux. Après, elle se laisserait porter par le courant.

Elle avait décidé de retourner vers les Presque Loups mais un fil invisible, qu'elle cherchait à rompre, la retenait encore, malgré elle, dans ce pays qui n'était pourtant plus le sien. Maïna avait l'impression de partir en oubliant des bagages. Comme si elle quittait un campement en laissant un couteau ou une fourrure derrière. Quelque chose de nécessaire, d'important, d'essentiel.

Elle se leva, attacha les fourrures dans son dos et balança sa peau de loup par-dessus.

— Je n'ai pas oublié les loups, dit-elle lentement, en pesant chaque mot.

Maïna s'immobilisa.

— POURQUOI ? cria-t-elle soudain en scrutant la toundra infinie. POURQUOI ? hurla-t-elle encore, d'une voix si déchirante que les loups, s'ils avaient été là, l'auraient sûrement entendue.

Ce petit fil qui la retenait n'était peut-être que ce mot, cette question qui la hantait depuis qu'elle avait quitté seule, en canot, la pointe de la rivière aux truites. Pourquoi les loups l'avaient-ils attirée jusque-là ? Une seule réponse s'était imposée au fil des saisons, au cœur des souffrances. Les loups voulaient qu'elle se rende au bout de sa route, qu'elle aille jusqu'au bout d'elle-même.

— J'ai atteint le pays des glaces, cria-t-elle au vent puisque les loups semblaient absents. Plus loin, c'est le bout du monde. Le vide. On tombe dans un trou. Dois-je poursuivre au-delà ?

Le dépit monta jusqu'à ses lèvres comme une sève brûlante.

— J'ai perdu un à un tous ceux que j'aimais. J'ai planté un couteau dans le dos d'un homme. Je n'ai plus de forces. Allez, les loups ! Sortez de vos antres, quittez vos tanières. Dites-moi ! Comment puis-je continuer ? Faut-il que je plante un couteau dans ma propre chair pour être libérée ?

Si c'était là ce qu'exigeaient les loups, ils l'obtiendraient facilement. Maïna savait combien était fragile son projet de retourner à la forêt des Presque Loups. En route, il y aurait tant de raisons pour préférer mourir.

Profitant de l'énergie que lui procurait sa colère, elle se décida enfin à repartir. Elle fit un pas, puis deux, sur la rivière glacée. Sa vue était brouillée par une eau ridicule qui se répandait maintenant sur ses joues. Elle essuya son visage avec la manche de sa tunique et s'arrêta brusquement.

Il était là, devant elle. Étrange et magnifique dans son pelage de neige. C'était un loup mais d'une race différente. Un loup blanc. Dans ses yeux aux prunelles cerclées de noir se mêlaient toutes les couleurs de la toundra. Il se tenait immobile au milieu de la route glacée. On eût dit qu'il refusait de la laisser passer.

Maïna resta figée, à la fois éblouie et stupéfiée. Elle chancela soudain, se rattrapa. Fit un pas. S'arrêta. Elle songea alors que rien – pas même un loup – ne pouvait lui barrer la route. Sans doute pouvait-il l'attaquer. La mordre, la dévorer. Mais rien ne l'empêcherait d'avancer si elle le décidait. C'était une question de courage et de volonté.

Elle continua à fixer ce loup dont la beauté était si bouleversante.

— Une question de croyance, de conviction, dit Maïna tout haut.

Et sur ces mots, le barrage sauta.

Pourquoi ? Maïna devinait qu'elle était à quelques pas seulement de la réponse à cette question qui la hantait depuis si longtemps.

— Une question de croyance, de conviction, répéta-t-elle encore.

Une paix soudaine l'envahit. Les loups ne l'avaient jamais abandonnée. Elle en était persuadée. Ce matin où Natak était parti, elle avait simplement cessé de *croire* en leur présence. La mort d'Iktu avait ébranlé ses convictions. Elle avait eu peur soudain, terriblement peur, de perdre aussi Natak. L'angoisse l'avait envahie telle une marée sournoise avalant tout sur son passage.

Les loups ne l'avaient pas abandonnée et ils ne l'abandonneraient jamais. Mais elle pourrait toujours, elle-même, rompre leur pacte, cette fabuleuse promesse de fidélité. Elle pourrait toujours fuir, courir, tuer, mourir, parce qu'elle se croyait seule, mais les loups, noirs ou blancs, lumineux ou sombres, seraient quand même là, tout près.

Maïna se sentit de nouveau habitée par l'extraordinaire présence de son esprit tutélaire. Puis la question revint. Obsédante.

POURQUOI? Quelle était sa mission? À moins que cette quête secrète n'existe pas...

Des paroles surgirent de sa mémoire. Des mots qu'elle avait elle-même prononcés. Ne connaissait-elle pas depuis longtemps la réponse? Elle se revit, grimpée sur une pierre, habillée d'un vêtement neuf, le cœur empli d'une certitude extraordinaire.

— Ma tunique est de phoque et de caribou, avait-elle dit. Elle est de mon peuple et du vôtre.

Elle n'avait pas choisi entre deux fourrures, elle les avait réunies. Il y avait là une promesse, un projet grandiose. Debout devant tous ces gens du peuple des glaces, elle avait encore ajouté ces simples mots si importants :

— Et j'aime Natak.

Toutes les réponses du monde étaient là.

CHAPITRE 25

— Pars, Manutabi. Retourne à Mastii, dit doucement Tekahera.

Ils étaient debout sur le rivage à contempler l'or
éparpillé sur la grande eau. De ce côté de l'île, on pouvait
deviner au loin le campement des Presque Loups.

Manutabi ne voulait plus partir. Il était arrivé en
canot, le cœur barbouillé, le regard noyé.

— Je voulais te voir, avait-il dit à Tekahera.

Tekahera avait ri.

— Non, Manutabi. Tu la cherches, elle. Comme
moi. Tu as traversé la grande eau dans ton canot parce
que Maïna me ressemble. Parce que tu espérais la
retrouver un peu dans ma démarche ou dans mes yeux.

Manutabi avait baissé la tête, comme un enfant pris
en faute.

— Pars, Manutabi. Maïna est loin, mais elle est
vivante.

Tekahera l'observa longuement. Elle découvrait
qu'il n'avait pas trouvé la paix dans les bras de Mastii,
qu'il était encore hanté par de terribles secrets. Et qu'il
était encore habité par Maïna. Même loin, elle le
possédait encore. Tekahera eut pitié de lui.

— Ne le dis à personne, chuchota-t-elle. Je sais où
dort Maïna. Elle a franchi la frontière des arbres. Elle
habite au pays des mangeurs de viande crue. Bientôt,

elle m'enverra un signe afin que je puisse mourir tranquille.

Tekahera vit Manutabi pâlir. Elle soupçonna alors qu'il connaissait ce pays où Maïna s'était rendue, ces terres inquiétantes et lointaines que les Presque Loups n'avaient jamais visitées.

— Que sais-tu? lança-t-elle, soudain jalouse de ce qu'il savait.

Manutabi raconta le long périple des siens jusqu'au pays sans arbres. Il lui fit le récit de la bataille dans la baie des pierres de lune sans cacher la sauvagerie des siens. Il dit aussi que les hommes du pays des glaces n'étaient pas comme elle l'avait cru.

Un grand bonheur submergea Tekahera. Son visage s'épanouit d'un large sourire. Maïna allait bien. Elle était mieux que simplement vivante. Elle lui avait enfin envoyé un message par la bouche de Manutabi. Sans doute Maïna voulait-elle qu'elle sache, avant de mourir, que ses légendes n'étaient pas toutes vraies. Sa presque fille était allée à la rencontre d'un peuple qui n'était pas cruel et sans pitié. Maïna n'était encore qu'au début d'un très long périple, il lui restait encore beaucoup de chemin à parcourir.

— Les loups l'ont donc réellement chargée d'une mission, dit-elle tout haut et elle rit de découvrir que Manutabi n'y comprenait rien.

Maïna était bel et bien l'élue des loups, leur protégée. Tekahera l'avait deviné le jour même où elle l'avait entendue hurler dans la tente de Mishtenapeu. Elle ressemblait encore à une petite grenouille et, pourtant, elle avait déjà échappé à la mort et à l'abandon. Ce jour-là, Maïna lui avait harponné le cœur. Elle l'avait envoûtée, elle, Tekahera, qui se croyait pourtant libérée de ces liens avec les humains depuis qu'elle partageait une île avec les goélands et les macareux. Tekahera avait pris Maïna en charge, retournant à la côte chaque printemps pour aider sa presque fille à grandir, tout en sachant que l'esprit des loups, le plus important après le Manitou, viendrait la réclamer un jour.

— Pars, Manutabi, dit tendrement Tekahera. Maïna t'a aimé et elle t'aime sans doute encore. Mais vos routes se sont séparées. Tu ne pouvais rien, cesse de te torturer. Maïna ne t'appartiendra jamais et cela ne dépend ni d'elle ni de toi. Tout cela était inscrit depuis toujours dans l'omoplate de tous les caribous. Crois-moi. J'ai lancé tant d'os dans les braises. J'ai eu peur moi aussi pour Maïna. Mais je n'aurais pas dû.

Tekahera vit de grandes nappes de brume déserter enfin le regard de Manutabi.

— Elle t'a confié sa meilleure amie, ne l'abandonne pas, dit encore Tekahera avant de se retirer dans un profond silence que plus rien désormais ne viendrait rompre.

Manutabi retourna à son canot et il traversa de nouveau la grande eau, de l'île à la côte. Tekahera marcha jusqu'à la fosse qu'elle avait creusée des semaines plus tôt. Elle avait hâte que son âme fuie, hâte aussi, si hâte, de rejoindre enfin Mishtenapeu.

Elle descendit dans la fosse sans arme ni lanière, sans rien pour se donner la mort. Tekahera savait que celle-ci viendrait bientôt, qu'elle serait douce et tendre. Elle s'allongea sur la terre humide alors que le soleil basculait derrière l'horizon. Au matin, elle ne respirait plus.

CHAPITRE 26

Natak attendit tout un jour durant lequel il chassa le phoque malgré sa grande lassitude. Il ramena la viande aux siens, en mit un morceau dans un sac de peau et emplit de nouveau son outre d'eau. Tadlo savait qu'il ne pourrait empêcher son fils de partir.

Natak avait peur. Mais il avait beaucoup réfléchi en guettant le phoque au-dessus d'un trou de respiration dans le silence de la banquise. Tout était clair en lui.

Sa seule crainte, désormais, était de courir encore une fois derrière un mirage. Il voulait Maïna en chair et en os, avec les broderies sur sa peau, sa longue chevelure plus sombre que le ventre de Sedna, ses yeux aux couleurs de la toundra et son étrange tunique de phoque et de caribou. Il devait absolument la retrouver, la ramener, quel que soit le lieu où ils devraient se réfugier.

Ils feraient de leur vie ce que Maïna avait fait de sa tunique, un mariage de peuples, une audace nouvelle. Natak ne savait pas encore comment cela serait possible. Devraient-ils quitter sa tribu pour en fonder une autre ? Natak se sentait prêt à tout, capable de tout. À condition que Maïna soit là, tout près, à ses côtés.

En quittant la tente de son père, Natak n'avait pas hésité entre la banquise et la toundra. Maïna retournerait à la rivière par où ils étaient venus. Il en était sûr.

Le loup n'avait pas bougé. Il semblait prêt à rester toujours là, planté à jamais dans ce désert blanc. Maïna hésita, encore un peu vacillante, mais séduite par l'horizon de promesses. Finalement, elle tourna les talons, revint sur ses pas. Lentement d'abord. Mais à mesure que l'incroyable réponse résonnait dans sa tête, elle accéléra le pas.

Natak !

Ce nom grondait, rugissait, éclatait au fond de sa gorge. Comme une chute, un torrent. Il contenait tous les désirs, toutes les certitudes. Il cachait des lacs, des rivières, des vallons, des collines, des falaises. Un pays.

Ensemble, ils construiraient un pays. Il y aurait des phoques, des caribous, des loups.

— Les loups seront toujours là, comme Natak, se répétait Maïna.

Il y aurait de l'eau aussi dans ce territoire nouveau. Des montagnes peut-être. Un vaste ciel. Des arbres ? Ils ne marcheraient sans doute pas jusqu'à la taïga. Il faudrait donc continuer à affronter les interminables hivers sans le couvert des arbres. Mais Maïna savait qu'elle portait une forêt en elle. Des bouleaux, des mélèzes, des sapins, des épinettes noires. Tous ces arbres qui chantaient en elle, qui dansaient en elle, qui plongeaient leurs racines dans son ventre, ne disparaîtraient jamais.

Elle s'arrêta soudain, étourdie, haletante, frappée par une intuition magique. Pendant qu'elle rêvait à cette terre promise, prête à tout pour convaincre Natak de la suivre, elle avait senti un puissant courant d'énergie irriguer tout son être. Il semblait sourdre d'un espace mystérieux au creux de ses entrailles.

Elle inspira profondément. S'ébroua comme une bête. L'impression fabuleuse ne s'était pas dissipée.

Était-ce possible? Pouvait-elle déjà porter cette chose? Elle entendit l'écho des paroles d'Aputik.

— Elle est trop maigre pour accoucher d'un pou, avait-elle répété si souvent.

Maïna fouilla dans ses souvenirs. Il y avait eu cette fois, bien avant la mort d'Iktu. Elle avait saigné plusieurs jours. Puis, plus rien. Elle en était sûre. Pourtant, la lune avait gonflé, rapetissé, disparu et gonflé encore.

Maïna souleva sa tunique comme si elle pouvait voir à travers la peau de son ventre. En relevant les yeux, elle l'aperçut.

Natak!

Elle tenait encore ses mains pressées sur cette chair qui paraissait remuer d'une vie nouvelle, lorsque Natak la souleva de terre en poussant de fantastiques cris de joie, comme s'il venait d'attraper une bête fabuleuse.

Il cria tant et tant que les loups au loin s'éveillèrent. Secouèrent leur pelage. Sortirent de leur trou creusé dans la neige. L'hiver acceptait enfin de partir, le printemps était revenu. Les loups hurlèrent à la lune pour saluer la saison nouvelle.

Ce troisième tirage a été
achevé d'imprimer en janvier 2002
sur les presses de
Imprimeries Transcontinentales
division Imprimerie Gagné
Louiseville , Québec.